U0955043

飞羽

Featherhood

A Memoir of Two Fathers and a Magpie

Charlie Gilmour
〔英〕查理·吉尔莫 著

宋玲 译

关于两个父亲和一只喜鹊的回忆

人民文学出版社
PEOPLE'S LITERATURE PUBLISHING HOUSE

著作权合同登记号　图字 01-2023-6010

Featherhood: A Memoir of Two Fathers and a Magpie
Copyright © Charlie Gilmour 2020
All rights reserved

图书在版编目(CIP)数据

飞羽:关于两个父亲和一只喜鹊的回忆/(英)查理·吉尔莫著;宋玲译.—北京:人民文学出版社,2024
ISBN 978-7-02-018536-8

Ⅰ.①飞…　Ⅱ.①查…　②宋…　Ⅲ.①散文集-英国-现代　Ⅳ.①I561.65

中国国家版本馆 CIP 数据核字(2024)第 022467 号

责任编辑　**李　娜　邰莉莉**
封面设计　**李苗苗**

出版发行　**人民文学出版社**
社　　址　**北京市朝内大街 166 号**
邮　　编　**100705**

印　　刷　**杭州钱江彩色印务有限公司**
经　　销　**全国新华书店等**

字　　数　**150 千字**
开　　本　**787 毫米×1092 毫米　1/32**
印　　张　**9.25**
版　　次　**2024 年 3 月北京第 1 版**
印　　次　**2024 年 3 月第 1 次印刷**

书　　号　**978-7-02-018536-8**
定　　价　**50.00 元**

如有印装质量问题,请与本社图书销售中心调换。电话:010-65233595

目　录

序　言……1

针　羽……1

飞　羽……49

血　羽……131

鸟　巢……201

鸟　蛋……241

后　记……267

致　谢……273

实用信息……275

译后记……276

致奥尔加[1]

[1] 作者的女儿。

戏笑父亲，藐视而不听从母亲的，
他的眼睛必为谷中的乌鸦啄出来，
为鹰雏所吃。

——《圣经·旧约·箴言》第三十章十七节 ①

① 译文引自中文和合本《圣经》。——下文如无说明，均为译者注

序　言

伦敦东南区某处，一只不会飞的喜鹊幼鸟跌落在地。

从下往上看，很难准确辨别它是从何处跌落的。它的窝可能搭在一棵悬铃木的高处——这条被卡车开得坑坑洼洼的路上栽着成排的悬铃木——仿佛一个灌木状的凉亭藏在一层绿纱般的树叶之后，抑或是隐匿于一个凌乱不堪的半废弃仓库里（这个区域到处是横七竖八的仓库），在瓦楞铁皮和石棉上用枯枝和泥巴乱七八糟地搭了个窝。喜鹊与我们比邻筑巢，可望而不可即。喜鹊的城市叠加于我们自己的城市之上。

这是一个严酷且人类气息浓厚的环境，这只鸟提前进入了其中。一辆辆带有折叠式引擎盖和破碎挡风玻璃的汽车在附近的废车场里排队等着被拆解。非法丢弃的冰箱和成袋的碎石瓦砾如同难以撼动的磐石，堵住了路面。春雨积成的小水塘混合着汽油，闪耀着紫色光芒，头顶上方，一个二十四小时焚烧垃圾的巨型垃圾处理厂的烟囱中冒出滚滚的浓烟和蒸气。重型卡车如雷鸣般隆隆地驶过，米尔沃尔①的球迷们吼声震天。我曾经在那儿看到过的动物只有斗牛犬和老鼠，尽管在稍微远一点的地方，垃圾场附近有成群的鸥鸟和鸽

① 位于英格兰伦敦东南部狗岛西端米尔沃尔的足球俱乐部。

子，还有一群身形如喷气式战斗机般线条优美的猛禽，它们是垃圾处理厂雇来驱逐其他鸟类的。

我的伴侣雅娜的工作室就在街角，位于废车场边缘一个四下透风的厂房中。秘密和惊喜是这座城市的一部分，但它们不会是娇小可爱且毛茸茸的。警方针对邻近仓库突击搜查，这周破获一个大麻农场，下周又发现了被盗的摩托车；一个朋友打开一个弃置已久的集装箱，发现里面塞满了摩托艇；某个跟我住同一囚室的狱友吹嘘曾经在附近丢弃过某人被锯下的四肢。这个地方我从未期待会出现一只卵黄般柔软、如鸡仔般骨骼易碎的小家伙。

这个小生命在水沟里慌张地奔跑，跌跌撞撞地向路缘走去，仿佛一个醉汉步履蹒跚地穿过一条小巷。喜鹊离家着实太早——它们还远不能真正飞行，或是自食其力。在鸟巢中羽翼渐丰的几周内，它们依赖父母获取食物、保护，还有教育。可这只雏鸟的双亲却不见踪影。它们没有投喂它、看顾它，或是守护它；一个顶级掠食者迈着钢头靴发出的沉重脚步声靠近时，也没有示警声响起。这并不意味着它的双亲不在附近。这只雏鸟落到地上并非意外。如果食物短缺，可能经过了一轮优胜劣汰的较量，结果就是：为了让全家得以幸存，只能抛弃这个弱小的累赘。

那只雏鸟此刻停止了移动。它蜷缩在水沟中，由于口渴，也许还有恐惧，正瑟瑟发抖。如果遵从物竞天择，它可能熬不到天黑就会死去。向前逼近的人类赫然显现，身形巨大，犹如一节树干摇摆不定，接着是一阵轻柔的窸窣声，这只雏鸟的世界一片漆黑。

向西数百英里[①]之外，远在三十年前，一只寒鸦的雏鸟从乡村教堂尖顶上的窝里跌落。青灰色的羽毛，黄色的喙，受伤的翅膀在地板上费力地拖行。寒鸦和喜鹊是近亲，都属鸦科，是同食腐肉的血亲。也许是牧师无意中发现了这只受伤的幼鸟，把它装入盒子，带去一个当地女子的家，她是一位业余的兽医。从此，这只寒鸦找到了通往那个男人的道路，那个男人后来成了我的父亲，而这只喜鹊找到了通往我的道路。

① 1英里约为1.6千米。——编者注

针　羽

1

雅娜将纸板箱连同其中的宝贝非常轻柔地放在我们卧室的地板上。她的妹妹今早发现了它，她解释道，然后捡起它，将它带到了她们的工作室。在敲打钻孔的间歇，她们从垂钓供应商那儿弄了些活的蛆虫喂它。那些蛆咬人，雅娜语气平静地说，所以你不得不用钳子或指甲捏碎它们的脑袋，然后再放入装小鸟的箱子。她掀开纸板箱的盖子。

一个如孩子拳头般大的、黑白相间的、毛茸茸的球团蜷缩在一角。它看上去死气沉沉的，闻上去也没有生气。我咂着舌头朝小家伙发出咯哒咯哒的响声，它的一边眼睑颤抖着睁开了。眼睛是矿蓝色的。

我试着回忆脑海中所有关于喜鹊的知识。最初，我唯一能想起来的是那首童谣《一代表悲伤》① 和一幅画面——在我长大的那个农场里，我母亲遇见任何喜鹊都会虔诚行礼，以抵挡人们认为它们会带来的噩运。不怕一万就怕万一，我想着，便一面低头看向纸板箱内部，一面用手摸了摸脑袋一侧。雅娜说它们是聪明的鸟类——非常聪明，鸦科鸟类都是

---

①《一代表悲伤》(*One for Sorrow*) 是一首关于喜鹊的传统童谣，早在16世纪早期的英国文化中，喜鹊被认为是预示不祥的鸟类。

如此——尽管我似乎记得，人们总是为了那些我从未弄明白的理由而讨厌它们。有人说它们残食燕雀幼鸟，与魔鬼交配。据说，它们拥有海盗的眼力，能找到被盗的宝藏——有人丢了结婚戒指，就在最近的喜鹊窝里找。除了向它行礼，我不知道应该怎么对待它。我以前曾以某种形式照顾过受伤的野生动物，或者至少在我孩童时期曾经尝试过：被猫拖进屋的小动物、摔断腿的松鼠，还有一头撞向窗玻璃脑浆横流的小鸟。无论你怎么做，似乎它们最终的宿命都是同一个地方：埋入一个浅坟底部的鞋盒。哪怕是活蹦乱跳的动物在我手里也不会有好下场。我一想到许多年前我们养的那些美丽白鸽，就满心愧疚，我的外祖母、母亲和我将它们染成淡粉色，在农场放养——结果它们就像一朵朵棉花糖，被那只狐狸一通狼吞虎咽。倘若我是那个无意中发现这只鸟的人，估计我会更想让它在水沟里碰碰运气。我不确定我能为它做什么，也许除了延长它的痛苦之外，什么也做不了。

我的目光从这只鸟移向了雅娜。她像往常一样一身工作打扮，穿着一件溅满油漆的藏青色连裤工作服和一双笨重的靴子。浅棕色的头发梳得一丝不苟，用发夹紧紧地固定住，给她高而突出的颧骨平添了几分犀利。她已经用钳子忙活了半天。我看她用钳子的金属头捏着一条扭动的黄色蛆虫，用力夹碎它的脑袋。她在小喜鹊的头上晃了晃引逗它，同时苍白的黏液从这条可怜的蛆虫两端流了出来。真是本性难移。雅娜每次看见一样破碎的物品，一定会捡来修好它。我觉得她本身就有喜鹊的特质；严格来说，不是小偷，但肯定是个守财奴。她手边总能找到把螺丝刀，将那些她从泰晤士河浅滩那儿收集的废弃灯具配件、大理石板或是大包大包的垃圾拖回我们家，而且总是毫不犹豫。

我们家里塞满了她制作或修理的东西，从架子、杯子、刀具，到我们坐的椅子和我穿的裤子，应有尽有。她特别喜欢在天花板上悬挂东西。卧室里，她用锋利的玻璃钟乳石制作的一盏吊灯，每次有大型车辆经过时，都会丁零当啷响个没停；床的上方，一片竹子、纤维和缠绕的藤蔓组成的复杂结构已经把我们的房间变成了一片雨林。她将自己的DIY精神归功于成长在一个有六个兄弟姐妹、热闹非凡的移民家庭。她父母从苏维埃乌克兰逃到了瑞典，带着孩子们和其他所有能够携带的细软，他们逃离后，苏联轰然解体。那是一个兵荒马乱的环境，有能力缝制自己的衣服和自娱自乐都是代价不菲的。

我第一次遇见她是两年前在刘易舍姆一个废弃的洗车场内开的派对上。她在一根混凝土石柱后出现，一头漂过的金发，画着恶魔般的红色眼妆，只一瞥便深深地勾住了我。后来，她带我回她的公寓，向我展示她的白化蛇、兰花螳螂，还有她收藏的自制刀具。我们刚搬到一起住没多久便迅速订婚了。一切都非常突然，以至于我对自己怎么就到了这一步还稍稍有些迷茫。有时候，我感觉自己有点像一个被她找到的物件。我从没有想象过自己二十多岁就会安顿下来。上一次审视自己时，我剃了个光头，膝盖淤青，正面临挫折。现在我似乎就要成家、过上安定日子了。

有时候我确信这一切都是我做的梦，只要醒来，这一切就会轻而易举地消失无踪。又有时候，似乎相反的情况才是真的：在一场漫长疲倦的噩梦后，我正慢慢地恢复意识。雅娜愿意接受我这个不完美的人，我不知道是不是这一点吸引了我——我有些怀疑。可是她的力量、坚强、可靠，肯定是她吸引我的一些特质。

此刻，这只不幸的小鸟来了。一个梦幻的小生命从纸板箱的一角犹疑不定地打量着雅娜那条垂死的虫子。它的双眼现在都睁开了，蓝色的。我从来不知道喜鹊幼鸟的眼睛是蓝色的。过去我见过的所有喜鹊，无论是在树上啁啾，还是在路边撕扯动物尸骸的，肯定都是成鸟，它们的眼睛如黑曜石般闪闪发亮。尽管这只鸟的眼睛完全睁开了，可无论雅娜怎样引逗它，它锋利的黑色喙仍然固执地紧闭着。她低声咕哝着，像在说“蠢喜鹊”，便放下了她的钳子。我怀疑，要治愈这只支离破碎的小鸦鸟，她的修复技术大概无能为力。

“还有其他人能处理吗?”我说，“比如兽医?我不确定。”

雅娜朝我翻了个白眼，仿佛我刚才的建议是找个电工过来换灯泡一般。平心而论，为了不祸及灯泡，这的确是我可能会尝试做的事。如果雅娜代表秩序，那么我就是混乱。什么东西一到我手里似乎都会散架，何况这只鸟实在太脆弱了。

雅娜挥挥手将我撵走，再次拿起了钳子。她重新碾碎一条蛆虫，又向那只喜鹊投喂了一次，这回她扯着嗓门发出了尖锐的唧唧声，一边咔哒咔哒地夹击钳子的金属头——她说，这像野外的喜鹊妈妈会发出的声音。这只雏鸟突然一阵兴奋，猛地张大嘴巴，开始像烧开的水壶般鸣叫。雅娜把蛆虫放进雏鸟亮粉色的嗉囊里，只一口，虫就被吞没了。显然，这个小家伙还有些生气。

雅娜从她的工具袋里的塑料盒中夹起一条蛆虫递给我。“轮到你了。”她说，那条蛆虫在我的手掌心上一张一弛地蠕动着，通体黄色，微微有些绒毛，就像一节痉挛的断趾。我用钳子碾碎它的脑袋，接着假扮成鸟妈妈。仿佛一只上了发条的布谷鸟一般可靠，小鸟张大了嘴巴。它的纤弱令我惊恐万分。简直就是裹着羽毛披肩的骨瓷。我小心翼翼地将还在反射性蠕动的蛆虫送入它的喙中，等待它开始咀嚼，可小鸟只是不停地尖叫，虫子滚落了出来。

“你得完全塞进去才行。”雅娜说着，用自己的食指凭空戳了戳。

我放弃了钳子。我无法忍受对某个如此柔软纤细的东西使用这样一件坚硬的金属工具。我转而用指尖将蛆虫捅入小鸟喉咙黑乎乎的外缘。小鸟尖利的啾鸣声加剧了，随着喉头产生蠕动，这声音渐渐转变成一种类似精灵的咂嘴声，那条虫子被咽了下去。小鸟并没有打住，我感受到它那食管的环肌抵着我的指端强烈地震颤着，试图要把我也吞下去。我迅速抽回了手。小鸟唧唧叫着，将脑袋藏在翅膀下，再次睡去。

“现在怎么办？”我说。

“再多找些虫来，”雅娜说，“我觉着得每隔二十分钟就喂一趟，我们现在已经没粮食了。”

2

接下来好些天里，我竭尽所能地无视箱子里的这只喜鹊。我比以往更加确信，它注定逃不过早夭的命运。雅娜察觉到它的喉部长了某种寄生虫，经常会发病；真是一幕幕可怕而令人心碎的场景，它猛地倒在一侧，像一只通了电的青蛙一般浑身抽搐。我决定，这事由雅娜来解决。喜鹊发病时，她开始抽泣，沿着小鸟的嘴角从指尖滴下水喂它，多少能恢复些它的元气，尽管总是隔不了多久它就会再次发病。我怀疑这就是它被最先扔出鸟窝的原因。什么时候它们的雏鸟不必再浪费心血，鸟类总是一清二楚。我也对它不抱希望。执着于无法长久的东西没有意义。

而且，我还暗暗怀疑雅娜试图将我培养成喜鹊父亲。这毫无疑问，我想。雅娜是一名布景设计师，工作关系经常一连好几天不在家。而我身为一个没有固定工作的作家，这些日子几乎大门不出二门不迈。一种地堡心态——尽管外面的世界依然会趁虚而入。倘若这个小生命要生存下来，首席蛆虫碾压者的任务势必会落到我头上，这几乎不可避免。如果它能顺利渡过这段艰难时期，很显然，在放归野外之前它将需要大量的看护照顾。可它甚至都不会自己进食；飞行更是遥不可及的梦。天晓得它需要多久才能学会飞？

我尝试过在雅娜照料这个小东西时假装漠不关心，可要做到不投入其中还是很难。她停下工作，只为喂饱它的肚子。她弄死了数不清的蛆虫，将温热的羊羔肉剁碎，搓成给喜鹊吃的小肉丸，将狗饼干放在温水里泡软，用漏斗喂它。我不清楚她怎么知道如何倒腾这些东西的，但似乎确实有效。喜鹊能否活下来还是未知数——它还不够强壮，都没法支撑起自己脑袋那点儿微不足道的重量，仍然会颤抖，剧烈地抽搐——可在雅娜的保护下，痉挛的频率在降低。小鸟的蓝色眼睛睁开的时间更长了，它们环视房间四周，如饥似渴地追随着雅娜和我。

几天后，该来的终于来了。雅娜的经纪人打电话来说突然来了件有油水的活儿——地点在巴黎。雅娜擦掉手上的肉汁，把连裤工作服的拉链拉上，肩上搭着她的工具袋就出门了，这一切仅仅发生在喜鹊的眨眼之间。她走的时候说一周后回来。

我低头凝视着小鸟。小鸟也牢牢地盯住我，它侧着脑袋，视线向上移去，让我恰好处于它那黑色针眼般瞳孔的覆盖范围之内。我无法逃避这种感觉——这对苍白宝石般的眼眸后暗藏着灵性，一种能仔细审视我一如我仔细审视它的灵性。我以前从没有感受过被一只动物如此打量。我担心这样下去情况不妙。我笨手笨脚，粗心大意，还是一个连续逃避责任的惯犯。这只喜鹊很快就变得难以满足、不讲道理了，就像一个糖果店里的幼童——尽管依然如棉花糖般柔弱。

和小鸟独处时，我试图求助于电脑寻找更多照顾这类小生命的方法。可我运气不佳。网上的确有很多实用信息，可粗略一看，似乎所有信息都是关于杀害喜鹊而非保护喜鹊的。害虫防治博客和气枪发烧友的论坛上有成页成页的讨论，讨论如何吸引、射杀或诱捕这些鸟。业余猎手用肉末吸引它们落到自己的后花园里，再用铅弹打爆它们的脑袋。他们上传照片，扬扬得意地吹嘘他们的杀戮：成年喜鹊就像沾满油污的破布般被丢在地板上，它们光彩夺目的羽毛浸透着鲜血。在网上发现了这种戾气后，立刻让我对喜鹊产生了共情。

至于人们为何如此仇视喜鹊，我还未能完全了然。人们谈论喜鹊杀害燕雀时的口气，仿佛它们本身要对生态系统的崩溃负有直接责任。喜鹊是投机取巧的捕食者，有时候会吃其他鸟类的蛋和雏鸟，这似乎不假——可是为什么红隼、秃鹰、雀鹰、猫头鹰、猫，还有最甚者——人类，没有遭受同样执着的仇恨和迫害呢？我对喜鹊所谓的罪行调查越深入，这些逻辑就越显得不可理喻。据说它们会撕扯羔羊的眼睛、舌头和肛门。它们的舌头底下藏着一滴恶魔的血。在所有鸟类中，唯有它们拒绝哀悼基督。文明毁灭，在诺亚方舟的索具上时，它们就开始咯咯地狂笑。“喜鹊”（magpie）这个单词似乎充满了古老的嘲讽，源自古英语 mag，一个贬义词，意思是“长舌妇”，引申为喜鹊叽叽喳喳的粗嘎叫声，尽管喜鹊自己才似乎是谣言的受害者。也许人类对它们的恨意或许与它们被认定拥有的超自然力量有关。据说喜鹊能够带来运气，好运和噩运兼而有之；它们能知未来；它们能卜生死。人人都知道这首童谣，或是它改编的一个版本：一只喜鹊带来悲伤；两只是欢笑；三只是婚礼；四只是出世；五只是银；六只是金；七只是魔鬼他自己。

这些都很有趣，却没有一点用，于是我拿起手机，转而向我的外祖母求教。在她精彩人生的不同的阶段，她当年参加过毛主席带领的红军，当过北京广播电台的播音员，当过中国政府宣传部门的一名翻译；而且，对于那些认识她的人来说最不可思议的是，她还担任过德文郡一个乡村学校的女校长。她的前夫多得我都叫不上名字来，不过她生命中唯一不变的伴侣似乎是动物。她养过家鹅、山羊；养过斯塔福郡斗牛㹴；还养过一只喜欢偷偷往人类咖啡里尿尿的宠物猴；还有后来她在“打麻雀运动”中救起的麻雀，当时她大概冒了极大的风险，就类似于怪医杜立德。“打麻雀运动”是想通过消灭种群来保护庄稼不被麻雀偷吃。人们敲锣、打鼓、放鞭炮，麻雀受到惊吓飞上天，不敢落地，直到它们精疲力竭后坠落在地。北京的大街小巷，死麻雀如同积雪一般。正是这成千上万小家伙中的一只，被我外祖母偷偷捡回来，悉心照料。她自己就是只强硬的老鸟，精明干练——我特别同情那个想要在领养老金那天打劫她的歹徒——不过她也是一个与人为善的人。

“一只喜鹊？”她粗声粗气地叫道，“这玩意儿你要养活它干吗？可怕的东西。你干吗不淹死它呢？”

“啊。”我心想，我无意间发现了外祖母众多无法理喻的宠物仇恨中的一个。细想之下，这阵恨意似乎经常是基于不同的动物；表面来看，以私人好恶来评判自然世界，的确不必完全符合逻辑。那只在她的温室木地板下抓挠的独眼肥老鼠是快乐之源，而她邻居花园中的树枝上那只欢快地咕咕叫的斑尾林鸽则是邪恶祸根。这么说来，她对喜鹊似乎也是如此。我听着她的诉苦：她住在伦敦北部一个安静的街角，结果一对喜鹊在她小农舍上方的树上筑巢，它们叽叽喳喳的疯狂叫声逼得她生不如死。她怀疑它们正在谋划吃她的小知更鸟，她想知道我能不能给她弄把手枪，最好带消音器的。

接着我又向我妈求助，希求如幸运转盘般获得好运气。她在我外祖母建的动物园里长大，从她的叙述来看，照管其他囚犯的职责似乎总是落到她头上。每次母山羊布罗德温偷跑进村、饱尝人们的花圃，总是由她去将它牵回来。禽类飞到臭脾气的鹅当中时，她就会被叫去吆喝、拍打，将它们赶回院子隔开。她的父母——一个是校长，一个是共产主义记者，居住在偏远地区，身为家中的独生女，她大概也很乐于有这些动物陪伴，尽管后来她一攒够钱就立刻从一位爱尔兰游客手里以极低的价格买了一匹小野马，历尽千辛万苦，骑马离开了动物园。

当我告诉她外祖母的建议时，她哈哈大笑。

“你真正应该去寻求帮助的是你的父亲，”她说，“你的亲生父亲，我是说。他养过这样一只温顺的鸟。当然，不是喜鹊；我想是一只寒鸦——可它们都属于一个家族，不是吗？我很确信他还为它写了首诗。我想哪儿还有一张照片来着。”

这不是我期待的答案。这甚至也完全不是令人舒服的揭秘，尽管我不难相信它的真实性。那个给予我生命、然后一走了之的男人，这仅仅是我对他一切迷惑而复杂的描绘中又增加的一个魔幻细节。关于我亲生父亲的大部分信息都是二手的——来源是我的母亲，还有互联网。我说不上来他喝茶的方式，或是他喜欢哪种类型的音乐，但是我可以告诉你一些显著的特点，也就比他维基百科页面上的内容稍多一点而已。希思科特·威廉姆斯（1941 年生）：空屋占领者、作家、演员、酗酒者、诗人、无政府主义者、魔术师、革命者，以及老伊顿人；二十世纪六十年代激进地下运动中一个披头散发的偶像；他的剧作和散文驾驭着迷幻药与性这两股潮流。冷眼看去，他仿佛一个拥有强大魔力的男人，能随心所欲，打破规则。他曾经掌管伦敦西区的好几条街道，收留那些无家可归的人，接着宣布脱离英国——据传，后来还没来得及封自己为市长，这事儿就黄了。还有些他绅士大盗的轶事，他曾经利用自己的魔术把戏从哈罗德百货偷走了圣诞节——火鸡以及所有一切。他会玩火的把戏，甚至能喷火，尽管自从他在一个女朋友家门口自我献祭后可能就再也没玩过了。他热爱动物，有一次他在自己的手上拉屎，将粪便扔向一个荷兰行为艺术家，后者正要与一只活鹅做爱，紧接着，他就带上鹅逃跑了。他是失踪行为艺术大师，在我六个月大的时候，他在夜深人静时失踪了，毫无征兆，亦无解释。他有一只骑在他肩膀上的温顺寒鸦，就像带着一只鹦鹉的海盗——奇怪吗？

我想向妈妈打听更多有关希思科特与那只寒鸦之间的事，可她也只是知道个大概。她觉得，在他们两人相遇并生下我之前，那只鸟就在他身边了，差不多是三十年前的事。至少知道那只寒鸦在艾略特城堡待过，那是一栋位于康沃尔的庄园，希思科特在他老校友博雷克林·艾略特勋爵的邀请下住了十多年。妈妈和我也在那儿住过一阵子，住在树林里一个养猪户的农舍——那是博雷克林借给希思科特的。本来这是个住在山林之中的幸福家庭，至少在希思科特崩溃之前是这样。

“没错，就在艾略特城堡。肯定是。”我妈说。据她回忆，当时她到了艾略特城堡后，博雷克林满嘴都是粗俗的玩笑，打趣希思科特怎么给自己弄来只新的“脏鸟”玩耍。

“不过别让这些困扰你，”她说，仿佛她在电话那头能听见我使劲皱鼻子一般，“你为什么不读读他的诗？或者更好的办法，直接去问希思科特。”

我不会读他的诗，我也不会去问希思科特。曾几何时，这样的巧合会让我喜出望外。我会将此视为我们之间纽带的明证，也是一次增进我们感情的机会。可自打我认真地这样考虑之后，我已经浪费太多次机会了。每次我已经伸手抓住希思科特，他就如轻烟般消失无踪。第一次是我十二岁时，接着是十七岁，然后是二十岁，每一次消失都比上一次更令人沮丧。经过这一切后，我发誓永远不会再重蹈覆辙去联系他；只是我不确定我是否已经吸取了教训，因为最近我刚给他寄了我的婚礼邀请函，我天真地希望他也许会来。

这些日子，我们互通了电子邮件，可我们之间的关系，往好了说，还是一言难尽。我们交谈，可我们没有真正交流。他释放信号：给我寄了他的诗歌新作，卡片上的签名写了“爸爸”，附上一个吻，仿佛这样做就能神奇般地将过去二十七年的缺席一笔勾销，不需要任何艰难的道歉或解释。对我来说，我似乎完全无法向他表达自己的情感。我们两个人都很受伤。由此造成的横亘在我们两个人之间不同版本的现实鸿沟令人不快。也许在照顾他的寒鸦方面，他是个完美的父亲，可我无法忍受去向他求教养护照顾的建议。

我又将注意力转向那只喜鹊。它似乎毫不在意我没能挖出有用的信息来。它唯一在乎的就是蛆虫，它好像愿意接受我来提供食物了，一如雅娜喂它时那么乐于接受、贪得无厌。这是一个充满食欲的箱子，一个我并没有主动想要的婴儿，它从树枝跌落，进入了我的卧室之中。

3

就如这只喜鹊一样，母亲和我也是在春天坠落的。事情发生在深夜；黑暗中悄然一推，便把我们的窝碾为齑粉。希思科特从未真正解释过他这么做的原因；为什么他会消失，为什么当时他如此癫狂。据我妈说，一切都突如其来，仿佛晴空霹雳，俨然血液中潜伏着某种难以察觉的东西。这就是我所知道的我们家的故事；大部分都是听她说的。

我的妈妈波莉，二十六岁那年遇到了希思科特。她十六岁离家，搬往伦敦，交了一系列貌似无可救药的男朋友后，在一家有影响力的出版社找到了工作——在当时的二十世纪八十年代，对于一个要学历没学历、要关系没关系的女人来说，这还是相当了不起的，更别提她的同事们似乎张口闭口都是牛津学历。希思科特是她的作者之一。二十世纪六十年代，他是一个前程似锦的年轻剧作家和反文化人物，拥有一小簇死忠粉。哈罗德·品特[①]就是其中一个。可之后他销声匿迹了好些年。《鲸之国》——一首赞颂鲸之美、哀悼鲸之厄的长诗——是他再次出现在公众视野的回归之作，我妈负责这本书的宣传。

工作会面很快就变得不伦不类：他会从糖罐中变出银元，向她展示花哨的手法，还答应教她变戏法。他们散很久的步，他会邮寄些魔术道具。很快他无论如何执意要从康沃尔的住处过来，她坐凌晨的卧铺赶来见他，他们在大西方酒店一连吃上好几个小时的早点。希思科特年纪比她大得多，已经四十好几了，可这似乎不打紧。他像个孩子般迷人：调皮、贪玩又风趣。她享受与他在一起的时光，他们待在一起的时间似乎越来越多了。

---

① 哈罗德·品特（Harold Pinter，1930—2008），英国剧作家及剧场导演，他的著作包括舞台剧、广播、电视及电影作品。品特的早期作品经常被人们归入荒诞派戏剧。他也是2005年诺贝尔文学奖的获得者。

他们漫长而又暧昧的恋爱期里有那么一两个诡异的时刻。尽管他们通了那么多信、经历了那么多次早餐长谈，希思科特居然没有找到时机提一下他有家室。他告诉我妈，他是一个隐士。因此，当希思科特的两个女儿奇娜和莉莉，还有她们的母亲戴安娜出现在国家剧院举办的《鲸之国》诵读会上时，多少还是有点出人意料——而更出人意料的是，希思科特的反应竟是夺门而出，一头钻进一辆出租车。也许那次本应该被当作一个危险信号；可在当时，他和我妈还没在一起。后来，等他们真正在一起时，他向她保证，他已经跟戴安娜分开好多年了。她和孩子们住在牛津；他孑然一身住在康沃尔。他称自己是个隐士时，他并没有说谎，但他的确也有不实之处。

《鲸之国》意外大获成功后，希思科特回到了康沃尔那个被他描述为“阁楼”的地方。他还有一本书要完成:《海豚之恋》。这是一封写给一头野生宽吻海豚的情书，他花了几周时间在爱尔兰海中与这头海豚游泳。这是一段不可思议的关系；希思科特人生中的另一段华彩篇章。他会蹚入水中，把脸浸入海洋，向海水深处大声喊叫“海豚”——这时那头动物就会出现，一枚十二英尺①长、感觉敏锐的鱼雷将他驮在背上来到人烟稀少的海湾，它会在那里下潜捕鱼，与希思科特分享它的战利品。他后来告诉我妈，那首诗交织着自己对她的深情。1988 年冬天为那本书做巡回推广时，他们

① 1 英尺约为 0.3 米。——编者注

最终在一起了。第二年春天，我妈就怀上了我。

希思科特已经成家了，而我妈又那么年轻。可当时的希思科特——人生唯一一次——头脑清醒。

“你不能因为时机不对就残害生命，”他说，“不管怎样，我们最后总会有个孩子。”

我妈的老板发觉她打算留下这个孩子时，就把她叫进了办公室。

“我想祝贺你，”他语气中带着异乎寻常的盲目自信，“希思科特会是个最出色的父亲。”

艾略特城堡对我妈来说并非如希思科特描述的那般是个僻静的隐居住处。他的朋友博雷克林的这栋十二世纪庄园的整个侧翼，被他完全占据了，管家每天会将热乎乎的饭菜送到他门口。希思科特的周围到处都是书籍、报纸和剪报，他仿佛深陷迷宫之中，白天废寝忘食地创作他潜心钻研的诗歌，夜晚就睡在一个脏兮兮的狗窝里。他忙到厕所都来不及上，手边有什么拿来就往里撒尿。宝宝即将临盆，他和我妈开始将树林里一个养猪户的农舍整修了一番。他们挖了口井，种了些核桃树，竭尽全力把这里变成一个舒适的小窝。我妈将她所有的家具和书都搬了过来。她以为我们要在这里打持久战呢。

抛开贵族式的腐朽不提，那段时间真是金色时光。与希思科特在一起很开心：风趣而迷人。《海豚之恋》又开始了巡回推广，于是我妈在全国推广的途中给他们订了豪华酒店。他们来到伦敦时，就在我妈的公寓里举办杂耍派对，她怀孕八个月的时候，希思科特带她去爱尔兰见了那头海豚。灌了好多健力士和黑啤后，他请求她嫁给他。“酒后吐真言。”① 她骂他喝醉了时，他这么说。无论是不是真醉，他们后来再没提过这茬。

我出生后的头六个月里，希思科特的确如预计的那样，是个出色的父亲。我早晨醒来时，他起来照顾我，让我妈继续睡。早在有机食品问世前，他就非常热衷于做纯天然的宝宝食物。他们俩不知怎么都有时间、有精力写作。我妈离开出版社后，开始了记者职业生涯。希思科特则继续他的诗歌创作，他每天走到艾略特城堡，在他那纸迷宫中信手涂写。有时候，他会带回来一只雉鸡，是人家打猎送给他的，我妈就会从鸡肉里取出猎枪子弹，捣成肉泥煮给我吃。也许希思科特是唯一一个知道所有这些安排是多么脆弱的人。表面上，一切都完美无瑕；直到突然间土崩瓦解。

那年春天的一个午后，他和我妈坐在树林中，我就挨着他们躺在一片如茵般的野风信子上。“这一切远超我所求。”希思科特说——他肯定是认真的，因为第二天他就失踪了。

那天早晨一切都变了，我妈一大早就被我的哭喊声吵醒。床铺上希思科特的那侧空荡荡、冷冰冰的，他显然没跟我在一起。他也没在楼下，或是在外面的院子里。发生了一场夜遁。希思科特如猫头鹰般一声不响地隐入森林中，仿佛鸟儿从一扇敞开的窗户飞走了，留下许多痕迹。

---

① 原文为拉丁语，In vino veritas。

事实证明他并没有飞很远——穿过森林大约一英里左右抵达那栋大宅子——但他也有可能待在树顶上，遥不可及。

“他正在经历崩溃，他不想见你，”我妈寻找他时，艾略特勋爵这么对她说，“你没法指望他一辈子玩过家家的游戏，你知道的。”

经过几次失败的尝试后，我妈穿过那片风信子，来来回回多次跋涉于农舍和那栋房子之间，终于成功潜入。希思科特的确疯了。他双眼通红而野蛮，头发也比往常凌乱。

“我病了，”他翻来覆去地说，说了一遍又一遍，“我病了。我病了。我病了。”我妈把我抱起举到他面前。

“这就是你的药。”她说。

“我病了，”希思科特说，“我病了。我病了。我病了。”

我们被赶出了宅子。发生了什么她只能靠猜测；希思科特似乎从未想过他欠她的远不止一个解释。接下来的几个月异常艰辛。我妈无处可以真正投奔。她试过回她德文郡爸妈的家，可我们在那儿也不能待很久，于是我们又回到艾略特城堡。

与此同时，希思科特把自己那栋大宅子里放了出来，我们回到农舍居住，全家团圆。希思科特和我妈试图让一切回归正轨，可他仿佛分裂成了两个人。他做出夫妻情深的样子——充满了深深的歉意。可是，我妈一去伦敦工作，他就会变了个人，疯狂地给她打电话，大叫大嚷，怒气冲冲。

希思科特似乎已经认定，他的生活中没有空间能同时满足诗歌和家庭。于是他开始把后者挤走。有一句话他反复放在嘴边，是作家西里尔·康纳利[①]的一句名言："优秀艺术的暗敌莫过于门厅里的婴儿车。"

最终，这一切都变得难以忍受。我妈搬回伦敦，一去不返。希思科特则待在康沃尔。她知道自己的家庭梦破灭了——可她希望她的孩子至少在成长的过程中知道他父母的存在。

"有一天我会见他，"希思科特在他们上一次见面时这么说，"总有一天。等我恢复了。我愿意的。"

不消说，那一天是漫长的等待。实际上，等了十多年才来。分别后，希思科特把我和我妈就像肿瘤一样剥离出他的生活。他不来探访，不写信，也从没寄过一张生日贺卡。我对他可能还留存的感官记忆——我小床上赫然出现的一双棕色眼睛、低沉的声音、熟悉的肌肤散发出的怡人气味——都悄然消逝了。

4

在我自己的窝里，随着一周时间慢慢过去，喜鹊宝宝似乎越来越活蹦乱跳。与小鸟在一起时，我的生活重复着一种奇怪的节奏。天刚拂晓，一阵尖叫声响起。我弄死一条虫

---

① 西里尔·康纳利（Cyril Connolly，1903—1974），英国文学评论家和作家，曾是颇具影响力的文学杂志《地平线》的编辑。文中这句名言出自他的代表作《诺言的敌人》，原话是 There is no more somber enemy of good art than the pram in the hall。

子。二十分钟后，尖叫声又响起。更多身首异处的虫子、生肉末，还有恶心的烂乎乎的狗粮。我把指甲里的油脂清理干净，坐在电脑前写作，尖叫声再一次响起。雅娜走后，我与这只喜鹊的步调保持一致，自己也越来越像一只鸟了。我从空中捉苍蝇，从泥土中爬梳蛆虫。我跑进跑出，把蜘蛛、毛虫和木虱一一弄死，就这么忙到傍晚。我一事无成，也不能离开家，这一周还没结束，我已然精疲力竭。

很快，喜鹊一侦察到我靠近箱子就会猛地扯开它那像遭受枪伤似的喉咙，仿佛它认出了我已化身为鸟爸爸。甚至我的嗓音也能够触发它。我凝视它，被它催眠，它把几百条微小的生命吸收进自己的体内，构筑皮肤、肌肉、骨骼、繁复的羽毛和锋利的鸟爪。我不由自主地纳闷，它是否还记得树上的生活，它的父母拥有甘草色的眼睛、锋利的黑色喙，叽叽喳喳、粗声粗气地对它说话？

距离雅娜回来尚有时日，箱子已经不够容纳这只小家伙了。它精力充沛地抓挠箱子四壁，坚持要我捡起它，允许它在地上啪嗒啪嗒，时而快速奔跑，时而笨拙地跳跃，探索着我们的卧室天地。两条又细又长的腿撑着身子，头重脚轻，一路奔去探究诱人的电源插座和蜿蜒曲折的电线，几乎不时有跌倒的危险。排便更是随心所欲。

我以全新的视野跟随喜鹊，留心遍布地板的别针和缝衣针，那些都来自雅娜走之前正在缝制的那件结婚礼服，还有她那侧床头柜上的一管强力胶、我这侧床头柜处于平衡状态的猎刀。从鸟儿父母的眼中看去，我们的房间——实际上是我们整个家——无异于一个死亡陷阱。有些东西是野生鸟类根本不需要担心的。比如电，比如被门挤压，比如会淹死在里面的抽水马桶。要是长长的喙卡在吐司里怎么办？鸟类一般对烟雾都很敏感，因此人们把金丝雀送下煤矿，网上说清洁产品、喷雾罐和不粘锅散发的气体对鸟类都是致命的。除漂白剂以外，那些我随意放在周围、似乎同样要命的还有：某些室内植物、鳄梨、洋葱、大蒜、蘑菇、干豆和巧克力都是潜在杀手——至少对于更常见的家鸟如鹦鹉和凤头鹦鹉来说是如此。

喜鹊在地板上飞奔，我不由自主地希望我能与某个有实战经验的人切磋一番——一个曾经抚养过这种鸟的人。我翻了一遍手机上的联系人，试图能找到某个可以打电话求助的人，可其中并没有太多喜鹊主人。我唯一能想到的还是希思科特，可即便如此，我还是心下怀疑。我与这只喜鹊相处的时间越长，就越发怀疑希思科特的寒鸦是否存在。这个小东西可不省心。鸡飞狗跳，叽叽喳喳，不停进食。寒鸦大概率也是如此。它们是属于同一支的鸟类：鸦科，或乌鸦科。希思科特都无法长久地照料自己的后代。他是如何应付一只鸟的，这匪夷所思。那只寒鸦是个谜；可也许它是一条线索。

尽管有些不情不愿，我还是转身走向我存放希思科特作品和小册子的书架。那里有他的第一本书《演讲者》，是他刚刚度过青春期时创作的，当时他一心扑在海德公园“演讲者之角”，要过朝不保夕的公共演说家的日子。一则新闻报道说，（这部作品）结合了乔治·奥威尔和让·热内①的风格，对描绘毒品、精神病、流浪和性等主题无所畏惧。1964年出版后，在评论界广受好评——来自安东尼·伯吉斯、威廉·巴勒斯和哈罗德·品特等人的赞誉令封面熠熠生辉——可是就像希思科特的大部分作品一样，也像希思科特本人一样，这本书此后似乎就渐渐湮没，无人问津。我的手指划过它，划过那三部歌颂自然的长诗——《鲸之国》《海豚之恋》和《圣象》——大约在我出生时，这些诗令他又一次出人意料地声名鹊起。这三本书打从我记事起就躺在我的书架上，无论我住在哪里。至少其中一本是希思科特送我的礼物。他的手写签名倾斜地划过《海豚之恋》的内封，向我诉说着他是如何在我妈怀我的时候带她去和那条海豚游泳的，海豚是如何用它的超声波扫描她的肚子的，它也是第一个见到我的生物。这封来自过去的信总是困扰着我：这样令人艳羡的幸福怎么就消失得无影无踪了呢？

接下来是更多希思科特的近作。这些书我都竭尽全力尝试阅读。从我们恢复联系后的那一年里，希思科特寄来了其中的大部分书。通过邮局寄来的薄薄的小本诗歌和册子，我似乎就是读不进去。我试过，可我的眼睛就是会溜过书页，我只能放弃，所以我之前从未读到过他关于寒鸦的诗篇。我

① 让·热内（Jean Genet，1910—1986），法国当代著名小说家、剧作家、诗人、评论家、社会活动家。早年曾是个流浪者，还因偷盗罪被捕，后来转而从事写作。

不知道为什么对希思科特寄来的诗，我会有如此过敏的反应。也许因为它们不是我想读的文字；尽管这么说可能也无益，但它们似乎不是非常出色。持相同评价的不止我一人。当时品特、巴勒斯等人当然也不再赞美希思科特自行出版的关于锡诺普的第欧根尼①的散漫芜杂的诗歌。

我在一本纤薄的蓝色平装本中锁定了那首关于寒鸦的诗，书名为《禁果：科学、技术和自然历史沉思录》。我意识到，这是我第一次真正打开这本书。这些诗歌关于蜜蜂和资本主义、黄蜂蜂蜜和马岛战争、艾伦·图灵自杀和当今中国工厂里制造计算机的工人所遭受的虐待，而《寒鸦之羁》一诗隐匿其中。这回我的眼睛没有溜过书页。这首关于寒鸦的诗意象丰富，充满感性，出人意料的温柔。它的开头是写希思科特在一个集市上被诱入一顶帐篷，里面的烤炉上烹调的艾菊煎饼散发出阵阵诱人香气。他在里头发现了许多鸟儿：一排排的木头笼子里关着受伤的小鸟。一只名叫奥布里的渡鸦对他实施了催眠：它凝视着他，他儿时做过的一个梦倏地闪现在他脑海里，梦中他与一只寒鸦交了朋友。在那顶帐篷中，他儿时的梦成真了。我不得不把这首诗读了好几遍，才能放松下来沉浸其中；然后我坐在地板上，身旁挨着那只喜鹊，穿梭于书页，最终坠入那个老人的世界里。

① 第欧根尼，古希腊哲学家，犬儒学派的代表人物。活跃于公元前4世纪，相传于公元前413年生于锡诺普（现属土耳其），公元前323年卒于科林斯。

5

那只渡鸦在栖枝上移动时，羽毛层层叠叠、交错覆盖，宛如碳钢鳞片一般，瞪视着这个陌生的外来者，眼神中隐藏着某种阴险，仿佛一条眼镜蛇或者海鳗在催眠它的猎物一般。随着渡鸦的脑袋微微挪动了一下，希思科特被它吸引住了，它仔仔细细地打量他：从末端磨损的鞋带、到手肘处的皮补丁、指甲里的泥土、头上支棱着这只野鸟鸟巢的黄毛，除此之外，它还以超出人类理解范畴的频率和角度来观察他。希思科特惊讶地张开了他两片薄薄的嘴唇，默然无语；这只鸟纯洁无瑕，如神祇般庄严，宛若一尊栩栩如生的黑曜石雕像。

他们之间有一个燃烧着的火炉，烟雾氤氲，一对游客夫妻，戴夫和迪正在忙忙碌碌，在一个油腻腻的长柄铸铁煎锅里烹饪艾菊煎饼。“我瞧奥布里已经把你迷住了。”迪说着，向这位访客递来一只略带油污的蓝色马克杯，里面盛着甘甜的英式红茶。

那只渡鸦，听见了它的名字，抑或是最终对这个陌生人做出了宣判，张开它那乌黑发亮的喙，嘎嘎大叫；是一种尖利刺耳、令希思科特肚肠发痒、几乎闻所未闻的噪音。他眨了眨眼，端起那杯茶，转而注意起了面前的这个人类。她解释说奥布里和堆在四周木头笼子里的其他鸟儿是如何到她手里接受照料的，这个破碎的小生命经过她和她的伴侣戴夫悉心照顾，恢复了健康。又说，尽管现在奥布里的笼子门总是敞开，它也从不会飞走，甚至像今天也不例外——一个初夏时节举办的康沃尔乡村集市热闹非凡，四周熙熙攘攘，面对这一切的诱惑它也不为所动。

希思科特瞪大双眼，喜出望外。他的双眸与渡鸦的一样，起初呈现出甲虫般的墨黑，不过当阳光从某个角度捕捉到它们时，就如此时此刻，它们便熠熠生辉，仿佛上了清漆的桃花心木。他想起了他儿时做过的一个白日梦。“奥布里莫名其妙的出现勾起了他孩提时代的一个旧梦，你的肩膀上豢养着一只寒鸦，就像个海盗似的。在你的耳边窃窃私语，诉说秘密，这只寒鸦会讲一种只有你能懂的语言。”一个跟他讲话、保护他的魔法伙伴。

戴夫准备好了奥布里的晚餐：一只带壳的生鸭蛋，一块浸血的饼干，一只出生仅一天、眼睛里流脓的小鸡仔，都堆在一个破破烂烂的锡碗里。奥布里又开始嘎嘎叫嚷，露出猩红色的喉咙和一条又长又细的舌头。那只鸟仅啄了一下就刺穿了蛋壳，黏糊糊的蛋壳碎片散落一地，然后便饥肠辘辘地啄食蛋黄，随之响起一阵湿润的嘎吱声，仿佛有人打碎了一块焦糖布丁的表层。我想象着希思科特皱了皱他的鼻子。在他儿时的白日梦中，他肯定从没料到一只鸟会有如此可憎的欲望。不过，随着太阳落山，迪在奥布里的笼子外罩上一块布，他感觉机会正在悄然溜走。

“‘打从我童年开始……’他们一脸好奇，耐心等候，‘我一直想……’”

"'我一直想照顾一只寒鸦。'"他脱口而出，脸上略带羞愧之色，仿佛他刚刚说出了一个肮脏的秘密。

"戴夫·内尔斯特罗普随口说道：'哦，我们有一只，一只雏鸟。它健康状况不佳，很难养活。现在用一个滴头喂它。加几滴白兰地。它刚从一座钟塔上的窝里掉下来。'"他望向迪，眼中带着疑问。她点点头。他们答应下次经过的时候会把它带来。

一周后，希思科特黎明时分醒来时，感觉某个坚硬锋利的东西在撬他的嘴唇。他动了动身子，咕哝着，那玩意儿抽了回去。他睡眼惺忪，强撑开眼皮，距离几英寸①远处，一只滴溜圆的蔚蓝色眼睛正疯狂地向下凝视着他。这只鸟被命名为"寒鸦杰克"②，将它的喙又塞入了希思科特的嘴中试图撬开，俨然一个拿着扩张器的医生。希思科特筋疲力尽，不愿反抗，躺在他那团脏兮兮的床单上，任由他的新伙伴在他的犬牙之间扒拉下一星半点前一晚的威灵顿牛排的残渣，"从昨晚的饭食中搜寻一点残羹冷炙"。

内尔斯特罗普曾告诉他，它真正所需要的，就是一点点休息——不过他们似乎忘了告知寒鸦。希思科特疲倦地想，它简直精力无限——"一颗充满能量和食欲俯冲而来的彗星"。不管怎样，他没料到它会如此这般生机勃勃。"近距离看，它的野性行为由一种强烈的好奇心所支配，可它到底是

① 1 英寸约为 2.5 厘米。——编者注

② 寒鸦英语为 jackdaw，而 daw 本身也是寒鸦的意思，希思科特便以 Jack Daw 为它命名。

谁？此鸟曾生活在一座塔上，后来坠落，其蒙头斗篷让它形似一个戴帽兜的修士。”

这鸟飞离希思科特的胸膛，开始在他的纸页中翻寻——那些纸被干了的汗渍和泼洒的茶水染成藏宝图般的黄色。小鸟忙碌地翻折纸页，如犁地一般，将它的喙戳入缝隙中，希思科特观察着，尽管在这荒谬的时刻，他大为吃惊。它低下脑袋，摇头晃脑，仿佛某个在狂热祷告的人。寒鸦停住了。它发现了某样柔软、粉红而又毛茸茸的东西。它狠狠拧了一下，希思科特随之一声惨叫。这显然不是小鸟在寻找的，因为它大步向希思科特的脑袋行进，朝他怒吼。

希思科特嘟囔了一声，仿佛一个牵线木偶猛地活了过来，缩起细长的四肢，爬了起来。他浑身一丝不挂——只有这只寒鸦栖伏在他肩头。他瞥了一眼嵌在他圆形房间墙壁上的巨大拱窗，看到自己的映像时，他咧嘴一笑。实际生活并不如他幻想的那般发展，四十多年前的事了，不过也相差无几。他头也不低，就打开膀胱，向一个广口瓶瓶口射去一道金色的尿流。瓶子已经满到四分之三处了，而他的新增物令里面的脏东西升高到了边缘。散落在地板上这样的容器有许多，这只是其中一个：还有不止一个的炖锅、品特杯、一个水晶醒酒器，甚至还有一个十八世纪的夜壶——那玩意儿是首当其冲被填满的。很快这个房间就没法住人了，希思科特悲伤地想，还有什么能与这只鸟的粪便匹敌呢？

他望向窗外。他会想念这特别的景色，风景如画，美不胜收：目光掠过线条柔和的山谷，一路向下来到塔玛河，那宽阔的河口在晨曦中早已波光粼粼，鸟儿们在附近的滩涂啄食，铁轨线路高耸于河面。可是，环顾这四周日益凌乱，他找不到任何办法。幸运的是这栋房子的侧翼实际上已然荒废；他未来几年里可以继续在走廊里穿行，边走边在身后关上门并上锁。

在这里他喜欢把自己当做一名空屋占领者。反正他就是这么告诉别人的，尽管真相仅仅是他在别人家逗留得太久而讨人嫌了。博雷克林说他可以来住一阵子的时候，他大概没想到五年后他还没走，还在他的明朝花瓶里装满了人类排泄物。极有可能，希思科特的两个女儿和她们的母亲也没料到。

希思科特套上条裤子，坐到他的写字台前。作品是重中之重。这是他来到此地的原因：静谧之地，远离那个被他称为“家庭三明治”的围城，此处他能彻底自由地创作。

写字台桌面上，首相撒切尔夫人那张写有下流注解的脸庞正向他怒目而视。他拿起笔，正要写下一句大胆的新诗句时，这只寒鸦又一次朝他尖叫起来，这回正对着耳边。他几乎忘了它在那儿。它的粉色喉管距离他的脸如此近，暴露无遗，他觉得仿佛自己能一路看下去直到看见它那空空如也的肚子。“几乎一瞬间，我成了这只鸟的俘虏，存在仅为了满足它的需求，我疑惑自己是否会经历斯德哥尔摩综合征，那意味着你爱上了自己的俘获者。”

粉虱和牛奶——内尔斯特罗普说这是它的食物。他四处为鸟儿搜寻早餐食物时，心里纳闷，大自然中的寒鸦是如何为它们的幼鸟获取牛奶的。也许它们会围攻送奶车，就像海鸥追逐拖网渔船一样。抑或是它们又蹦又跳，跳上奶牛的乳房，挂在那儿宛如墨黑色的晾衣夹，直到它们的喉咙里灌满了牛奶。他突然想到，寒鸦也许不会真的喝牛奶——可尽管如此，他还是将牛奶倾倒入他唯一一个尚未被污染的盘子里，然后放在便携炉上温热。

鸟儿猛地跳到那些虫子上，饥肠辘辘地将它们铺在地板上。这是内尔斯特罗普在分别时送的礼物，它们慢慢地爬入地板之间的黑暗缝隙处，消失了。寒鸦“扑通”一声把它黑炭般的脸栽进了盛着温热牛奶的碗里。

希思科特耸耸肩，回到了他那一团乱麻的写字台。他将撒切尔夫人推向一边，内疚地把一封他母亲写来的信再度掩埋，信中她问他是否要把一些他的工作服或袜子邮寄去修补，接着他扯过一本 Moleskine 牌笔记本。他开始奋笔疾书。他琢磨了一段时间的一个想法正渐渐成型：一首关于鲸的史诗，具有抑扬顿挫的节奏以及咒语的力量，一种他将施与它们的保护咒。他的周遭万物逐渐消失，唯独剩下他那支书写的钢笔笔尖，在珍珠白的纸上龙飞凤舞般划出一串神秘符号。

那只寒鸦没有这样的坏习惯，“像某些骄横跋扈的电影明星，要求不分昼夜的完全关注”。它从地板蹦到膝盖上，再跳到写字台上，像一把大功率的手提钻似的一下下拼命撞击钢笔，结果钢笔如动脉刺穿，喷射出一股黑色墨汁，洒满了纸页。希思科特看着他那被寒鸦黑黢黢的爪子踩在底下的稿纸，开始感到有些闷闷不乐。他意识到，自己又一次成了俘虏。

6

日出时寒鸦的回声将我唤醒了。“这怎么可能？”我头脑昏沉，同时我感到某个坚硬锋利的东西正在啄我脸上的肉。希思科特是怎么形容来着？黎明时分“一个瘦骨嶙峋的冲击钻正在剔你的牙”。我睁开双眼，只见我的施刑者正颤颤巍巍地站在我的胸骨上，将将在我的心脏上方，透过一只乳蓝色眼睛严厉地审视我。这只鸟已经学会了逃离它的箱子，一跃而起跳到我们的床上，现在似乎迫不及待要吃它的早餐，抑或它以为我就是它的早餐。当它像扯一根橡皮筋似的拉扯我的下嘴唇时，我尽量不躲闪。我推断，这些行为并没有恶意。如果这只鸟真想要钻到我的肉里，那么它大概率能做得到：它把喙当成一把鹤嘴锄使用时，造成的破坏在我四周到处可见。

现在我相信希思科特的寒鸦确有其事了。他的诗观察细致入微，不可能是凭空臆想的，而且我在网上还找到了照片为证。那张照片很小、精度不高，没怎么对焦，仿佛一段朦胧的回忆。照片上深邃的房间里一个男人坐在一张巨大的桌子前，背对着照相机。他有一头狂野蓬乱的黑发。这是如假包换的希思科特。他的深色西装外套的两肩是斑驳的白色，他左侧一张椅子的靠背上栖息着一只青灰色寒鸦，正回应着他的目光。

我伸手去枕头底下拿我的手机，给这只以如此倨傲姿态站在我胸口的小鸟拍了张照。也许我终究会给希思科特发一封电子邮件。

在它与我们共处的两周时间里，它已经长成了一个挺俊俏的家伙。当它在床上昂首阔步，肩背上披着黑色丝绸般的短羽和雪貂般的皮毛，新生的飞羽如珠宝般熠熠生辉，一副王者派头。雅娜和我都渐渐认为这只喜鹊是雄鸟。我们没有实证支持这个猜测：喜鹊，如同它们鸦科的大部分同类，无法凭肉眼区分性别，因为它们没有外在的性器官，在体形或羽毛上也没有呈现任何特殊差异。不过，这鸟儿必定非雄即雌，我们有五成的胜算。

小家伙的喙闪闪发光，又一次猛冲向我的心室隔膜。这回我躲到了床单底下，它在我上面的羽绒被上来回踩踏，感觉俨然一个巨人，一双利爪向下按压，轻柔得像小猫咪的爪子似的。

我起床去准备喜鹊当天的第一顿餐食，这时我又想到了希思科特和他的鸟。如今天早上这样的时刻——仿佛这回声在两代人之间穿越传递——令人有些许心神不宁。任何能让人觉得我似乎在步希思科特后尘的事都会敲响警钟。上一回我追逐他的影子，最终导致了我自己的崩溃，近来我有一种担心重蹈覆辙的恐惧。理智有时候像一层非常薄的膜，再度穿透这层膜简直轻而易举。我不得不提醒自己这里没有什么可害怕的。即便荒诞不经，也无非是个无伤大雅的巧合罢了。趁我还没打消念头，我飞快地写了一封电子邮件给希思科特，附上一张喜鹊站在我胸口的照片——一如三十年前寒鸦杰克对待他的情状。

几天前雅娜从巴黎出差回来，发现这只喜鹊与我如胶似漆。如今我似乎成了它的大树，它一有机会就死死扒住我的胳膊，要么就着急慌忙地攀上我的一侧肩膀或是钻进我那鸟窝似的头发中。尽管它会在我身上拉屎，啄我的手脚，正对着我的耳洞尖叫，我还是有种感觉——它敬重我，观望并等待我向它示范该如何行事。

我不确定在这栋房子里，它从与我相伴的旅程中学到了何种生活经验。我估计，觅食方面是百无一用的——除非我在冰箱里乱翻一通的行为也算有用。大部分时间，它就只是栖息在我桌子的边缘，注视着我的一举一动：我削铅笔时，它就把脑袋歪向一边，盯着那些粗糙的木屑落入废纸篓里。我敲击键盘时，它会追随我的手指，依样画葫芦，啄击键盘上的按键。它经常隔三岔五地踏上我的手腕，抑或拖着步子爬上我的手背，然后蹲下打个盹儿，一团暖呼呼的毛绒球左摇右摆，要是我继续尝试打字，它还会温柔地叽叽叫唤，以示谴责。

它喉咙里的寄生虫似乎就那么消失了，虽然雅娜回来后它的抽搐又发作了一次，以此庆祝雅娜的归来，但它总体的发展是向好的。小鸟的状态蒸蒸日上。

喂食间歇，我一直在围绕相关主题尽可能多地进行阅读。除了希思科特的诗篇，我如饥似渴地读了不少书，作者都是曾经偶遇过这一科鸟类的人和研究它们的生物学家。我的发现令人瞠目结舌。除人类以外，喜鹊是为数不多对着镜子能从中认出自己的动物之一，这表示它们有自我意识。它们擅长表演，瞒天过海，是模仿大师。我还读到，关于鸦科鸟类头脑的小小奇迹——鸦科和它们的同类在动物王国中拥有类似最高的大脑与身体比例；这些鸟的大脑是如何在它们身体中密集折叠，就像日本钢材一样，让它们能够以远远超过大脑重量的方式戳刺。“鸟脑瓜”①似乎终究不是这么有侮辱性。

有文章说，喜鹊大约同蹒跚学步的孩童一般聪明，至于鸦科鸟的其他成员则更胜一筹。举例来说，新喀鸦②已经被证明拥有与一个七岁孩子相当的推理能力。尽管十分惊人，但这种与人类智商的比较似乎是错的。这种居无定所、爱啄击的生物并非是个卡在鸟类躯体里的半成人。它是一个完完整整的独立个体，一种在我们面前蓬勃发展、截然不同的智慧。

我开始兴奋起来。我对雅娜说，也许，这将引发某个大事件：鸟类与人类心灵碰撞，第一次接触。也许，我们把它放回外界时，它会告知其他鸟儿我们是如何照顾它的。我想象着自己可以在一棵树底下伸出手臂，上面沉甸甸地挂着飞

---

① 原文为 birdbrain，口语中“傻瓜、蠢蛋”的意思。

② 鸦科、鸦属的一种，南太平洋新喀里多尼亚岛上的特有种，分布于太平洋、中国海域以及菲律宾、文莱、马来西亚、新加坡、印度尼西亚等海域。

落下来向我打招呼的野生喜鹊和乌鸦。雅娜一脸惊愕，话虽如此，我们还是开始以新方式与喜鹊互动。它会喜欢我们喜欢的东西吗？对同一件事，我们有反应，它会有反应吗？

我们已经不再将此视作一项简单的救援任务了。我们开始紧密地连结在一起。雅娜让喜鹊落到手腕上，对着镜子照自己。它凝视着自己，一个蓝眼黑嘴的尤物，发出一阵悠扬起伏的啁啾，声似鸟类的呜呜声。我从外面门前一小块地里摘了些暮春时节的花朵，献给小家伙，而它正在我们烫衣板顶上一条毛巾的褶皱里歇息。它用喙一朵接一朵地衔起，小小的勿忘我、罂粟花瓣有它两个脑袋那么大，它叽叽喳喳叫个不停，明显带有谢意。我去了趟商店后回到家，却发现雅娜和喜鹊正坐在一块儿——雅娜盘腿坐在床上，小鸟抖松羽毛立在她裸露的肩上，它的两条腿隐藏在它那黑白相间的羽毛裙之下——他们正在聆听一段古典乐，一段余音绕梁的管风琴曲。雅娜吹着口哨，小鸟叽叽喳喳，杂乱无章地和着她鸣叫。

随着小鸟在房间里四处探索翻查，审视它看到的一切——我的笔记本充电器、一株仙人掌、一副太阳镜——用它那日渐有力的喙，我纳闷的是，我都活到这把年纪了怎么会从没注意过这些动物的“人格”——没有更合适的词了。我意识到，哪怕我在过去曾经留心过，它也无非就是装饰，黑白交织掠过天空，如惊鸿一瞥。这种心理转化几近神奇，仿佛走进你的花园，发现花卉彼此之间正在聚精会神地谈话。

它依然无法自己进食，或是给自己止渴，它花大把大把的时间睡觉，不过小睡和进食的间歇，这只喜鹊已渐渐将自己塑造成形了。最初从它那光滑大理石般的蛋壳中雕刻出大致轮廓，现在它正工于更精致的细节，优化体态。原来裸露的皮肤处，开始长出坚硬的蜡质羽鞘；所谓的针羽。小鸟又抓又挠，还用嘴啄，将其磨平直到开裂剥落，现出崭新的羽毛。无论它坐在哪儿，都会从这些羽毛输送管里留下一堆一堆的皮屑。它第一次展开翅膀——没有振翅，而是削去更多针羽，羽毛紧紧地向内盘起，宛如卷轴。这些羽毛、这些翼羽的颜色，有如鸟儿眼睛的颜色，变幻莫测。在太阳下，它们闪耀着惊心动魄的蓝色，如一条热带鱼的鱼鳍闪闪发光，这种颜色此前我从未在任何一只英国本土鸟身上见过。

7

尽管这只喜鹊美丽动人、睿智神秘，雅娜和我两个都需要好好休息。我已经有两周多浑身脏兮兮的，没睡过好觉了。由于缺乏睡眠，我的眼睛又沉又肿。我的衬衫上沾着肉汁，鸟屎缠结在我的头发上。我们本打算利用空闲时间来筹备婚礼——还有短短几个月，简直迫在眉睫——可现在我们却同一只小鸟玩起了过家家。

我洗澡的时候，雅娜将喜鹊喂得饱饱的，接着我们便出去吃午饭。这是我们第一次将它独自留在家中，无人照看。到了室外，我从来没有这么关注过那些野生鸟类。突然之间，我开始将它们视为独立的个体，它们拥有各自独一无二的生平和品位，这无疑是个巨大的理念转变。鸽子点头晃脑，小心翼翼地啜饮着排水沟里油腻腻的水，它们的脖子闪耀着紫青色；一只黑色的小嘴乌鸦登上一只垃圾箱，将一次性咖啡杯和空快餐盒丢到人行道上，然后飞走时喙里好像叼着一坨狗屎；一只成年喜鹊沿着我们头顶上方的窗台一路飞奔，发出一阵咔哒咔哒连续不断的鸣叫，仿佛一阵机关枪扫射。

希思科特尚未回复我的电子邮件，虽然他对我们婚礼请柬的回应通过信箱最终抵达了：一个装有一摞卡片的牛皮纸包裹。在我看来，他似乎是用一个谜语来回答一个简单的问题。我当然无法摸清他是否打算前来。我一直在等这个契机介绍雅娜。幸好她比我更擅长破解密码。

我们沿着马路走到咖啡馆，我把希思科特寄来的包裹在桌上倒了个底朝天，给她过目。她拿起第一张卡片，读出希思科特的话。

查理，

感谢盛情邀请。如果可能的话，我会以别种方式答复。

爸爸吻你再吻你

“我不明白，”雅娜说，“他说的‘以别种方式答复’是什么意思？”

她眉头微蹙，将卡片翻过来，寻找线索。卡片正面印了幅超现实主义画，画的是一只猫头鹰。这只猫头鹰翱翔于璀璨星空，喙里叼着一条绳子。一个身穿条纹睡衣的男人手持捕蝶网，缘着绳子一步一步地向上移动，试图捉住猫头鹰。如果他成功了，那么他俩都会坠落而亡。

“也许这幅图就是他的回答？”我建议道，“你觉得他应该是那只猫头鹰——而我们的婚礼就是那个网？”

“那么在这画面中你应该是哪个？”雅娜问，“穿着巨丑睡衣的胖男人？”

她飞快地翻阅了一遍包裹里剩余的东西，寻找蛛丝马迹。随附明信片的，还有希思科特寄给我们的一张前伦敦市长肯·利文斯通的照片。照片上肯举起一本希思科特的诗集，咧嘴大笑。雅娜挠了挠她的脑袋。

“我看不出他跟我们的婚礼有什么关系。”她说，接着她转向下一张卡片，上面印了一幅希思科特的画，画面上填满了压扁的可口可乐罐。下一幅是一只大猩猩粗鲁地竖起中指，上面叠加了一首希思科特的诗；最后一幅是耶稣，同样竖起中指，附着同一首诗。这首诗篇幅不长，也并非特定的婚礼主题。

一切无政府主义的意义
就是**没有压迫**！很简单：
一切压迫你的都是狗屎！

“我没有从中看出接受的苗头，”雅娜说，“不过我觉得这也不是断然拒绝。两个吻。我估计我们只能拭目以待，看看到那天他是否会出现。”

我不知道邀请希思科特参加婚礼时我是怎么想的。当时我知道这是个错误，特别煞风景。我认为自己的部分动机是让希思科特与我之间两种版本的真相之间的鸿沟浮现，并给他机会去弥补这一鸿沟。他真的是“爸爸吻你再吻你”吗？如果是，他就会来。

雅娜把这堆卡片放到一边。她没什么耐心去做思维游戏，何况还有其他事有待讨论，除了心理问题之外，还有现实问题需要解决。她自己的家人正在从欧洲四面八方赶来：她的妈妈和爸爸以及他们各自的另一半，她的四个姐妹和三个兄弟，问题是他们所有人要住哪儿。还有一位人在乌克兰的外祖母，正纠结于签证问题和关节炎。我们还没有戒指、誓词，甚至连一位证婚牧师都没有。我们唯一真正确定的就是地点：位于我从小长大的农场里的一片河岸，四周长满了睡莲、垂柳和绣线菊。

还没喝上咖啡，我们的对话又信马由缰般回到了那只小鸟身上。雅娜好奇它何时能学会觅食、何时能学会飞行，还有我们是否能做些什么加速这个进程，这样我们就能将它放回它所归属的树林。一听这话，我顿时感到心口重重地挨了一击。我不敢如此肯定我想要它离开，尽管我知道这是不可避免的。我已经开始渐渐依恋它了。小东西凭自己的本事令人着迷，可是除了它与生俱来的魅力，它在我的脑中已经完全与希思科特、他的寒鸦、他那从未解释原因的失踪、他的关心无力纠缠在一起了。一部分的我觉得这只喜鹊知道答案，这些尚未与人分享的答案。

雅娜舔了舔她那杯卡布奇诺上的泡沫，此时我开始敲打桌子，在座位上扭动身体。我有一种需要回归巢穴的动物需求。我已经离开太久太久了，而且在此处待得越久，我不在时越有可能发生某种不幸。仿佛我的脑袋深处警报声大作，俨然是一只喜鹊母亲的感觉。雅娜看出了是怎么回事，护食般握紧她的咖啡。严格来说已经见怪不怪了，这种突然之间迫切想要离开并飞奔回家的非理性需求。我这种“或战或闪”的本能反应出现异常已经有好一阵子。只有在此刻，也是第一次，它聚焦在了我的身外之物：一只纸板箱里的小小鸟。我对雅娜摆出一张痛苦的面容，直到她放下咖啡起身，回家时骂了我一路。

这一次，我的偏执被证明是对的。我们不在的时候，那只鸟大肆破坏了一番，忙得不亦乐乎。盆栽里的泥土撒了一地，放钢笔和铅笔的笔筒翻了，雅娜针线盒里的东西都散落了出来。一轴黑线已经松开，散在我们整个卧室里，从一头到另一头往返交叉，犹如一只巨大的蜘蛛试图织就一张邪恶的黑网。线的最末端是那只喜鹊，绝望无助地困在自己构建的罗网中，它毫无疑问后悔了让它落到这般田地的决定。小鸟似乎在我们离开时举行了它个人的五月柱舞会，围绕着一只桌腿跳来跳去，喙上缠着一根线，不知不觉中将自己打了个结，越缠越紧。

小鸟抬头望着我们，喳喳尖叫，楚楚可怜。雅娜扑哧一乐，声音介于大笑和安抚低语之间，慌忙跑去为它松绑，用一把修甲小剪刀小心翼翼地剪开线，而小鸟则发出吱吱的呜咽声。我不厚道地怀疑，它故意这么做是为了提醒我们它有多么无助，多么依赖我们，也许，还为了抛弃它而惩罚我们——它的养父母。如果真是这样，那它的计划奏效了。雅娜的眼中闪着泪光。显然她也很紧张这个小东西。摆脱束缚后，小鸟攀上雅娜的手背，深沉安稳地睡去，将她挟持为人质。

8

喜鹊族群中，被双亲抛弃的雏鸟并不总是会面临毁灭。喜鹊有它们自己的安全保障。出于种种原因，窝里的雄喜鹊失踪后，鸟类学家观察到，其他单身雄喜鹊会进入继而追求雌喜鹊，甚至照顾它的后代，将其视为己出。这种现象与我所理解的自私基因论不甚相合。雄喜鹊当然应该把雏鸟丢到地上、斩断竞争对手的血脉，不是吗？相反，它竟然会养育雏鸟。喜鹊似乎能以超脱本能的生物性来做出行动；人们甚至可以称赞它们心地善良。

可是当我自己有了一个新父亲时，我却不是那么看问题的。我不记得希思科特失踪后那些年里的许多细节了，那时候只有妈妈和我。一个两岁大的孩子能记得什么呢？当时我们住在伦敦北部，有一只黑猫常常跑来我们一楼公寓的花园，我紧追不舍，不顾一切要抱它；那里的陶器颜色，是墨绿色的旋涡纹路；一路颠簸穿越城市时，是我妈那辆老 Mini 座套那令人窒息的气味、座位的不适、嘴里胆汁的味道，接着就是新鲜出炉的呕吐物，我妈从驾驶座回过头伸手递来一把纸巾。从那个时期珍贵的家庭录像片段里，肉眼可见她的艰难挣扎，筋疲力尽，非常单薄，刚刚大哭一场。她承受着一定的压力：从事记者工作，为了我既当妈又当爹，希思科特崩溃所带来的冲击，令她震惊不已。她自己也十分虚弱，那时曾缠绵病榻数日。那是因压力诱发的慢性腺热，而非精神崩溃，尽管如此，这病还是让人虚弱不堪，把我们俩都吓坏了。

我以自己天真烂漫的方式竭尽所能。她还记得，醒来时发现旁边的枕头上放着餐食，至少是一个蹒跚学步的儿童概念里的餐食：有酸奶、陈葡萄、小块奶酪，还有其他我能从冰箱里够得到的东西。我的幼儿园老师，是一个名叫罗莎莉小姐的善良女人，她开始进出公寓，陪我散步。有时候我妈妈不舒服，她也会给我买午餐。我小心翼翼避免踩到路面上的裂缝。脚把裂缝踩，妈妈背折断。①

戴维最早出现在那些家庭录像中：一派安静稳重的气度，留着灰白的平头，一对神采奕奕的蓝眼睛。同希思科特一样，戴维比我妈年长，也已经成过家：第一段婚姻留下了三个女儿和一个儿子，几年前以离婚告终。不过，与希思科

---

① 出自古老的童谣，据说踩到裂缝会给家人带来噩运，后渐渐成为迷信。

特不同的是，他没有试图隐瞒。戴维不像希思科特，他踏实可靠，值得依赖。与那种反复无常、捉摸不透的人截然相反。他照料我妈，关心我，将我视如己出。我的记忆开始渐渐成形，纷至沓来：这个新来的男人煮流心蛋和烤面包做早餐，开他的车送我去幼儿园，带我去动物园玩，让我在他那圆滚滚的肚子上弹跳，抓住我的一条胳膊和一条腿，将我抛在空中转圈圈，我感觉到要飞翔的时候有人牢牢抓住了我。他拾起了懒散的希思科特抛下的，在他和我妈妈的鼓励下，我渐渐开始把他当成我的爸爸。

只有在永远离开我们的公寓、搬进他位于伦敦西区运河边上的豪宅时，我才开始仔细思考。这一举措代表了生活环境的变化，其极端程度至少同这只喜鹊从它的树枝上一跃进入我们的卧室不相上下。这位新爸爸是个成功的音乐家，尽管在当时我几乎没有意识这其中的意义。我能够明白的是，有一个新爸爸意味着我同时有了四个新的哥哥姐姐，他们在经历父母鸡飞狗跳的离婚之后，也许都有点烦躁不安。我喜欢自己玩，不得已时可以和那只邻居家的猫玩——典型的独孩行为。大多数情况下，我是个沉默寡言、多少有些焦虑的孩子，最开心的事就是带上一本书、一只手电藏身于衣柜的最顶层，并关上门。正如有些兄弟姐妹那样，他们吵吵闹闹，大打出手，用电视遥控器互相砸脑袋，还会玩“吃辣椒”①，他们为了爸爸争风吃醋，护着爸爸，这都是可以理解

① 英国孩童之间的一种常见的恶作剧，大概是指双手握住对方手臂或手腕，并向反方向拧，从而在手臂上给对方一种烧灼感。

的。我们正式搬进来的那天，其中一个孩子把我的玩具从房子顶楼的窗户扔了出去，之后，有两个孩子把我逼到墙角，再三质问我的爸爸是谁，用手对我又戳又拧，直到我给出正确答案为止：希思科特。希思科特是我的爸爸。我以自己的方式进行回击。我把戴维所有的鞋子和袜子里都填满爽身粉，沿着楼梯抹了一坨一坨的屎，后来我拿着一罐绿色广告颜料，小心翼翼地将周围我触手可及的每一张照片上戴维的脸涂抹去。

孩子有一种让人心慌的天赋，那就是能找到你的痛处，并准确无误地揭开伤疤。谁是我的爸爸？更进一步，我又是谁？戴维和我妈结婚时，我五岁，不久之后他就提出我应该改姓，成为他名副其实的儿子。要找到希思科特询问他是否同意我在法律上由戴维收养，这一点被证明是不可能的。我们给他所有已知的地址都寄去了信，但他就是拒绝回复：也许他漠不关心，抑或只是他没有能力应对。最终，法律机构将他的沉默解释为同意。

当我摆脱一个父亲、得到另一个父亲时，我清楚记得这个过渡的确切时刻。这是我第一次出庭，尽管很遗憾并不是我的最后一次。我坐在一张硬邦邦的木质长椅上，两侧分别坐着我的妈妈和我的准爸爸，我扭动身体，在长椅上了清漆的表面上滑来滑去。法官询问我是否乐于接受即将发生的事时，前排长椅的椅背挡住了我的视线，我无法看清她的样子。我妈推了推我："说是的，查理。"随着小木槌"啪"的一声响，尘埃落定。我被剥夺了"威廉姆斯"这个姓氏，在法律上我在吉尔莫家族重生了。那个时候我真的开心——尽管此后有几度，耻辱玷污了这段回忆。我纳闷，我是否应该如此迫不及待地同意；这是否算是我第一次真正意义上的背叛，我抛弃了希思科特。一件将持续产生余波的罪行。

9

我中途结束午餐的第二天，那只鸟洗了它一生中的第一次澡。暮春时节渐渐过渡到了炎热的初夏，喜鹊向上蹦跶，跳到了一只浅盘的边缘，此时午后明亮的阳光照耀着它的羽毛。它那关节脚趾的末端——纤细的黑色爪子笃笃地扣着这件瓷器。它好奇地向水池中张望，新生的指甲摩擦得沙沙作响，隐约表现出兴奋或期待。它绕着水走了几圈，那细枝般的两条腿上蹿下跳，从每个可能的角度进行查看。过了好一会儿它才把喙浸入水中，起初谨小慎微，随后便放开了胆子。水溅出汤盘一侧，它的喙撞击着盘身，仿佛茶杯里一只叮当作响的勺子。

又过了一会儿，它才鼓足勇气一跃而入。我估计那些不会游泳的鸟类必须非常确定能让它们入水的原因。当它最终决定冒险一试时，它在没过脚踝的水里站了片刻，它的双脚放大变形。两条腿轮换着跳行，然后俯下身子浸入水中，抖啊抖，不停地抖动。水珠在空中四处飞溅，洒落了一地。它从水里跳进跳出，反反复复，犹如一个孩子兴高采烈地在玩俯冲轰炸，接着它跳出了盘子，攀上雅娜的手腕，它又一次抖了抖身子，甩了我们俩一身发霉的水沫。

雅娜低头望着这个小东西。这真是楚楚可怜的一幕。小鸟像一只湿透了的猫，满身泥水，局促不安，成了个小不点儿，小得可怜，所有的羽毛都沾湿了耷拉下来。它的眼睛和喙是所剩无几的没有在洗澡时缩水的部分，而此刻它们似乎又大得吓人，仿佛瘟疫医生的面具①。小鸟将它湿漉漉的双颊往雅娜的袖子上蹭，从尾巴里绞出水来。雅娜拿起吹风机，把湿透了的小鸟放在她的头上，开始用温和的热风吹它。它看上去可不像一个能很快回归大自然的小生命。

等小鸟浑身吹干后，它先前的荣光又恢复了。它的翼羽闪耀出惊心动魄的蓝色，新长出的尾巴上微微闪出五颜六色，在不同角度下，阳光从它的羽毛上反射，从金色变成了紫色。雅娜指出，它浑身熠熠生辉，就像它被捡到的那个废车场里小水塘漂的汽油那样。

“也许，”她说，“我们应该给他取个名字？叫它苯怎么样？”

为了给小鸟取名，我已经绞尽脑汁了好一阵子，可是似乎没有合适的名字。希思科特的寒鸦叫寒鸦杰克，这个名字似乎是与生俱来的。“梅格派”似乎并没有异曲同工之妙。在莎士比亚的书里，“喜鹊”是以“蛆虫派”的形式出现的，

---

① 一种鸟嘴面具。17 世纪负责治疗鼠疫的医生会戴这种面具，面具上有尖尖的鸟喙。

但“蛆虫派”更糟糕①。我不停地以那些著名的大盗名字一一尝试，如让·热内、罗宾汉、莱佛士②、老大，以纪念喜鹊最广为人知的特性。我不确定给鸦科鸟取名要遵循何种准则，即便真有准则，它们也似乎很少会落入人类手中。伦敦塔中温驯的渡鸦，被人豢养在那里用来娱乐成群结队前来参观的游客，它们似乎相当郑重其事地得以冠名：托儿、福金、穆宁、科莱克斯、查尔斯。这些名字似乎都不适合这只喜鹊——就它所有帝王般的品性来看，它不是那类自命不凡的动物。

当然，取名与放归是背道而驰的。取名是一种主张权利的形式。不过苯这个名字，带有酒精般的内涵，似乎有种内在的逃跑含义。苯，兼顾天然与人造。光辉灿烂、闪闪发亮的酒精挥发进入空气，小鸟找到了自己的名字。

---

① 喜鹊英文是 magpie，在莎士比亚作品中，曾出现过 maggot-pie，骂人的词汇，意为“蛆虫或苍蝇幼虫做成的派”。

② 1898 年，柯南·道尔爵士的妹夫 E.W. 霍恩创造了 A.J. 莱佛士这个人物，一个绅士和小偷。后来引申为衣冠楚楚的窃贼。

飞　羽

10

眼看就要到六月份了，我注意到其他喜鹊似乎都已经飞离鸟窝、自立门户了。当地公园里到处是叽叽喳喳的幼鸟，跌跌撞撞地穿行于树林中，犹如身上镶着亮片的杂技演员，追逐在父母身后——它们的父母似乎愈发懒于回应它们乞食的叫声。几天前，一只好奇的喜鹊幼鸟甚至来拜访我们，在窗框外面扒拉，朝里面这只过着备受宠爱、古怪奇特生活的小鸟叽叽喳喳地叫。

苯几乎没有表现出任何受到野性召唤的迹象。我不得不承认，我们也没有按照最自然的方式抚养这只喜鹊。它的生活方式似乎更接近于一位中世纪的王子，而非一只鸟，其中充满了音乐、鲜花、亮晶晶的小玩意，还有肉。我或许应该教授它各种各样的求生技巧，为它进入野外做好准备；尽管我不确定何种技巧能够有效地传递，而我还是个依赖技术的人类。幸运的是，它的种种本能似乎自然而然地上线了。这些来自它祖先、折叠隐藏于它遗传密码中的经验已经慢慢地向我们显现。鸦科鸟是大自然中最伟大的囤积狂，总是囤积食物以备荒年，它们会在所到之处留下一个个小型应急食品储藏室。它们脑袋里藏着数以百计、有时候是数以千计画着

X 的藏宝图——那里标记着掩埋食物的地点。苯一直在炫耀它的这项天赋异禀，在我们的卧室里藏起小块小块的生肉。最终，它能够自给自足了，当场吃不掉的食物，它会带走，小心翼翼地塞到某个看不见的犄角旮旯。任何一条裂缝都可以藏东西：我笔记本电脑的 USB 接口、雅娜工装靴的鞋孔、一只被丢弃的袜子的褶缝里，还有其他几十个地方，等我们发现为时已晚。

飞行又另当别论。尽管苯的名字暗含腾云驾雾的意思，可它就是不愿飞向空中。不借助双翼的情况下，它可以跃得又高又远，而这似乎对它已足够了。就我看来，它生命中的主要目标就是猛地扑向我或雅娜，紧紧地抓住我们，只要我们不驱赶，它就会尽可能久地骑在我们身上满屋子兜风，把我们当轿子一般。我去厨房的时候，它经常会发出兴奋的尖叫声。站在我头上的喜鹊会要求一片奶酪、一口苹果、一片萨拉米腊肠。它让我想起那种整天牢牢守在鳄鱼鼻子上的鸟类，从它们的牙齿缝里搜刮些残羹剩饭。只是，跟鳄鱼不一样，我从这样的共生关系中得不到任何好处。事实上，我唯一得到的就是满脑袋吃了一半的点心，喜鹊仔细地将它喜欢的食物储藏在我的头发里，供以后食用。

多一点独立性也许不是件坏事，有一天早上我把它放在我的手上，站在床边。它的黑色利爪裹住我食指关节的两侧，如线圈般紧紧缠绕。我缓缓地抖落它，手臂垂下抬起，仿佛在扇动我自己的一只翅膀。小鸟依然紧紧地抓住我，将自己牢固地依附在我的手指上，犹如一个在汹涌大海上操纵索具的水手。我的手臂扇动得更快一些时，流动的空气温柔地擦过小鸟的羽毛。我想，这是必要的。我记得在哪里读到过，就是在我进行大量疯狂研究期间，鸦鸟经常迫于压力去威胁它们的后代开始飞行：将食物放在够不到的树枝上，又或甚至轻轻地推一把。不然的话，我估计这些懒惰的雏鸟可能会永远开心地坐在它们的窝里，就像做鹅肝的鹅一样越养越肥。如果我现在不教这只喜鹊，那不就是它的下场吗?

这时苯开始摇摇晃晃了，它习惯于稳稳骑着的那只手仿佛风暴中的树枝摇摆不定。它的双翼依然收紧藏于后背，固执地持续了几秒钟之后——接着它们就像一把破破烂烂的花绸扇一般徐徐打开。一股股排出的气流冲击着我的脸颊。一阵本能的低语，小鸟掀起了一阵旋风。它则是这股风暴中黑暗、跃动的心脏。它的爪子松开了，缓缓升空——飞了约十分之一秒后，重力又再度压制它，便向下跌去，一场渡渡鸟式的降落，最终落到了下面的软垫上。

它早期的单独飞行展现出的优雅姿态犹如一只小鸡从谷仓屋顶被抛下去一般。还有许多次从架子和桌面上笨手笨脚、咋咋呼呼地重重跌落。可没过几天，它就既掌握了上升也掌握了下降。它会欢快地飞到我们卧室的窗台上，沐浴在午后的阳光中，一口咬住青蝇；它还会飞到客厅中最高的书架上方，把食物碎片藏在精装书松松垮垮的护封里；飞上浴室洗手池的边缘，爪子哒哒地敲打瓷面，饶有兴趣地望着我，无论我是在淋浴、刷牙，还是尿尿。一只食肉鸟目不转睛地盯着你的小鸡鸡是什么感觉？绝对慌得不行。

小鸟新学的飞行能力给日常生活平添了一定的紧张感。在它那毁灭性的好奇心下，任何事物现在都无法幸免于难；没有能够免于它突袭的宁静时刻了，动不动就可能扑来一阵气流，感受一双利爪陷入你的头皮。任何我们拿在手里的东西它都以为是捕猎对象，从它那架子顶层的瞭望台上猛扑下来，将它的喙浸入咖啡、茶水、红酒、汤。它奸诈狡猾，精通此道，十足的恶作剧精灵，正如那些关于喜鹊的神话传说中所描述的。如果我成功挫败了它的一次空袭，它便会转而寻求偷袭战术，假装丝毫不在意，直到我最终忘了它和它倒霉催的意图。只要我一不留神没照看到会伤害鸟儿的物件——无论是一杯啤酒，抑或是一杯威士忌——它就如晴天霹雳从天而降，一头栽个嘴啃泥。无论何时发生此事——事实上经常发生，我与其说恼火，其实更为吃惊，总是如此。谁会知道一只鸟能够如此表里不一呢？

既然它能够飞行并自己进食了，那也该是时候认真考虑要在何时何地、以何种方式放归它了：在捡到它的废品回收站、我们的花园，还是在我父母的农场？不过，一想到生活里没了这个乱七八糟、好奇心重、破坏性强的小家伙，我就非常难过。雅娜提起这个话茬时，我对她说，也许我们不需要这么着急。把它放在身边多养一段日子又有什么要紧呢？

小鸟似乎很高兴在我们家里开辟出一片属于它自己的野外环境。黄昏时分，它运用它的新能力，从我肩膀上扑棱着飞到窗台，来到那立在我们床铺上方的巨大烟囱管帽的边缘。那棵细叶榕沿着墙面斜刺里长了出来，它的树枝得以固定——得益于雅娜的巧手，她试图让我们看起来似乎是睡在一顶树冠之下。小鸟沿着其中一段细长的棕色树干一步一步挪动，直到寻觅到了一处舒服的位置。夜晚在此处安歇时，它抖松羽毛，将自己的身体鼓起当做枕头，然后将脑袋覆盖在翅膀之上。我打开灯在床上阅读毫无问题；不仅如此，我还会阅读天花板上的阴影，寻找出一个相比之下更长、更尖、更坚实的阴影，在喜鹊睡觉时、天晓得也许还在做梦时观察它。

11

早上，喜鹊像一只壁虱般落到我身上，开始对我又啄、又戳、又拽，不停的骚扰为的是将我从被单下赶出来。雅娜睡的那侧正好在它栖息的下方，已经出现了神秘的白色斑点。趁我在给小鸟喂食、悉心呵护它时，雅娜从容不迫，用海绵沾着一碗温水擦去了鸟粪。可就在那天晚上，它又一次飞去了我们床铺上方歇息，黎明时分我们还在睡梦中，鸟粪再度轻轻地溅在我们身上，而我唯一的建议就是，我们要盖一张油布睡觉，这时她表示坚决反对，要么躺平，要么不管怎样由你来拒绝一只小鸟。

那个周末，雅娜从工作室带回来一大卷塑料薄膜、好几节树枝，还有好几个混凝土伞架。小鸟可以拥有一片临时的、属于它的自然天地——但要在客房里，而不是我们的房间。这个处于我们的家和树林之间的过渡客栈感觉有点突兀。这里曾经是一个小姑娘的房间。门框四周还贴着亮晶晶的童话贴纸，尽管边缘已经褪色剥落了。自从我们搬进来，这里就一直是给无家可归的朋友们和雅娜流落各地的家人们准备的避难所。此刻它就要成为一只小鸟的居所了，还是一只好勇斗狠、喜食腐肉的小家伙。

正如公园里理智的喜鹊父母一般，雅娜正慢慢地把幼鸟往外推，越推越远。而我恰恰相反，正把它往里拉，用看不见的线将它绑在我身边。除了教小鸟飞走，我也一直在训练它飞回来，使用鲜嫩多汁的肉丁来引诱它，然后一声口哨它便飞回我的手臂上。这只花了几天时间；现在，无论我在房间的哪个角落，只要我的舌头“咔哒”一声，一记响亮的哨声响起，十有八九喜鹊就会现身。

此刻我召唤它，就听见它从我们房间的窗台嗖的一声，呼啸着掠过楼梯口，来到走廊。它在我的手臂上方盘旋片刻，双翼向下俯冲掠过覆盖着地板的塑料薄膜，漾起阵阵波纹。它落到我手腕上后，我感到一阵兴奋，仿佛我才是刚刚那只腾空而起的小鸟。我一直梦想着能够从树上把鸟儿召唤下来，现在看来似乎也并非遥不可及了。人类与喜鹊之间的交流的确能够相互促进，相辅相成。

苯站立的双腿精瘦结实，一脸期待地抬头望着我，面带疑色，双眸开始从浅蓝色渐渐过渡到成熟喜鹊的鲜艳甘草色。我将它安放在我们创造的这个奇特室内森林中的一节树枝上。效果很怪异：仿佛置身于一个三维立体景观之中，或是一个维多利亚时代标本剥制术的展览，唯一不同的是，这个标本是活蹦乱跳的。喜鹊在它的新树枝上上蹿下跳，戳了戳一块青苔，将黑铁般的喙抵着干燥的木头来回打磨。

窗外，依然在喜鹊的视线范围之内，有一条由后花园构成的郁郁葱葱的绿色长廊，将我们的街道与邻街隔开，介于房子高耸的石头屋脊和一栋栋公寓之间，俨然形成了一个绿色峡谷，环抱其中。这里生机勃勃：乌鸦、喜鹊、野生绿色长尾鹦鹉、肥硕的灰色松鼠、环颈斑鸠、斑尾林鸽、知更鸟、鹪鹩、山雀、乌鸫、金翅雀，偶尔连松鸦都睁着疯狂的眼睛，似猫般尖叫，歪歪扭扭地游走其间，红尾啄木鸟竭尽全力与附近建筑工地发出的敲击声一争高下，还有一只雀鹰如闪电般迅疾而又致命地飞落捕杀燕雀，后者只是在社区储备充足的喂食器上多停留了一刻。在我看来，这似乎是一片不同寻常、物种丰富的都市荒野。大部分地方已经少有人烟。我们那个小花园尽头的木栅栏外，是一块狭长、完全无人照管的土地，荆棘丛和细茎接骨木丛肆意蔓生；甚至连精心打理的花园似乎也像大自然的恩赐。隔壁一棵成熟的樱桃树上，樱桃鲜艳欲滴，不过从长尾鹦鹉和斑尾林鸽聚集的架势来看，我确信这些樱桃注定不会落入人类口中。

一排无花果树拔地而起，耸立其间。这些巨树是城市鸟类每天上演大部分剧目的舞台，鸦科鸟自然是主要演员。乌鸦、喜鹊和松鸦在树枝间相互追逐，嘎嘎、呱呱、咯咯、呀呀，各种刺耳的鸣叫声此起彼伏，有时候它们会抱团朝着任何胆敢踏入它们领地的猫恶狠狠地辱骂。

起初，小鸟并没有过多关注这原始、粗野而又激动人心的表演。它似乎乐于待在它的三维立体景观中，捕捉苍蝇，狼吞虎咽地吃下牛肉条。可是关上门独自待着的时候，它很快就注意到了自己光秃秃的树枝和外面世界之间的差距，外面生龙活虎、摇曳多姿，充满了粗哑的聒噪之声。在它沿着窗台上来回奔跑、寻找穿过玻璃的路线时，我尽量不为此烦恼。我重新调整了它的树枝，给它买了亮晶晶的新玩具，在房间里放了虫子，可这些都不足以吸引它了。

“难道你不觉得，”终于有一天雅娜开口说，“是时候放生这只喜鹊了吗？”

我知道她是对的。我们都不能再这么生活下去了。这只鸟在房子里逍遥自在，尽管有这么一个无拘无束的捣蛋鬼很有趣，却一刻不得安宁，每次要思考或对话时，总会被一道羽毛的紫光一闪打断。经常得顶着一款非常聒噪、邋里邋遢的帽子。可是把它关在门外情况也没有多少好转。它会大吵大闹，叽叽呱呱叫个不停，而我则于心不安，进退两难，仿佛在那儿囚禁的是一个发了疯的亲戚，而不是一只鸟。朋友们也被迷住了，同时也深感担忧。“你同那只鸟的关系是病态的。”有个朋友郑重其事地说。

这只喜鹊已经和我们相处了一个半月。它会飞，会自己进食。无需掩饰，它病了。我知道这只鸟必须放生了，可我也知道，我压根不想让它离开。一想到它要永远消失，我就无法忍受。

这两种对立的冲动在我脑海中反复拉锯，我甚至还没真正意识到自己在做什么，就已经带着站在手腕上的喜鹊，大步流星走向后门。

“那么来吧，”我说，“我们带它出去。”

我打开门，迈步进入花园，雅娜战战兢兢地跟在我身后。这是自从它从鸟窝里坠落后第一次来到室外，也是它学会飞行本领后第一次来到室外。我们头顶上方的天空灰蒙蒙的，十分压抑。空气闷热难耐，预示着一场夏日风暴正在逼近。一棵无花果树的枝头上两只黑色的小嘴乌鸦瞧见了我们，面对这不同寻常的两人一鸟组合，它们吹毛求疵般嘎嘎直叫。喜鹊畏缩了，竭尽全力地挤压，让自己紧贴着我的皮肤。我看着雅娜，只见她双眼泪水涟涟。

“不该是这样的，”她匆匆地低语道，“把它带回屋里去吧。”

12

我觉得我从来不善于放手。被戴维收养并不意味着与希思科特一刀两断。实际上恰恰相反，正是在我被收养的那段时间，他开始过上了自己的生活。我可能已经记不得我们在树林中农舍居住的时光，可这依然不能阻止我对此感到好奇。它仿佛是一段依然与我同在的现实，就有点像行驶在一组平行铁轨上的一列火车；在那孤独无依、感情疏离或是惶惑不安之时，就感觉是我可能属于的某个地方。这是一段属于我自己的私人飞行幻想。

大部分时间，我是一个活泼开朗的孩子。我尽我所能跟我新手足打成一片，我的新爸爸缓慢而耐心地赢得了我的心。绿色油漆从相框上洗掉了，爽身粉也从他的鞋子里抖落了，我再没有尝试做过这样的事——至少有好一阵子没做过。有一天，戴维发现我的哥哥姐姐无法区分卷心菜和生菜，于是我们开始在乡间度周末，再后来就定居在了苏塞克斯郡的农场——我的父母至今还住在那里。更多的孩子相继而来：我的两个小弟弟、我的小妹妹、一小群熊孩子在农场上无拘无束、纵情嬉闹。这是一个梦幻般的童年：充满了无微不至的关爱和照顾；数不清的篝火和狗。我们摆脱了困境。我应该心怀感激，而我也的确如此。

可是人心的曲折幽微，难以解释。就好比一条舌头在搜寻一颗疼痛的牙齿，我的大脑在不停地寻找一条贯穿于这幅完美画面上的那条细微的发丝状裂缝。希思科特，尽管他不在，却又无处不在：自打我记事起，他总是近在咫尺，就位于我书架底部。在我被收养之后，我才开始将他赶走。当我独自待在这栋房子最顶层的那个属于我的房间时，我会把他的书从书架上取走，在地毯上铺一地。那本鲸之书。那本海豚书。一张明信片被塞入一本书的护封里：“献给查理，爱你的爸爸。”在这些时刻，一种莫名的悲伤会突然袭来；一种失落和向往交织的感觉；一种此前我从未真正了解过的想家的感觉。我进退两难，被卡在了两个世界之间的交界处。我非常清晰地记得自己爬上一把椅子，透过我的窗户往外凝视着底下的街道，想着要是跌落会怎么样，好奇要是自己从这里跌落下去，生活没了我是否还会继续向前。

你的爸爸是谁？我不确定自己是否有权称呼戴维为我的爸爸。可这另一个爸爸又在哪儿呢，这个似乎对动物拥有魔力的奇特男人？他为什么失踪？他还会回来吗？这是一个奢侈的问题，真的：父亲过剩。我妈妈试图通过将父亲的角色一劈为二，来帮我解开这个疑惑。希思科特是我的父亲，戴维是我的爸爸。一个是先天血缘，一个是后天养育。她从没有试图掩盖希思科特的存在，总是尽她所能地回答我的问题。尽管经历了他之前的所作所为，显然她还是非常欣赏他。他是个天才，她说，一个不可救药、饱受折磨的天才。她讲的关于他的故事，令他跃然眼前，尽管她从没在我爸爸面前讲过。这就像我们两人之间的一个秘密。至于他离开的原因，答案很暧昧。他是个懦夫，他精神失常，他要写诗歌。我不确定我妈是否真的知道答案。她总是不遗余力地告诉我，我在襁褓中有多乖，我怎么从来不哭，努力消除我的疑虑——我不是那个关键原因，可我从来不怎么信她的话。如果有了宝宝能让人发疯，并且让他出走多年而不回来看一眼，那么宝宝，我想，肯定是万恶之源。

在我幼稚的心灵中，希思科特似乎像一位理想的父亲：一个会教你偷手帕、让你喝金酒的费金①式父亲。一个明知故犯、打破规则的男人；他能够使火焰飘浮，并一口吞下。戴维，尽管不是个循规蹈矩的人，却会遵守基本的规则，比

---

① 狄更斯小说《雾都孤儿》中教唆儿童犯罪的人物。

如就寝时间、上学时间、作业时间，不许偷盗，不许在屋顶上奔跑，不许纵火焚烧，不许在玩具水枪里装尿并朝客人喷射，不许偷偷地用蚯蚓来腌制周日烤肉大餐，不许将黄蜂塞满冰箱。我并不一味地遵守这些规则。有一次我妈妈因为我违反了某些规则而训我，劝告我要“照你父亲说的做”时，我嘟囔着回应：“哪个父亲?”我很确信，倘若我的另一个人生中有希思科特存在，那么混乱无序就会是唯一的金科玉律。我倒不曾将这些念头大声地宣之于口。那无人听到的低语是唯一一次我脱口而出——我正生活在两种政权之下。这一分为二的忠诚是我爸爸与我之间无形的障碍：无法言说却又确凿无疑，常常还是具体有形的。他记得有一回我很罕见地主动拥抱了他，好像太阳打西边出来似的。

去伦敦的几次旅途中，我默默地幻想着能偶遇希思科特。我会睁大眼睛寻找他，抬头望向大街上我遇到的路人的脸庞，神情中掺杂着希望和畏惧。经常，我想象自己会在一个似曾相识的侧影，或是一头浓密蓬乱的黑发中看到他。然而，我张望得越频繁，自己就越糊涂，到底在寻觅谁。我在形形色色的脸庞中寻找希思科特：街头卖艺者、长着缕缕灰白头发的放荡男子、在门口行乞无家可归的醉汉。吃不准这些人之中他更可能是哪一个。

我尽可能地将这份渴望藏于心中。这是一种忘恩负义的感觉：对我妈，她如此受伤，还有特别是对我爸，他视我如己出。可在我十二岁那年，我妈妈生了一个小女儿。在她之前已经有了两个金发蓝眼的哥哥，他们刺耳的哭声在很大程度上已经证实了我对于婴儿邪恶力量的推测。不过这个婴儿身上有些与众不同的地方。她娇嫩柔弱。婴儿想要被包裹和保护、被爱护和怀抱的需求在她身上体现得淋漓尽致。这个宝宝，就像我和我妈一样，长了棕色的头发和一个塌鼻子，这兴许也与此有关。某种程度上，我在她身上看到了自己，这是我在其他几个孩子身上没有见过的。一天，我望着妈妈坐在一把摇椅上缓缓地前后摇晃，宝宝则贴在她胸前，突然之间，我感觉一阵心潮澎湃。这幅爱意满满的生动画面将我内心隐藏的渴念唤醒了。一切发生得过于迅疾，我都来不及掩藏，于是我只能拼命克制。我妈妈抬起头来，目光从宝宝身上移向了我，只见我的眼泪默默涌出，滑过双颊。她的震惊之情丝毫不亚于我。我从没哭过，从没有真正地流过泪。她温柔地哄我说出了实情，答应我看看她能怎么做。

事实证明要见到希思科特是不难的。我曾经想象他坚持离群索居，倔得像一头老黄牛一般。可是，在一位他和我妈共同的朋友与他取得联系后，他登上了前往帕丁顿站的火车，我们约定在那里的一家 YO! Sushi① 碰头。我爸一路为我保驾护航。他带着我穿越拥挤的人群，来到回转寿司店——希思科特正坐等在一张高脚金属凳上：一个穿着花呢夹克的邋遢男子，两肘打着补丁、钉着皮纽扣。我爸爸伸出手来，希思科特古怪地扭动身体转向他，低头看着自己的手

① 连锁日式回转寿司店。1997 年，企业家 Simon Woodroffe 在伦敦创立了 YO! Sushi，至今在全球已有近 100 家店。

很可乐似的，多亏了他藏在袖子里的强力吸铁石，这只手拒绝从金属吧台的台面上挪开。两人不疼不痒地闲谈了几句，接着我爸捏了捏我的肩膀就离开了。

希思科特没有解释之前他去了哪儿，或是为何自我出生后直到现在我们才第一次见面，抑或是给出任何他离开原因的解释——而我也没有问。他给我的印象是，他压根没想过我也许想见他。在他的陪伴下，我高兴得跟个孩子似的，喝着无限续杯的绿茶，注视着我们面前传送带上经过的一小盘一小盘仿佛在冒汗的刺身。我觉得，他的样子看上去可能有点像我一连几周都泡醋浴的模样：一个妖精般的男人，长着尖尖的下巴和一双顽皮的栗色眼睛。他身上充满了魔法。不单只有那块用橡皮筋绑在袖子里的磁铁，那是他用来把小东西变消失的工具。他的口袋里还塞满了各式各样的小玩意儿：假拇指，可以通过手掌就熔化的硬币，一卷用来让物体悬浮在空中、近乎透明的蜘蛛丝。

回首往事，我猜他当时拼命地想要留下印象；抑或，可能他只是害怕得要命。他讲的许多故事中有一个——实际上是我唯一记得的那个——是他有一次去土耳其度假，在那儿遇到一个理发师，提供传统的直式剃刀热敷刮脸服务。他坐着，肩上搭着一条毛巾，那把剃刀狭长笔直的刀口对着他的脖子，他突然慌了神，那个面目可疑、蓄着胡子的理发师怕是要割开他的喉咙，抢走他的钱包。他迅速从口袋里摸出一枚硬币，开始为这个理发师表演戏法，他深信，这么一来他就会打消那个男人的谋杀意图。当时，我觉得这很扯：一个理发师不大可能会在光天化日之下为了区区几张旅行支票就谋财害命。不过，出于某种原因，那个特别的故事牢牢地盘踞在我的脑海中，自此我就寻思，那一天他是否在无意中坦露了他对我的态度：他害怕被敞开心扉，被掏空，他运用魔术就像斗牛士使用斗篷，去分散和扰乱对方注意力，好始终保持心如止水，立于不败之地。我们分别前，他向我展示如何使用那手他认为曾救过他性命的“障眼法”：一个简单的把戏，你看似一只手牢牢地拿着一枚硬币，只为了让它凭空消失。

之后，我妈问我这次见面情形如何。我觉得一切顺利，尽管在她询问我们聊了些什么的时候，我发现自己并没有记住很多，仿佛我们什么都没聊一样。

接下来一周我又见到了希思科特。我们在他的一位魔术师朋友的家里相会，后者带领我们穿过一扇藏于油画后的隐蔽门，登上一段通向屋顶的秘密楼梯。我们三人从烟囱后向外偷瞧，坏了规矩。这就像一种归属感；我的《雾都孤儿》幻想成真了。可接下来希思科特表演了他的另一场失踪戏码。这场戏就不那么有趣了。没有预警也没有解释。前一刻我们其乐融融，相处愉快——我认定，他能够在我的生命中扮演“叔叔类型”的角色——然而紧接着，他就消失得无影无踪。他停止回复我的邮件，我询问那位共同的朋友关于他的下落时，对方似乎面露难色。“好吧，你了解希思科特……”一切于悄然无声中天崩地裂，身为一个孩子，我责备自己。我不够有趣，抑或不够聪明，或是不如应有的那般叛逆，来持续吸引他的关注。我把他逼走了。我逼他消失了。

这件事不久之后，我就发现了毒品的乐趣。十三岁那年，我的继兄第一次给了我大麻。它就像给大脑中较为喧嚣的部分盖上一条厚毯，仿佛一种温暖和煦、笼罩一切的舒服感觉。一瞬间我就被迷住了。我发现自己渴望放空，我越满足它，这种渴望似乎就越强烈。早上七点上学之前我会悄悄地喝一些偷来的烈酒。我从油罐中嗅汽油味作为兴奋剂。我会用双手掌根按压颈动脉阻碍血液供应大脑，这样就可以昏厥过去，尤其是在夜深人静、那些可耻的记忆如一幕幕灯光秀般让我失眠时。毒品，它们强大的力量能将你瞬间转移至躯体之外，拥有一种神奇的魅力。

不消说，我继续向希思科特致敬：偷窃、纵火癖和恶作剧。我也在不断地寻找他。我调查他的家庭地址和电话号码，将这些信息钉在我房间的墙上，盯着它们看了数月之久后，才敢给他打电话。当我最终鼓足勇气时，在电话里我语速急促，喋喋不休，迫切希望给他留下印象。可他挂断电话，从此再也不接我的来电，尽管有时我会打给戴安娜，我那两个同父姐姐奇娜和莉莉的母亲，她会冷冰冰地告知我，希思科特很忙。这条发丝状裂缝的缝隙更宽了。我干的。我的错。到我十八九岁的时候，当初的青春期毒品实验，隐患渐渐凸显。我没有吸取教训。就像一只鸟翻来覆去地撞向一扇玻璃窗，我锲而不舍地寻找希思科特。每一次我触及他时，这条缝就会裂得更宽一些，直到最终被我撞穿为止。

13

希思科特的那只寒鸦的命运如何不得而知。喜鹊初来乍到，我在邮件中写到我们生命中出现的两只鸦鸟这一巧合，他起初对此的反应热情至极。他盛赞这只喜鹊的美丽，告诉我他曾幻想过把他的寒鸦训练成钻石大盗。可当我试图探寻更多细节时，他便三缄其口，只是简单地打发我去查阅那首诗。“我没什么好补充的。”针对我温柔的刺探，他如是回信，并不怎么像“吻你再吻你的爸爸”的行为。

其实我自己一直频繁地查阅那首诗，尽管我无法判定这究竟是一个警世寓言还是一个励志故事。某种程度上，我认为无论希思科特怎么做的，我大概应该试试相反的做法。他的鸟和我的鸟一前一后，两者相隔三十年。随着春去夏至，他肯定会面临同样的问题，也许他已经受制于同样相互矛盾的渴求了。那么那只寒鸦怎么样了？我从我的桌子上拿起这本如今已经翻旧了的诗集。书脊散开了，内文里有斑驳的棕色污点，那是喜鹊将小块小块的肉泥塞入书页间留下的。如今我对其中的诗句熟稔于心，感觉我都可以倒背如流。这回我逐字逐句地看，透过犹如一扇窗的空白处，窥视过去的时光。

*

我看见希思科特坐在一块草坪上，就在那栋大宅子望不见的地方，快乐得如同一个沙地里玩耍的男孩。“漫长岁月无忧无虑：闲来开垦荒地……”他将他的铲子插进地里，心满意足地一掘，带出小块草皮，咧嘴一笑。那只牢牢钉在他头上的寒鸦，犹如一枚风向标，猛地苏醒过来，便落到地上，打量着那土块，“一阵猛扑以显其能，犹如金属探测器一般”。此时此刻，寒鸦杰克似乎代表了井然有序。它大摇大摆，招摇过市，翅膀收在背后，低下它的喙，望着那裸露在外的黄色根茎、虫洞和一星半点的页岩。它那由硬直鼻毛构成的小而挺的翘八字胡，梳理得整整齐齐，纹丝不乱。它查看泥土，就像拍卖商评估一件伟大的艺术品，又像一位上校在检阅它的部队，更像一位外科医生在寻找适合下第一刀的准确位置。它看见的，是希思科特仅凭肉眼无法识别的东西，于是它将喙猛地插入泥土中，拔出时带出了一小片银箔，趾高气扬地炫耀一番，“唤醒了过去美好愉悦的幽灵”。寒鸦杰克的确能化腐朽为神奇。

至此，希思科特已经为寒鸦杰克的魅力所倾倒。每天他都待在宅子外面，小鸟那令人安心的重量落在他的肩膀或脑袋上。小鸟扑棱着翅膀飞回它最爱的栖息之处时，他想，现在他就是寒鸦杰克的教堂塔楼了。他私人独有的滴水兽。鸟儿尖鸣时，发出高亢的“呀呀”声，希思科特将此解读为欲求不满。他欣然默许，用力扯出另一块草皮，给这只鸟剖析。

随着杰克优雅的一跃，起飞降落于苍翠欲滴的草地上，它感到一阵轻盈。如果人类大部分是由水组成，那么鸟类肯定是由空气构成。空心的骨头、羽毛，还有风。与其说它像一只滴水兽，倒不如说更像一只小妖精，希思科特断定。

某只倒霉的虫子一旦吸引了杰克的注意——无论是蠼螋、千足虫，抑或是木虱，还不及分辨——它便会如一条蛇般闪电出击。嘎吱碾碎。渗出汁液。狼吞虎咽。随后它会继续它的探险，仿佛刚才没有发生过任何不同寻常之事。希思科特注视着它，它将更多宝贝重见天日：更多的箔纸、一只瓶盖、一个香烟屁股；在此地刚刚获准举办过的一场集市所遗留下的一片狼藉；这只鸟仿佛一位考古学家，挖掘出了昔日的狂欢痕迹。当杰克找到某样更坚硬的东西时，它的喙会发出敲击金属的轻轻的咔哒声。一枚小银币会从黑色泥土中冒出来。杰克将其翻转过来，它用喙来检验硬币大致与一个当铺老板会咬一咬金币以检验成色的方式所差无几。确信它有价值后，杰克便会神气活现地飞到希思科特身边，把硬币塞进他那件满身污渍的西装外套的袖子里。

希思科特会把硬币留在那儿片刻，注视着小鸟趾高气扬地回到那堆泥土处，继续它的挖掘工作。他想起了少年时期的幻想，当然与拥有这个小东西的现实生活相比，相去甚远。然而，在许多方面也并非全然不着边际：这只鸟用一种秘密语言与他交流，受惊时一根竖起的羽毛，眼眸闪烁，叫声尖利；以它自己奇特、粗暴而优美的方式教授别人不可能理解的事；此刻，杰克在他一无所有时给他带来了宝贝。

他让硬币滑出袖子，掉进他环成杯状的手里。他翻转硬币，擦去泥土。一枚闪闪发光的六便士银币。一件神奇的物什。他将硬币从一只手传到另一只手，时而出现时而消失，使它像液体水银般融化于他的手掌之中，然后又从耳朵后变出来，为他仅有的观众，他自己和一只小鸟，表演他所有的小戏法。

那一晚，他梦见了飞翔：“羽毛从我的足跟长出”，他的肩胛骨迸出了一对翅膀。他开始怀疑杰克也梦见了飞翔。每天他们外出时，它就冒险远离它的人类塔楼几分，大胆朝着塔玛河河口飞行些许路程，那里有成群的秃鼻乌鸦和寒鸦在泥滩上采集食物。不过，它总会在傍晚前飞回它位于希思科特床尾的栖息之处，从那个位置它似乎可以将它的思绪直接传送至希思科特沉睡的大脑。

一天晚上在酒吧里，希思科特向一个游客炫耀寒鸦开采到的那枚六便士硬币。伯尼·斯库塞，一个来自布里斯托尔的偷猎者说：“告诉你我们过去怎么做的，孩子，把一枚硬币的边缘磨锋利，塞在它的舌头下，割断它的跟腱，然后它就会开口说话了。”希思科特吓坏了。他不想折磨这只鸟，逼它讲英语。杰克现在的状态就很完美：野性未驯、无所畏惧，十分确信如何能做最好的自己。他羡慕杰克的这份把握，这份明确自己在世界上所处地位的信心。这难能可贵。他不想勉强这只鸟遵从他的意志。他希望它自由自在，听从自己内心的意愿——无论引领它去向何方。于是它如此行事：每天绕圈飞行，距离中心那个坐在中央草地上的人类越来越远，此人等待着他的小鸟失踪的那天到来。

我将这本诗集放回我的桌子上。我勉强承认，这与我对这只喜鹊的设想相差无几。不仅仅是对于它必然会离开这点，更是对于它可以自由选择，有能力自由翱翔，听从本能。雅娜欣然赞同。她一直是这么说的。不过在后花园时她却唱起了反调：猫太多了，周围的人太多，他们可能并不喜欢有一只半野生的喜鹊降落在他们脑袋上或是入侵他们的家。我想到隔壁的瑜伽教练耳朵上打满了去印度旅行时收集来的丁零当啷的耳环；距离两栋房子外的那个老家伙喜欢大半个下午在他家门前台阶上吸味道难闻的毒品；还有附近烧烤牛排的家庭——那是苯的最爱——在阳光明媚的周末，经常将他们娇嫩的宝宝留在花园尽头睡觉。以上这些，我们养的这只喜鹊都是无法与之和谐共存的。

“等我们去准备婚礼的时候，我们为什么不把它一起带去农场呢？”雅娜说，“在那儿将它放生？”

我想到那片农场，田野上到处是蚱蜢，几百年的老橡树身上长满了柔软的青苔，鸡舍里到处是新鲜鸡蛋，果园里果实累累，李子、苹果压弯了枝头。那儿，方圆几英里内唯一的猫是我小妹妹的那只圆滚滚的不列颠蓝①诺曼，其灵敏程度就好比裹在毛发里的一块猪油，它要能逮住一只鸟，除非那鸟是笔直地飞进它嘴里。一只喜鹊在那儿会过得相当惬意：也许苯不想飞太远，不想一去不返。哪怕还有点犹豫，我还是认同农场是放生喜鹊的最佳地点，要好过捡到它的那

① 英国短毛猫的一种，有蓝灰色的毛、黄色的眼睛。

个废品回收站，好过这里。

14

苯也许很快就要离开我们，一念及此，我们余下的相处时光就显得弥足珍贵了。那些被小鸟糟蹋了的室内绿植，雅娜既往不咎，而我也不介意星期天变成铲屎日，因为余下的星期天也所剩无几了。我们的婚礼时间定在八月的第一个周末，距离眼下只有几周而已，届时我们会提前出发前往苏塞克斯，去启动工作。雅娜决意婚礼的准备工作要从头做起，事无巨细。她缝缝补补、敲敲打打，锯子嘎吱嘎吱响个不停，最近已经陷入走火入魔的地步：桌子、长凳、绿色的长条靠垫，还有一块染色精美的桌布，这一切都在她的工作室里凭空诞生。除了以上这些，还有更多东西——一个舞台、一个球形穹顶、生日蛋糕、花艺展示架——要被一起置于“现场”，雅娜已经开始称我家为“家里”了。到时我们会带上小鸟。这产生了一种象征意义：一条纽带即将连结，另一条也许就要断裂。那是一段令人眼花缭乱的时光，在这双重困境的边缘上摇摆徘徊。一段即将缔结的婚姻，一只行将失去的喜鹊，这二者在区区两年以前都是我无法想象的。

显然，这只喜鹊还蒙在鼓里，想不到它的命运已经与我们的婚礼日期绑在了一起。不过，它的确积极参与了婚礼准备工作，把它的喙戳进缝纫机里，招待那些成群结队过来送一条条织物和亮闪闪小玩意儿的访客，仿佛它们是前来向它致敬的。对苯来说，人类社会似乎与树上的社会一样新鲜有趣。

迄今为止最受欢迎的一位客人是鲁珀特，一个阳光灿烂的午后前来的一位珠宝经销商朋友，他身后拖着一个破破烂烂的行李箱，里面装满了贵金属和宝石。我们坐在沙发上为婚礼挑选饰物时，苯就直勾勾地盯着他，呆若木鸡。苯喜出望外地发现，只要鲁珀特一动弹，身上就会叮叮当当、闪闪发亮。身体的每一个部分都尽可能多地挂着宝贝：粗粗的金银链子在他的脖子和手腕上你争我夺、抢占地盘，每根手指上都戴着许多合手的戒指，钻石在他的双耳耳垂上熠熠生辉，每次开口说话时，他舌头上的银色小玩意儿就会飞舞闪耀。苯慢慢地爬上了鲁珀特的手背，很明显是被催眠了。它双翅羽毛中错综复杂的蓝色和尾巴上的绿金细闪要比鲁珀特从箱子里拿出的任何东西都要闪亮。没有任何东西，甚至连钻石都无法匹敌。这令我们的挑选工作难上加难。

苯渐渐从它的催眠状态中苏醒了。它的喙啄着嵌在鲁珀特一枚戒指上的一颗硕大的紫宝石，使劲拖拽。我恍然大悟，与其说是被催眠了，不如说它只是因为犹豫不决而迟迟不动。

“不，亲爱的，这不能给你，”鲁珀特说，“这可是拜占庭银饰，比你的鸟窝值钱多了。”

苯继续向前，从一根手指蹦跶到另一根，检查松动的饰物、薄弱的环扣。这种行为的引人之处还在于它是个未解之谜。喜鹊喜欢聚藏闪亮的小玩意儿，声名素著。可实践证明这是无稽之谈。几年前埃克塞特大学进行的一项研究已经证明了这点。事实上，科学家发现，喜鹊经常胆怯地围绕着亮闪闪的物什转悠，可极少会捡起它们。

那么，苯如此毅然决然地爬上鲁珀特的手臂，朝着那如露珠般坠在他耳朵那块软肉上的钻石进发，又是为何？它由人类抚养长大，多少反映了人类脑海中理想喜鹊的模样。要么是这样，要么就是它能够读出我们的欲望：因此它想要价值连城的珠宝，就跟想要香烟、五镑纸币和自行车锁钥匙一般无二。

被喜鹊拽扯脸上不同部位垂下的小金属时，鲁珀特龇牙咧嘴。我估计在这个人口稠密的城市中大部分的路人可不会这么安之若素。如果它要自由翱翔，那农场则是它的必去之地。

鲁珀特叫唤了一声，此时小鸟在他的鼻子上稍稍用力拉扯、刺戳，很快给它弄到了一个小玩意儿，一个骷髅元素的廉价合金戒指。喜鹊的恶作剧令我们大家都无法集中精神，它却成了这次会面后唯一获得一枚戒指的那个。它用喙把戒指翻了个个儿，咔哒咔哒几声，然后往上飞向它的鸦巢中去了——一反常态，它眼下正在收集闪闪发光的小玩意儿。

15

普通喜鹊能飞多快？时速二十英里？三十？肯定不如苯快，苯正在以六十英里每小时的速度呼啸飞驰，不费吹灰之力。在我驶入快车道超过一辆卡车时，此刻它的速度达到了七十。我正在驾驶我妈妈的旧车———一辆牛油果绿的菲亚特多能——驶向农场。从许多角度看它都是一辆古里古怪的汽车。我乐于认为，无论它开到哪儿都会带来欢声笑语，但我怀疑，人们通常是在嘲笑它那圆滚滚的外形和浮夸的配色，而非会心一笑。不过，这辆车前排与后排都有三个座位，适合接送孩子上下学，当然，此刻也适用这个跨物种家庭的旅程。至少从没有喜鹊曾经以这样的方式旅行过。

苯坐在一只旅行鸟笼中，被绑在雅娜和我之间的附加座上，目光炯炯有神，望着前方的道路，天空飞快掠过，一片模糊。像我们前往农场路上经过的这些神奇景物，它从未见过：电缆塔、连绵起伏的田野、绵羊、母牛、克罗伊登[①]。我偶尔会从方向盘上单脱手，把一条活粉虱塞进笼子的横档，听着它快乐地叽叽喳喳，将粉虱嘎吱嘎吱咀嚼吞下。

鸦鸟遍布在我们的路线上，仿佛游行中的观众，注视着我们经过。野生喜鹊站在硬质路肩上，躲在它们那“殡仪员”般的尾巴中，等候带走垃圾和路上被轧死的动物；秃鼻乌鸦仿佛身穿黑色灯笼裤的威尼斯贵族一般，在加油站里昂首阔步，招摇过市，用它们那长剑般的喙去刺戳被丢弃的芯片；一只小嘴乌鸦栖落于一部测速摄像头的顶端，祈求发生碰撞事故。现在我的双眼已经被绑在我身边的这只喜鹊开过光了，发现鸦科家族无处不在。我意识到，无论你去往何

---

① 英格兰东南部城市。

地，鸦鸟总是在观察，记录下我们的习惯、我们的弱点、我们挥霍无度的偏好。这份观察已经让它们适应了这个星球上最强大有力、极具破坏性的自然生态力：我们。这不仅仅是为了生存——更是为了繁衍。

这种智慧，这种能够读懂另一个物种的神奇能力，已经耽误我们很久了，非常之久。我听说过“魔鬼时刻”——小孩子的家长在成功出门前那额外消耗的六十分钟。但“喜鹊时刻”肯定是个新生事物。不知怎么，虽然这只喜鹊此生从未被关进过笼子，但当我手拿一只旧猫笼从地下室上来时，它似乎很清楚自己为何要被关入其中。最终，我用一件人造珠宝成功地把它从天花板上哄骗了下来。事实证明，苯身上这种对人类所珍视的一切事物感兴趣的劲头，也可以彼之道还施彼身，虽然这件钻石皇冠在我关上笼子门之后还是个小小的慰藉。

尽管已经认识这只聪明伶俐、爱追根究底又调皮捣蛋的小家伙已经有好几个月之久了，但我仍然困惑，这么一个装在跟核桃差不多大的颅骨里的小脑袋，怎么可能拥有空间产生这样一种想象力？也许这只小鸟既能读出意图，也能读出欲望。抑或它仅仅是对新生事物拥有一种本能的恐惧。我依然不清楚要在多大程度上相信喜鹊大脑的错综复杂。

苯此刻再次变得焦躁不安起来。它跳上笼子的侧面，几近哀求地尖叫不迭。它那铰链似的爪子如手指一般缠绕在笼条上，这一幕令我心中不忍。我一面保持汽车平稳行驶，一面抽出罩子盖回笼子上，将小鸟投入能够安抚心神的黑暗之中。

整个旅程中希思科特仿佛一片云彩笼罩在头顶上。就在我们出发前，我又给他发了一封邮件。他的老校友博雷克林·艾略特去世了。我表达了慰问，又问他是否还好，告诉他如果不想来参加婚礼我能理解。可我也同他讨价还价：第二天在布赖顿的登记处有一个仪式。他可以跳上一班火车，过来露个脸。“只是为了能拍一张全家福，”我写道，“不要有压力。”

我们的车离开主路后，我摇下车窗，取下喜鹊笼子外面的罩子，这样它就能第一眼看到日后极有可能成为它新家的这个地方。沿着车道栽种的樱桃树上，斑尾林鸽压弯了枝头。一只雄雉鸡在长长的草丛中抖动着抛光青铜般的羽毛，窸窣作响。一只啄木鸟隐没于草地中的一抹绿，朝着林木线投射出一道正弦波曲线。喜鹊将这一切尽收眼底。

汽车轮胎嘎吱嘎吱地碾过房子旁边的砾石路，雅娜和我下了车，舒展四肢。一堵矮墙边上长着一丛丛迷迭香灌木，薰衣草花圃上发出嘈杂的嗡嗡声，一栋经过粉刷的外屋侧墙上攀着一条藤蔓，丝绸般的红玫瑰从上面无精打采地垂下花朵，空气中弥漫着浓郁芬芳。

我妈已经大步向我们走来，一条浅棕色毛发的野狗紧跟她身后。永远能让她开怀的是，人们有时候会把我们俩误认作姐弟。她长着棕色的头发和棕色的眼睛，不过肤色要更深几个色度。她一把拥抱住我们俩，然后目光投向车内。

“那么让我好好看看它，”她说，“我的第一个孙儿。”

我不确定自己对此作何感想。打从雅娜和我宣布结婚计划后，我就注意到某种日益加剧的压力。每次来农场似乎都有被迫浏览宝宝相册的节目。我不停地接手真正的宝宝，只要有一个多余宝宝在场时，还会有人说我多适合当爸爸。雅娜的爸爸米沙，从瑞典抵达时，我听见他用低沉沙哑的嗓音悄悄地举杯祝道："为了宝宝。"

喜鹊也拥有预测性别的力量：一次瞧见三只，丫头在路上，一次瞧见四只，准是个小子。一只喜鹊，我提醒我妈，代表悲伤。

"这只可不是，"她勃然大怒，语气不容置疑，"它的房间准备好了。"

我们将苯安置在楼梯半当中的一个小卧室里。在我的要求下，我们会等到婚礼后才将它放生。放生非我擅长。为迎接这只喜鹊的驾临，房间里已经整个铺上了油布——装满了婴儿玩具。

"我们想着，在你俩忙着结婚的时候，它会喜欢找点事儿做。"我妈说着，眼中闪过一丝调皮，扯了扯一根拴在一只塑料鸭子上的绳子，朝着喜鹊挥舞。小鸭子嘎嘎嘎地播放着《蓝色多瑙河》的音乐。

安顿完之后，我们围坐在餐桌前，过了一遍宾客名单，讨论还有谁会住在房子里，需要房间。雅娜的一个朋友预产期在婚礼前一周，可能不适合安排睡帐篷，还有我那位货真价实、来自远古的叔祖母也不适合。

"希思科特怎么办？"我妈问。

我给她看了他那谜一般的请柬答复。对这个身穿睡衣、追逐猫头鹰的男子想表达什么，我们迷惑了好一会儿。我们试图将它解释为某个人的梦，结果却令人沮丧、徒劳无益。不过还有些事，一些我一直在隐瞒的事。

“我倒是答应给他在房子里准备一张床，”我说，“不过我不确定他是否会来占用。”

我曾经答应他会有车把他从河岸接来送回，也答应了其他让事情更顺利的可能的需求。那是我最后一次面对面接触他，在那只喜鹊到来之前的冬天，在他的一场在伦敦举办的嬉皮士诗歌活动上。没人邀请我，我只是听说他会去那儿，于是就不请自来。我震惊于他的健康状况之差。他需要有人搀扶才能登上台阶来到活动场地，到了那儿之后，只能坐在一张沙发上呼哧呼哧地喘粗气，直到半个小时后才缓过来。也许这不是突兀地介绍我未婚妻或者向他发出我们婚礼邀请的合适时机——可如果不在此刻，那又要何时呢？我跟他讲述了河岸，讲了夏季那儿的美景，还有他素来非常仰慕的一位无政府主义教授也会前来。我虽然没有提，但我特地邀请这位教授是为了希思科特不会落单。如果他愿意的话，他可以过来待一两个小时。

“为什么，”希思科特不屑一顾地嘘了一声，“我会想去某个摇滚明星的农场参加婚礼？”

“好吧，”我妈说着将他的名字从名单上划去，“我们到时不会给他预留房间，要是他真来了，就他妈的去睡臭水沟吧。”

我爸不声不响地坐在角落里的一张扶手椅上，摇了摇头，又好笑又好气。他同希思科特年龄相仿，拥有相似的成长经历：一个直接从母亲怀抱被送入寄宿学校的战时宝宝，在学校里纪律取代了母爱的位置。毫无疑问，他们身上带有同样的情感创伤，不过两人的相似点仅止于此。至少在我的人生中，戴维始终与希思科特截然相反：能力出众、值得信赖、永不缺席。一个经常通过——没错，通过音乐而非关爱举措来表达自我的安静沉默、谦逊低调的男人。可我总不能好好报答他。很多时候他迫不得已同那个活在我脑海中的虚幻父亲一争高下，这着实不易。一个会挠屁股、挖鼻孔、开车接送上下学、霸占遥控器、会做晚饭的有血有肉的凡人，如何能同那个我想象中的天才、魔术师、诗人三位一体之人相媲美呢？只有当另外那个缺席，而这个却能踏踏实实地陪伴时，才能一见高下。即使是现在，我怀疑只要那个真正的希思科特表现得如同人渣一般时，他还是会窃喜不已。

“真是个败类。”他说。

没错——希思科特是个败类兼人渣，可我仍然乐于见到他前来。

我们还没坐多久，一阵愤怒的噪音咯哒咯哒地充斥着四周。苯已经耗完了它那音乐鸭的各种花样，此刻正在鸣唱一首属于它自己的特殊歌曲。

“它在那儿闷坏了，可怜的鸟儿，”我说，“我能去看看它吗？”

我的小妹妹将她那只肥硕的猫喝赶到另一间房间，我的外祖母把她的报纸折成一个鸟儿般大小的苍蝇拍。在中国，喜鹊是受人敬仰的。七夕那天在中国相当于我们的情人节，尽管我外祖母在上海的养育经历中这一特殊部分似乎没有留下任何痕迹——不像她把骨头吐在桌上以及咒骂日本人的习惯根深蒂固。

苯无忧无虑，浑然不觉这一切，它附着在我的手背上进了厨房，东瞅瞅西望望，脑袋不停地四下探寻。鸟类不像我们，能够在保持脑袋不动的情况下移动视线，因此它们只能朝着任何它们想看的东西伸长脖子。苯满怀好奇地轻轻啄击。

它心满意足地扫视了房间后，从我的手上跳到了桌子上，继续它的隆重亮相。它时而垂首欠身，时而振翅欲飞，时而尖声鸣叫。它在桌面上昂首阔步，仿佛这是世界上最自然而然的事。从我的盘子里拨出几颗豌豆。戳了戳我母亲结婚戒指上的宝石。它用喙痛饮了一番我爸温热的茶。大家对此都兴致高昂。不过是又一位古怪的客人。

那条野狗，多丽丝，对喜鹊的故作无视引起了我的怀疑——从它以往无视烤鸡、馅饼和生日蛋糕的前车之鉴来看——它正在暗中严肃地思考吃掉它。它俯视着桌子另一端的它，而它却拒绝眼神交流，仿佛是担心它会看穿它的心思。我母亲嘘了它一下，在它口鼻处罩上了口套。

小鸟来到桌子远端，我外祖母戳了戳它的食物，脸上露出不悦之色。不要给它戴口套。苯又呱呱大叫，又低头欠身，与此同时，它的尾巴刷刷地掠过空中，犹如乐队指挥手中的指挥棒。

“你好，你这个可怕的玩意儿！”我外祖母说。

苯一听这话以为是一种邀请，登上了她的手腕。它用爪子试了试她那件法兰绒衬衫的弹性，然后把脑袋埋入了衬衫褶皱中。小鸟因某种无法理喻的兴奋发出长长的尖叫。我外祖母的嘴角抽搐，随即化为勉强的咧嘴一笑。她宣称，苯不像“其他那些喜鹊”。

没过多久，此处金光一闪，彼处恶作剧突现，很快，苯，这只聪明的小鸦鸟如同布谷鸟一般，已经无缝衔接，深深植根于这个豪华的新巢了。一旦婚礼完成，我们就会放它自由翱翔，可至少眼下，它还是家庭成员之一。

16

婚礼那天的开始与平时任何一天都无两样。朝日初升，那喜鹊便叽叽喳喳地将我从床上唤起。它尖叫着要求吃早饭，我踮起脚尖，匆匆忙忙地穿过走廊，希望此刻在这栋人满为患的房子里，我是唯一一个被它这可怕的鸣叫吵醒的人。我将它的虫碗装满，切了一些牛肉薄片，草草地拌了个鸡蛋，投进去一小块面包、一颗葡萄、一片胡萝卜。接着，在这朦胧的黎明中我陪它坐了一会儿。太阳正一点一点地挪过那棵长在屋旁的老橡树的树枝。小小的燕雀鸣啭啁啾，从片裂的树皮中剔出它们自己的早餐。一只站在树冠高处的小嘴乌鸦嘶哑着嗓子呱呱叫了五遍。喜鹊将一条虫子头朝下顺着它的喉管吸了进去。

它一边进食，我一边下意识地与它聊天，告诉它有关婚礼的事，这意味着大半天它将不得不被锁起来，何其不幸，不过由于它很快就能够穿梭于屋顶，翱翔于树林之间，这也没什么大不了的。

苯扑棱着飞到我的头上，我感觉它的喙正咔哒咔哒地啄着我的头皮——它在我的头发里藏了几块精选的肉块。我不知道它为什么这么做。不可能是为了找地方保管，因为它很少以这种方式折返取回藏匿的食物。我更倾向于认为这是它的一丁点心意，以此表达感激，不过要是它抓到我移走这些宝贝，那它的愤怒又另当别论了。我在一张油布上甩了甩脑袋，注视着苯一面愤怒地连连尖叫，一面奔来奔去，再次聚拢那些掉落的肉块。

我慢慢退出房间，关上了门。今天的主角不是喜鹊，况且还有许多待办事项。雅娜要制作完一只蛋糕，伴娘要梳妆打扮，头饰要缝补黏合。我要将喜鹊的最后几口食物从头发中梳理出去，还有一个伴郎要培训。雅娜的三个姐妹早餐后坐着一辆载满鲜花的小货车抵达了。我们在过去的马厩院子里一张长桌上布置了一条流水线，在逐渐升高的气温中制作出花束和花冠。

厨房里，雅娜一只手在给蛋糕挂糖霜，另一只手挥舞着一把喷胶枪。宾客们陆续抵达，我的弟弟们引导他们向河边走去。喜鹊最爱的那位珠宝商，鲁珀特，带来一把锋利的金匠钳子，用来将小颗的红宝石镶嵌到我们挑选的用来代替结婚戒的金链上。那位无政府主义教授匆匆忙忙进了房子，朝着什么东西挥了挥胳膊，又从制作到一半的开胃小吃处被赶走。

距离仪式开始还有几分钟时，雅娜溜走去换装。回来时她光彩夺目，却又令人陌生。她礼服那深色丝绸上的图案仿佛耶罗尼米斯·博斯①一幅画作中的幽黑角落。暗影中有东西蠢蠢欲动：从她的脚踝一路向上直到她的领口，红似珊瑚的蛇与丰盈欲滴的夏日鲜花竞相争夺空间。一枚死亡骷髅白骨森森，宛如她身侧升起一轮白月。活蜻蜓在她的秀发中闪闪发亮。我们走到外面，踏上那条通往河边、遍洒阳光的小径，金色的细闪在她橄榄绿色的双眸中熠熠生辉。

当我们经过它们的领地时，一群寒鸦呼啦啦地冲入天际。两只喜鹊惊慌失措地穿梭于一棵七叶树的枝干间。一只乌鸦垂下了双翅。小径上腾起热浪，空气黏稠模糊，在那可怕的一瞬间，一切都似乎那么虚幻。伴娘们跟在我们身后，亲友们伸长脖子，簇拥在我们身前，众人都变得仿佛烟雾般虚无缥缈。这个世界宛如一层即将掀开的轻薄窗帘——窗帘掀开时，我赫然发现自己独自一人身处这片场地。我闭上眼睛，握紧雅娜的手，待我再度睁开双眼时，世界已然坚如

---

① 耶罗尼米斯·博斯（Jheronimus Bosch，1452—1516），一位多产的荷兰画家。他的画作多在描绘罪恶与人类道德的沉沦。博斯以恶魔、半人半兽，甚至是机械的形象来表现人的邪恶。他的图画复杂，有高度的原创性、想象力，并大量使用各式的象征与符号，其中有些甚至在他的时代中也非常晦涩难解。

磐石。

在河下游，我们站在一块坡度较缓的岸边，四周有垂柳遮挡。我们的一侧是黑沉的河水，另一侧则是坐在摇摇晃晃的长凳上、被太阳照射得目眩神迷的宾客们，我们脚下的土地坚实稳固，令人安心。我的小妹妹充当牧师为我们赐福，我们随之交换了金链和誓词。除去衣物后，我们携手跃入河中，除了我年迈的阿姨外，所有人都紧随其后。我们随波逐流，河水滑过我们的皮肤。从河床中伸出的细若游丝的绿蔓在我们的肚腹上呵痒。睡莲的浮叶上下起伏，芦苇从漂浮摇曳。一簇簇碧绿的浮萍如云朵般轻易散开。雅娜转身平躺，仰望天空，我也依样效仿；这感觉几近翱翔，又似曾相识。

待我们重新穿戴齐整，坐下进餐——皮肤欢歌，脑袋滚烫——我第一次注意到空位。那位无政府主义教授似乎不太在意额外的活动空间。我观察了他片刻，只见他盘子里的虾子和点心堆成小山一般，一边大快朵颐着明火烧烤的加壳海鲜时，一边还见缝插针向他的邻座宣讲终结资本主义的必要。

很快祝词环节开始了。雅娜的父亲交替使用瑞典语、俄语和英语，讲述了一个雅娜上学时吓坏所有小朋友的复杂故事；雅娜的母亲诉说着抚养雅娜和她两个妹妹长大就如同与一条三头巨龙共同生活。我那孀居的外祖母令所有人潸然泪下；而我妈讲了个笑话，大家便转悲为喜，重新振作起来。之后我爸用吉他弹了一首爱情老歌。我觉得，这些是我身边唯一需要的人。

可是第二天，在布赖顿的登记处，我再一次不由自主地寻找那个不在场的人。希思科特没有现身：一个人影、一声低语也没有。我料想也一直知道会是这么个结果，却允许自己另有期待，觉得自己愚不可及。我们驾车沿着海滨行驶，透过车窗向每个人挥手告别，我试图永远忘记它。至少此刻，我已经提醒自己不属于希思科特的身份——仿佛我需要提醒自己一般。那个如假包换“吻你再吻你”的爸爸此时正对你咧嘴大笑，从人行道上冲我们挥手。而希思科特却在别处。

日落后，我们到达了新福里斯特，沿着一条狭窄偏僻的小路蜿蜒驶入森林。几十匹矮种马在路边睡觉，其中有些马甚至就睡在路上，立在崎岖不平的柏油碎石路面上打瞌睡，双眼圆睁。在车灯直射下，灰色的马匹如幽灵般闪烁着微光。一棵棵大树在我们前头闪过。弯曲的紫杉老树摇晃着它的利爪。繁茂的美国红杉和黑杨如庙宇的石柱般高耸入云。一簇巨大的杜鹃花丛将我们囫囵吞没。

翌日，我们步行穿过这硕大无朋、趣意盎然的花丛。树脂从这常绿植物的裂缝中滴落，不堪入目。树皮在缝隙处爆裂，数百年来生机勃勃。我们循着一只小鹿的踪迹进入一片齐腰高的蕨类灌木，在一波波绿浪中艰难跋涉，直至来到一片长满甘菊的空地，馥郁芬芳。我们的脚步把纤细树叶上的香气碾碎了。那森林稀薄的气味，令人陶醉的洋洋洒洒的甘菊，还有充满泥土气息、被阳光照得暖洋洋的皮肤。这一切几乎无以复加。

我瞧见雅娜亦是如痴如醉。她信手扯下几片甘菊的花瓣，开始说起蜜月的起源，为什么按传统来说，蜜月要持续一个月运周期。我脸上得意的笑容渐渐凝固，开始皱眉。

“怎么?”雅娜说，“你当真不想要孩子吗?”

我闭上眼睛。我不是那种擅长进行沉重对话的人，而这感觉将是个异常沉重的话题。对雅娜来说，如果孩子是紧随爱情和婚姻之后的必然产物，如同四季交替一般自然而然，那么对我来说，我却卡在了某些事上。当我试图考虑要孩子时，我所能唤起的记忆就是一团沉默的恐惧。我切断了思绪，转而倾听森林的声音。一只斑尾林鸽啾啾鸣啭。一节树枝吱嘎作响。远方某处一个孩子在尖叫。我们两人之间的沉默犹如静电嗞嗞的电流声。透过眼皮，我偷偷打量雅娜，发现她正面带忧色地凝视着我。

我虽然努力尝试，但无法用语言来表达我的感受。这就仿佛一个长着翅膀的生物猛地向我扑来，拔出了我的舌头。我绞尽脑汁地搜寻各种理由，顾左右而言他，可雅娜迅速地接住了所有话头。

“我们眼下的状态这么快乐，”我说，“为什么要冒险改变呢?”

“为什么?”雅娜问，“我们不该大胆尝试去跟他人分享这份快乐吗?”

“可孩子难道不会嘶喊、拉屎，还会……”

雅娜抬了抬眉毛：“喜鹊呢?”

我再次陷入沉默。我揉搓着太阳穴，雅娜从她的裤子后袋里摸出一把勺子，开始在我们休息的这片空地上挖出一块圆形的草皮。她从泥土里撬起一块巴掌大小的甘菊幼苗，仿佛在剥一只牡蛎一般。她又从另一只口袋里扯出一只酒店浴帽，小心翼翼地包裹好这一方被盗的大自然，回家后好种在我们的花园里。她是有备而来的。我在思忖，生儿育女在她的生命中有多大占比。她对这个世界和她自身有一种我所缺乏的自信和把握。

“我觉得自己还是个孩子。”我开口道，声音渐渐低沉，琢磨自己到底是什么意思。我不是一个孩子，我是一个二十七岁的男人，甚至还结了婚。我的意思是我不相信自己。我没有责任感。我对自己个人的照顾已经差到叹为观止的地步了，那又怎么能照顾一个孩子呢？要是存在抛弃孩子的基因怎么办？要是血液中的疯狂错乱突然发作怎么办？要是我重蹈了希思科特的覆辙怎么办？要是我重蹈自己的覆辙呢？当然，关于这些我只字未提。在这嗞嗞的静电之上——我意识到它并非来自雅娜与我之间，而是来自内部，来自我偶然触碰到的那团炽热的恐惧 ，我甚至都难以向自己坦白，甚至难以听到自己思考。我的脸上必然流露出了惊恐之色，因为雅娜牵起了我的手。

“没事的，”她温柔地说，“没有什么可害怕的。”

我想起了婚礼上她爸爸讲述的那个故事，她小时候曾经在夜里带头穿越一片森林。其他孩子都相互抱作一团，只有雅娜孤身一人，在没有火把的情况下，大步向前走入那漆黑深处，唯一指引她的就是貌似不会留下恐惧阴影的强大内心。这是不折不扣的她——但不是我。我摇了摇头，隐匿于沉默之后。

17

门开了。小鸟落在我的手腕上。我们已经结束了短期蜜月，返回家中来进行婚礼的反转：断开纽带。小鸟与我一同跨过了门槛。除了空气，它与天地之间毫无阻隔。无限的可能性涌向四面八方。喜鹊将羽毛紧贴着它的身子，对这一切避之唯恐不及。它的利爪紧紧扣住我的肉。这不是我所期待的。我以为它可能会像盒子里的鸽子拍拍屁股飞走。飞上天后瞬间泯然众生。谁又能区分两只同一种类的鸟呢？事实却是，我发现自己竟然不得不将它哄骗上天。

我指了指那个狭长的牧马场、那片湖、远处的林地，苯慢慢地松弛下来。它像落水狗似的抖了抖身体，膨起羽毛。它松开了爪子。它黑色的眼睛将周围景致饱览无遗。对我来说，这就仿佛一位挚友的脸庞，令人倍感亲切而欣慰。我觉得自己似乎对此处了如指掌，每一棵树从树干到树梢，每一丛灌木篱笆的里里外外。我此刻看待这里的视角与我童年时期不同，更是不同于一只鸟的视角。

雅娜站在草坪下坡处，手臂停在空中。她吹了声口哨。小鸟瞧见此处与天际之间有个安全的中间点，嗖的一下蹿入空中。这是它跌落鸟巢后第一次在外面的开放空间飞行。我望着它低空掠过草坪，从后颈到尾翼泛起一道道紫色、蓝色和绿色的波光，令人叹为观止。它如猎鹰般落在了雅娜伸出的手腕上，然后，转过身来面向我。

最初的几分钟里，这似乎是它唯一想做的：从一个人到另一个人，短暂的低空飞行，随着它从雅娜飞跃到我、到我妈、到我爸，还有我的小弟弟们身上，它才越来越自信。

它的飞行半径越来越大。它翱翔得越来越高。我感觉自己仿佛被它一起拽走了，仿佛一只被拖行于海底的锚。这极可能就是告别。我知道是该告别了。可我又暗自亏心地希望它永远不会离开。这只鸟和我们只相处了三个月，可我却难以想象没有它的日子。

我吹一声口哨，它便飞回来了，与其说像一只鸟，不如说更像一只回旋镖。它用那毛茸茸的下巴颏蹭着我的手背，我一脸惊奇地看着它。有那么多东西在呼唤它。远处其他喜鹊叽叽喳喳热情相邀，毛脚燕在山墙上啾啾直叫，仿佛辱骂一般，蜜蜂则嗡嗡地飞舞于薰衣草丛中，令人心痒难耐。尽管在伦敦时我花了不少时间鼓励它回应我的呼唤，可是在面临这些来自竞争者的鸣叫声时，它似乎不太可能真的会听到我的声音。我以为它必定会如一只氦气球般从我手中溜走。一只小鸟，有生以来第一次真正意义上在大自然中放飞自我，似乎不可能如此满足于人类的陪伴。

这可能只是因为它面对这一切不知所措，新生事物带来的冲击令它牢牢地抓住熟悉的人或物。它对这一切感到陌生。青草也出乎它的意料。它飞到草坪上还不及一秒，就在这意想不到的刺激下惊慌失措地飞走了。草地古里古怪又湿漉漉，似乎想要将它囫囵吞下。在一片玫瑰花圃中，它发现了自己的第一条蚯蚓，轻轻地咬了一口，然后嫌弃地吐了出来。与之相比，鲜花则能持续不断地输出惊奇和喜悦。它从我的肩膀上，沿着我的手臂一路扑向一朵玫瑰，将玫瑰撕成一小片一小片。不知为何，甚至都不需要告知，它似乎知道自己的行为很调皮，便带着满嘴的花瓣飞向天空。

如果闭上眼睛，我几乎能感受到风嗖嗖地掠过它的羽毛。一时间，我感受到了它那轻若无物的狂喜。我比以往更敏锐地感觉到了拉扯之力。我希望它飞走。我希望它留下。

我抬头观望，只见小鸟落在了一棵青梅树的低枝上，那棵树长在草坪的上坡。孩提时，我常常坐在那相同的一段树枝上，带一只随身听消磨夏日午后的时光，每次一待就是好几个小时。每年的这个时节，这里是危险的歇脚处。成熟的果实会引来黄蜂，它们将水果钻透挖空，成群结队，黏糊糊地拥在一起。有一次，我正愉快地做着白日梦，未曾留意到有五六只黄蜂钻到了我的脚趾间，低头一看为时已晚，它们正如饥似渴地舔舐我的汗液，我无力挪动，直到它们酒足饭饱。

喜鹊啪地咬住了一只黄蜂。我打了个呼哨。它抬头望着我，接着内疚地移开视线，蹦跶着跃上了树，直到落在最远的那节树枝上，仿佛一面迎风摇摆的黑色三角旗。我再次吹响口哨，伸出手臂轻轻拍打，以示鼓励。最终，它向我冲来——说时迟那时快，就在那最后一秒它陡然调转了方向，一片黑白模糊中飞速掠过我身边。我转过身子，恰好看到它急速划过那棵橡树，越过屋顶，消失于视野之外。这个结果甚至可以说是如愿以偿。想到它就此远走高飞，我感到喜忧参半——尽管很快取而代之的就是令人惭愧的解脱感。作为传说中的恶作剧精灵，喜鹊从烟囱后偷窥。它还未发现它的自由，只以为是一个新游戏：捉迷藏。它以一种心满意足的方式咔哒咔哒咂吧了两次嘴，最终飞下来落到了我伸出的手臂上。

18

喜鹊不断地消失、出现，再消失、再出现。每一次喜鹊这么做，我就感觉到时间正在自我折叠。两个男人。两只鸦鸟。两次失去。当我跟随苯徒步穿越田野时，我看见希思科特在我身边一同跋涉，寻找他的寒鸦。我不了解杰克消失时希思科特的感受。他的文字——诗歌大部分是如此清晰而准确——变得晦涩难懂，无法捉摸，仿佛他在试图隐藏，或是躲避。这一点我清楚地知道。杰克一去不回的那一天到来了。一个夏日清晨它飞走了，那是希思科特最后一次看见它——至少他是这么写的。

希思科特的肩头几周来第一次空空荡荡，不见了小鸟的影子，于是他一连几天瞭望天空，在树林间搜寻，期望寻获一丝杰克的踪迹。任何一个黑点都会像磁铁一般吸引他的注意。在蜿蜒曲折的峡谷中漫步时，他询问每一个遇到的路人同一个荒谬问题：你见过一只寒鸦吗？“偷了你的什么东西吗？”对方回应道。“它们本性难移。”他意识到，在某种程度上，那只寒鸦的确是偷走了他的东西。为了尝试堵住他生命中这个小鸟形状的洞，他沉浸于寒鸦聚会时叽叽喳喳和丁零当啷的声响。“寒鸦族群是居无定所的议会制。遍布田野之间，只见密密麻麻的闪亮斑点。”他依次向每只寒鸦露出脸庞，“期冀唤醒一段鸟类的回忆”。结果大失所望；杰克彻底消失了。

一个缺心眼儿的朋友指出，说希思科特驯服了这只鸟可能也就等于签署了它的死刑令。“你将它的生命置于危险之中。我听说有个人收留了一只鸟，然后等到放飞时，小鸟太温顺听话了，结果落在了一个运动员的枪管上，把自己炸成了碎片，不是吗？”没关系，那个朋友说：“不过是一只鸟，不是吗？”希思科特苦恼不已，接着，他又完全成了另一种鸟类，把脑袋埋进了沙子里。他转而沉浸于神话之中，编造谜语，收集寒鸦的信息——画面渐渐模糊。

希思科特作何反应？他变得忧心忡忡——正如这首诗所言，渐渐深入了他的情感生活，也改变了他的诗歌风格。在那之后，他的文字失去了清晰度，甚至仅仅几个诗节都没有意义。“寒鸦喜爱我那巨大的石英斯芬克司。”他沮丧地写道。一段辞藻华丽却偏离真实的废话。

我有些怀疑他会很高兴摆脱这份责任。可接着我好奇，杰克是不是唯一将他束缚于某种现实、唯一能保证他是个好人的证据之一。他写到寒鸦的从容自信，对它在宇宙中所处位置拥有的沉着自持，语气近乎嫉妒，在那首诗的结尾处，他引用了卡夫卡的话：“我们发现与动物相处比与人类相处更容易。与人类相比，动物更亲近我们。”这些话在我看来，像一个孤独无依的老人口中的感伤论调。想到希思科特因为被抛弃而难过，就有种奇怪、幸灾乐祸的感觉——可他究竟从中吸取了什么教训？

希思科特的那个缺心眼朋友，我的推测没有错。艾略特城堡——一个贵族狩猎的庄园——对不知恐惧为何物的一只小鸟来说，并非它的容身之所。我妈还记得有一天清早被我们卧室窗外的枪响所惊醒，雉鸡砰的一声被击毙在林地上。也许希思科特做错了。假如是这样，那么我的第一直觉就是对的。无论他怎么做，我都应该反其道而行之，尽管这个结论的含义很难接受。

同寒鸦一样，喜鹊在法律上被视为“害鸟”一类，这意味着人们消灭它们，可以相对免于处罚。农场不是狩猎庄园。它实际上就是个自然保护区。不过即便在这里，边界之地也并不完全太平。

“这只鸟在你身边多待一阵子也许会比较好。”有一天农场经理过来喝茶时说道。他说，不久前他到过隔壁农场。他们正在饲养家禽和其他鸟类，在用一种叫做“拉森陷阱”①的玩意儿大规模地捕捉喜鹊。

---

① 一种用来诱捕活捉野生鸟类的合法陷阱。通常是往一只带有两个或更多隔间的笼子里放入一只喜鹊或乌鸦作为诱饵，引诱那些领地意识较强的鸟类。

拉森陷阱虽然合法，却是个可怕的东西。一只喜鹊雏鸟——就像在厨房里围着我们欢乐地追捕苍蝇的这只——被置于一只笼子中作为活饵，一只吸引其他鸟类钻入圈套的“犹大之鸟”。不消说，这是一个残酷的把戏，有时候鸟会被关在里面活活饿死，尽管法律规定，陷阱应该定期有人检查。

即便如此危险，我依然继续放飞喜鹊。它离开农场的可能性，以及落入其中一个陷阱的可能性，似乎微乎其微。在树林中的生活值得冒险一试。

于是，在接下来几天里，我们不断地尝试放飞它。好几天的清晨，我在黎明时分醒来，带它出门来到田野中，追随着野生喜鹊叽叽呱呱的鸣叫声。我们沿着通向河边的同一条小径——多亏婚礼之后连续多日艳阳高照，小径越发干燥，尘土飞扬——我想象着河湾某处有一只喜鹊伴侣正翘首以盼等待着它。苯非常享受这一次次短途飞行。它飞向新的树木，从旧谷仓的山墙上啄食蜘蛛，它想用小木棍玩“你丢我捡”的游戏。但它很少敢于大胆地消失于我们的视野之外，当我转身朝农舍方向走回去时，它总是紧紧跟随在后。

当地的野生动物似乎被这一大自然的畸景所吸引了。鸟儿们似乎比以往更靠近这栋房子：一对绿色的啄木鸟定期会落在那棵青梅树上；某一种猛禽——也许是只雀鹰——等我们在外面吃午餐时，砰的一声，重重砸在了花园大门上，用杀手般的眼神冷冷地打量我们；一大群乌鸦如议员休会般停在牧场内，嗓音粗哑，嘎嘎不停地争论着那只喜鹊的境况。

野喜鹊暂栖在分隔花园与牧场的简陋木篱笆上，观察着苯的恶作剧行为。它在草坪上跳来跳去，对它的同类观众漠然处之，反而更喜欢蹑手蹑脚地跟在人类身后，拉扯他们的袜子，直到他们追得它满地跑，或是欺负那条野狗，逼得它瑟瑟发抖，俯首帖耳。

喜鹊的境况也是我们人类讨论的话题。时间滴滴答答地流逝。我们很快要返回伦敦了，这里的每个人似乎都非常喜欢苯的陪伴，可我们不能留下它，任由它用生肉塞满钢琴，扯掉所有玫瑰的花瓣。

之后有一天早上，我们一起走过那条尘土飞扬的小路，通往河边，苯回答了我们的问题。它突然起飞。我猛地一惊，视线范围内看不见它了。迄今为止，这事经常发生，我从经验判断，它肯定就在附近某个地方，潜伏在一个谷仓的屋顶上或是悄然无声地落在一棵树漆黑的暗影中。

那是我最终瞥见它的地方，它在大约五十米开外的一棵梣树的高处俯视着我。我迈开大步向它走去，一边吹哨一边拍打手臂，可一当我靠近时，它就飞走了，在树木间腾挪飞跃，越飞越远。它引着我偏离了小径，我突然警觉到，这方向正是朝着那个宣称捕杀喜鹊的农场而去的。我翻过沟渠，穿过高高的野草和带刺的灌木，大腿内侧划得伤痕累累。很快，它就抛弃了树木，开始径直飞向那片危险的田野。我飞奔向前，不过为时已晚。这回它是真的飞走了。

我一路跋涉回到农舍。大汗淋漓，浑身脏兮兮的，身上带着血痕，几乎要抹眼泪了。我的脑海中浮现出一幅画面：

一个笼子里装满了厉声惨叫的喜鹊，正慢慢没入一只水槽，汩汩冒出泡来，一阵拍打，直到所有喜鹊都咽气为止，徒留下一堆缠结扭曲、湿漉漉的羽毛，还有大张着的鸟喙。

我推开花园大门时，迎接我的是一阵熟悉的嘎嘎声。苯在屋顶上，撕扯着一块块苔藓，将其抛入檐槽中。又一个花招。它能够投射全息影像。每只喜鹊都是苯，我在树林间追错了对象。我三步并作两步来到房前，摇摇晃晃爬上了墙，小心翼翼地攀爬到烟囱旁来到它身边。陶砖和铅合金的装饰触感温暖——喜鹊跳上我的胳膊时，双脚也同样如此。它的脑袋使劲蹭着我的指关节——我觉得是一种爱意的表达。苏塞克斯的乡野胜景在我们面前延伸开去。它与天地之间除了空气，毫无阻隔。可此处，它与我同在。

19

希思科特送来了另一个谜语。我们到家时，它已经恭候在走廊了，用牛皮纸包着，上面他那工整的字迹一望便知。我在里面发现两个用泡沫塑料精心包装的物件。我打开那个小一些的，待看清是何物时不由得哼了声，既好气又好笑的同时，也被吓了一大跳。端坐在我手掌上的是一座等比例复制的和平纪念碑（the Cenotaph）① 雕塑，那是英国最神圣的

① 原文为 the Cenotaph，特指位于伦敦白厅的和平纪念碑，用以纪念大英帝国（后来的英联邦）在两次世界大战中的阵亡将士，以及此后战争中的英军阵亡将士。Cenotaph 原意为“衣冠冢”。

战争纪念碑，侧面悬挂着陶瓷的英国国旗，正面刻有“烈士永垂不朽”的字样。现实中的战亡将士纪念碑坐落于白厅，从议会大厦出发，沿路而上，是耸立于两条交通线之间的一座庄严肃穆的灰色石塔。Cenotaph 一词的原意为“空冢”，这座纪念碑是为了纪念那些在第一次和第二次世界大战中牺牲的人，尽管后来它所代表的含义对许多人来说远不止于此。今天它成了一种精心安排的缅怀纪念文化的中心，一种政客们每年通过电视转播来献祭的世俗神祇。

至少可以说，这是一件古怪的生日礼物，退一步说，我实在看不出这会给雅娜带来什么乐趣——她可是那种哪怕我只哼唱国歌开头几小节，她都会吹胡子瞪眼的人。至于我，这感觉既像一个恶心的玩笑，也像一条口信。希思科特肯定在偷偷摸摸地尝试，尝试着告诉我一些事，尽管很难说清楚到底是何事。也许，我想，他想提醒我上一次（七年前）我试图让他融入我生活的时候发生了什么。

手里拿着纪念碑的微雕模型，我将时钟倒拨回去。还是二十岁那年，我开车穿过牛津耶利哥的大街小巷。写着希思科特地址的那张纸钉在我卧室的那块留言板上已经好多年了，如今却用蓝丁胶粘在了汽车的仪表盘上。自从我们上次见面后，我没有停下寻找希思科特的步伐。我浪费了许多时间在不对路的地方寻找他。在互联网上。在电话线那头。在大学图书馆落满灰尘的书架上。我在那儿找到了他的剧作，却没有他的一丝踪迹。夏季的假期中，我最终决定去他所在之处寻找他，跟随那张皱皱巴巴、褪了色的小纸片径直来到了他的前门。

我缓缓地行驶在街道上。右手边是一排排哑黑色大门的车库。左手边据我所知就是希思科特的房子。他肯定就在底层那灰蒙蒙的窗户后的某处，几乎伸手可及。这个念头深深地触动了我；他近在咫尺，这与我对他一贯难以触及的经验相互矛盾。滚烫的泪水如泉涌般淌过双颊，眼前道路变得一片模糊，开始晃动。我努力想让泪水倒流，却是徒劳。一座我久已遗忘其存在的大坝，突然之间决了堤。

我甚至都不确定我为何要哭。我不明白这如何仍会影响我。一片空白，一份缺失，一份被填满的缺失，仍然会留下印记？这如何令我沦落至此？然而，不知为何，就是发生了。正如我十二岁时那样。一份五味杂陈、难以言说的渴望。一种内疚和羞愧之情。一只小鸟用脑袋撞击着窗玻璃。迄今为止，希思科特始终是我生命中一股令人目眩的力量。过去二十年由于他的不告而别留下了深深的印记，为此我日益自责。我不够有趣，或不够聪明；抑或可能是因为允许自己被一家有钱人收养而无可挽回地留下了污点。在某方面我很坏，也许甚至是邪恶。内心深处，我真正想要的是让他打消我这些念头，解释为什么这一切都是他的错而非我的错。这是另一段关于飞行的幻想：逃离我的愧疚之情。我继续沿着这条模糊难辨的道路行驶。不能让他看到这个样子的我。

第二天我又尝试了一次。这回经过那栋房子时，我振作精神。我停好车，下车后缓缓地沿着街道往回走去。我与他上次见面的时候已经判若两人了，那时我还是个聪明伶俐、还算快乐的十二岁孩子，心里只想认识那个传说中会魔术并赋予他生命的男人。现在我是个身材高瘦，有点困惑迷茫、忧心忡忡的年轻人了。我仍然想认识希思科特，他依然令我着迷，可这回我也是来寻找答案的。

希思科特的房子坐落于一条僻静街道上的排屋中的一栋。小小的前院四周围着一圈尖桩篱栅，木头上的漆剥落了些许。白色和紫色的蜀葵从混凝土的缝隙中窜了出来，在夏日的微风中沉甸甸地随风摇曳。前门也是白色的，我不安地留意到，门微微留了条缝。我敲了敲门，走进去，对于我会在门那一侧发现什么心里没有底。我给希思科特发了电子邮件，告诉他我在镇上，询问我是否能来拜访，可是邮件如石沉大海。我并不认为门没有锁是因为有人在恭候我。

我发现自己来到一条暗影憧憧的走廊，两边墙上挂着沉重的油画，气势逼人。我前方是一段黑黢黢的木头楼梯，每一级上都堆着几摞书和信件。

“谁在那儿?”上面传来一个粗哑的嗓音。

“我是查理，”我大叫一声回应道，“你儿子。”

“哦，好吧，”那个声音道，“嗯，要不你穿过房间去厨房吧，我就下来。”

我遵照指示，经过一个堆着成排书籍的卧室，进入厨房，里面一片明亮，苍蝇成灾。这里曾经有猫出没的痕迹。猫粮似乎扔了一地，而不是盛在猫碗里。后屋外，一个狭长、貌似野生的花园延伸出去，一片放任自流、郁郁葱葱的绿色植物越过了小径，肆意嘲笑着秩序。

当我最终听见希思科特噔噔下楼的脚步声时，正开始怀疑他会不会已经从窗户逃走了。他似乎比我上次见到时缩了两三英寸，一种透视技巧，由于我现在比他高一头的缘故。不过，他肯定是胖多了，臃肿的肚腹从那件脏兮兮的黑色衬衫下鼓起，下面悬着一条皮带，束着他那条棕色的灯芯绒裤子。他的头发也更加花白了，那头蓬乱的头发颜色与其说是炭黑色，不如说是烟灰色。尽管双眸还是老样子，在圆形眼镜后显得乌黑发亮、聪明睿智。

他从衬衫口袋里扯出一张五镑纸币，双手拿着纸币放在身前，向我走来，仿佛一位驱魔师挥舞着一本《圣经》。他动作缓慢、小心翼翼地撕开纸币。首先对半撕，接着撕成四份，然后他将碎片置于我的手掌中，把我的手指收拢盖在上方。当我再度打开时，碎片已经化零为整变成了一张簇新的五十镑纸币。

“瞧，”希思科特说，“这就是我不信任银行的原因。”

我手上拿着纸币，纳闷这算不算迟到的二十岁生日和圣诞节礼物合二为一，他有点紧张地望着我，清清楚楚地读懂了我的心思。

“我，呃，我其实是需要收回的，”他说，“我穷得叮当响。”

我们一边喝茶吃饼干，一边闲聊——或者说，是希思科特在闲聊。就跟上回一样，他满满一肚子的魔术和故事，一时间魅力四射。可没过多久，我开始感觉自己被哄得晕头转向了。我到这儿来可不是为了听一段添油加醋的轶事，讲他那时把德里克·贾曼[①]的几个副导演困在一间厕所隔间里长达三天。我觉得，这些故事他可能会讲给任何人听，我怀疑他以前已经讲过许多次了。这些与眼下的情况没有任何关系。犹如他的魔术技巧一般，他正照着一个精心排练的剧本在表演，与此同时，还要一面炫耀一面躲闪，再一次向我眼中掷来沙子。

一只硕大的青蝇在我们俩之间嗡嗡地飞舞着。我双手合拢想拍死它，可它倏地一下飞走了，回到空中，在我们耳边嘈杂地盘旋。打我来到这里后，希思科特第一次流露出一种关切。

“你不能打死它。”他说着，站起身给我看一个他自制的人道主义捕蝇器，用两个厨房筛子和一只伸缩臂做成的。他花了片刻追踪那小虫的飞行路线，接着刷地射出伸缩臂，两个筛子扣在一起围住了那只苍蝇，将它裹在一个金属网球体中。他打开后门，轻轻地摇晃着苍蝇将它放入外面花园中。我们俩注视着，只见它立马就嗡嗡地飞回屋里来了。

我察觉到一个能够掌控对话的机会，决定开门见山。为什么希思科特有一天会从一个称职、慈爱的父亲转而变成一个满口胡言的疯子呢——那一晚在康沃尔的那个养猪户农舍里到底发生了什么？

---

① 德里克·贾曼（Derek Jarman，1942—1994），英国导演、诗人、画家、植物学家和同性恋权利活动家，代表作有《蓝》(1993)、《维特根斯坦》(1993)、《爱华德二世》(1992)等。

“什么叫‘发生了什么’?”希思科特说,“什么都没发生。是你的母亲。我受够了她,所以我才离开的。她年轻漂亮,坚忍不拔,我想我是被她吸引了,可不久以后,嗯……”

我试图这样理解,没有崩溃。希思科特只是个始乱终弃的老色鬼。我母亲才是那个疯子。有些无法自圆其说。

“那我呢?”我说。

“嗯,你是个意外。”

当然,这对我来说不是新闻。可是希思科特传递这一信息的态度截住了我那一连串的质疑。他的逻辑看似自洽。为什么他应该为这起意外承担责任?这是一个不会担责、不会深入解释的男人。希思科特似乎也没有意愿继续这场对话。他的侃侃而谈渐渐平息,最后默默地望着我,双眼在乞求我离开。

我出门走上街道时的状态,与我刚抵达时相比,更是一头雾水。我没有得到我期望的赦免。我这辈子母亲始终在欺骗我。不,那不对。是希思科特在骗我。要么他装出崩溃的样子来逃避家庭生活带来的恐惧。我们究竟哪一点让他如此难以忍受?我干的。我的错。

我无法确切地解释原因,可这次会面令我不知所措。听说我去探望了希思科特,我妈饶有兴趣,还想打探更多细枝末节,可我再一次意识到自己竟然没有太多可以诉说。我感觉自己被掏空了。我在自己身上寻找所产生的情感,结果发现一无所获。

接下来发生的就难以理解了。虽然我大脑中理智的那部分功能暂停了非常久，对我来说可悲的是，掌管记忆的那部分大脑却没有。这就好比在用慢动作观察一场车祸。一次心理上的自焚开始了，一个人似乎一步步地向着十分明确且逐渐趋于毁灭性的阶段前进，最后焚烧殆尽。

首先出现的是真空状态。空白区域。我的空虚感转移进了一个黑洞，仿佛已经从我身上把一整个世界都吸干了。回想那年夏天过后返回大学时，我发现我无法再对任何事提起兴趣了。我彻底不去听讲座。必修课上我尽量现身，勉强把句子串联起来。我意识到哪里出了问题，可我似乎无能为力。事实上，我唯一能做的只是让情况恶化。我试图填补真空，试图产生感情，可我唯一成功的是穿过了黑洞，进入更陌生的领域。

下一个阶段：癫狂。这是一个我每一次踏足必付出沉重代价的区域。我开始失控。我的思想和行动颠簸摇晃，与现实脱节。我的行为变得难以捉摸、飘忽不定，我仍然在努力改善情况，可每一次尝试只会让事情更糟。我知道这一切都与希思科特息息相关。不管怎么样，如果我能让他来看我，那么一切就会再度恢复正常。要他来参加我二十一岁的生日派对，我执念于此。我反反复复地给他写电子邮件——如果他能来，我写道，会弥补一切。希思科特似乎并不认为他有什么需要弥补的。

生日那天，我已经连续两天没合眼了，晚了几个小时才出现在餐厅。我妈看见我这个状态十分震惊。夏天以后我就很少回家，变化实在惊人。我对毒品——已经亲密异常——变得高度依赖：几近自残、自虐。我的肤色趋于一种病态的蜡黄。双眼下眼袋硕大无比。从我嘴里出来的几乎都是胡言乱语。吃饭的大部分时间里，我几乎头都埋到了桌子底下。这很糟，不过这也只是为后来发生的事做了一次带妆彩排。

随着我的行为日益肆无忌惮，我的思想也是如此。很明显我的精神崩溃了，可我不这么觉得。我感觉天下无敌。不可思议的无敌，也许我的确是。也许我真的有力量用意念引发事故；也许我真的是一个隐形帝国的国王。抑或是一种正在发作的、我完全无视的、药物性精神病的预警信号。

那年冬天，兴起了一股抗议政府的学生运动。我所在的大学和其他十几所大学都被占领了；学生们控制了教学楼，擅自征用了数周，抗议政府提高学费的计划。校规被掷于窗外，我被这一片混乱所吸引，犹如一团纱线之于小猫咪的诱惑。几乎不消说，我的加入对于学生运动来说绝谈不上幸事。我参加会议时要么喝得烂醉，要么无比兴奋，吃光所有的集体食物，没由来地挑衅警察，提出的建议尽帮倒忙：让我们把大学里所有的门都钉死；让我们火烧参议院。我身边那些清醒理智的学生则在为即将于伦敦举行的重要示威活动做准备，他们缝制横幅，涂绘标牌。我剃了两边太阳穴附近的头发，好让空间粒子充盈我的大脑。我已认定，我是这场运动的杀手锏。

到了抗议的日子，距离圣诞节还有几周，我彻彻底底地精神错乱了。我一生之中从没看起来这么糟，也没这么病态过，可怕的是，我从未感觉如此之好。我感觉无与伦比的生机勃勃，意气风发且生命不朽。拥有狂热的精力和先知般的意志。我相信我有力量摧毁政府，甚至可能夷平并重建整个英国。我一念之间就能颠覆规则，拥有无法忽视的灵光乍现。那天早上，在执行这个混乱任务的时候，我让自己钻进了救护车的后车厢寻找吗啡；试图用一把水果刀绑架一个贼眉鼠眼的男性学者；用一把破链锯叫醒一个“朋友的朋友”，要求来一顿全套英式早餐。没什么大不了的，一切都在意料之中。坐在去西斯敏斯特的地铁上，我在其他乘客的鼻子底下来回晃动着一把偷来的手术钳的锋利尖齿，兴奋地嚷嚷着，说我要去议会给尼克·克莱格①拔牙。自此，形势一路急转直下。

我的口袋里装着一包处方镇静药，那种强效的蓝色药丸，我一直是就着烹调用的白兰地大口吞下的。在某种程度，我必须意识到我需要阻止自己，可那药丸似乎没有让我平静下来——事实上还适得其反。尽管缺乏睡眠，缺少食物、酒精，还有所有毒品，我如离弦之箭般冲出了地铁站。我冲进一家 Pizza Express 的分店，抓起某张餐桌上的一朵黄色康乃馨，扔到地上。我向用餐者和店员宣布，革命已经开始了。

我没有停下来观察我的话给人们带来的影响。他们毫不犹豫地把围裙和餐巾抛向空中，一股脑儿拥上街头，我一马

① 尼克·克莱格（Nick Clegg，1967— ），英国自由民主党前党魁，曾担任自由民主党与保守党联合政府的副首相。

当先冲向议会广场。我还没忘了我与自由民主党领导的牙医预约。在我眼里，议会大厦如同一座伟岸灯塔耸立在一片祖母绿般的海面上，宛若高山上的一团火焰。难道是因为毒品？睡眠不足？四分五裂的头脑折射出的变形的世界？难以下定论。我大吼大叫着向前冲去，人群奇迹般地在我面前分开，仿佛我是摩西一般。然而，增加了双倍警力的防暴警察却不以为然。我被他们的盾牌和警棍弹了回来，退回到了人群中。我到处横冲直撞。身上的能量用不完。我尝试了一次针对西敏寺的独狼突袭。我试图向最高法院纵火。我抵达白厅时，在那儿我看到了——那把我甚至都不知道自己在寻找的钥匙，从路中央升起的石头按钮，两侧固定着杠杆和旗帜。我知道，这是一件具有无穷力量的神器，我可以运用这股力量让议会消失。这座和平纪念碑，是纪念英国阵亡烈士最庄严肃穆的纪念碑，而我压根没有意识到这一点。唯一在我脑海中的就是我那紧急万分的任务。我向它全力冲刺，从侧面一跃而起，一把抓住了悬挂着的厚实的英国国旗。我好似一个绕绳下降的登山者，一脚向后蹬去，身体剧烈地来回摇摆，不停地大喊大叫、上蹿下跳，完全确信自己的行为是无可指摘的。在我没留神的时候，一位摄影记者抓拍到了那一幕。

这还只是开始。天色渐暗，抗议也笼罩上了一层阴影。戴着面具的人群四处游荡，砸碎那些属于逃税人的商店橱窗。防暴警察则猛砸头颅。一个骑警拽扯着一个女性朋友的头发，将她扔到路缘上。查尔斯王子尝试驾驶他的劳斯莱斯穿越城市去歌剧院，结果发现自己被包围了。我透过车窗朝他挥手，上帝证明，他也向我挥了挥手。我跳到他的一辆安保汽车的引擎盖上，向众人挥手致意，一派王者风范。我就是国王。

手里拿着这座和平纪念碑的微雕模型，我感到了昔日横刀立马的一丝余光；脑皮层上涌过一阵火焰。仿佛在飞行，在做一个飞行的梦，思想与行动之间毫无阻隔。那天有什么东西撕开了一道口子，裂痕至今尚未痊愈。我将这物件放在桌上。一件令人不悦的结婚礼物。可也许希思科特认为我对战争纪念碑喜欢得不得了。这样想当然会比真相更说得通，而我还在努力理解真相。你如何能将有悖理性的事合理化？你怎么能把那样的极端失控与你是一个理性人类的想法画上等号呢？一想到我的所作所为，真是骇人听闻。而更骇人听闻的是，做出那些行为的一部分我还存在着，于某处潜伏。

抗议运动的第二天，我好歹回到了家，我试图向我爸解释自己。我尽量坦白从宽。我有力量，可这力量不知怎么失效了。毒品是关键，我告诉他——它们阻碍了我的力量。他满脸悲伤，身形瘦小，一脸难过，还带点儿害怕。一幅某人吊挂在和平纪念碑侧面、尚不能确认是我的照片上了头版新闻。人们怒不可遏。他们看事情的角度与我不同。他们看到的只有一个长发的抗议学生漫无目的地攻击一座战争纪念碑。没过多久就有人将矛头指向了我。接着舆论的洪流一泻千里。“人们想要你去死，”我妈出神地看着她的电脑屏幕说，“而且……他们也要我去死。”包含恐吓威胁内容的信件和包裹开始源源不断地寄到任何能指向我的地址：我以前的学校、我的大学、我家的地址。一个黑色污点。一份包成礼物的狗屎。白色粉末。死亡威胁。诅咒。希望我全家死于癌症。我应该在阿富汗被吊在旗杆上，我妈应该被切除子宫，省得她再生出更多“谬种”。我让全家人都成了众矢之的。然后警察找上门了。

我看着和平纪念碑模型上正面的碑文，不止一次纳闷我是否读错了字。当时我并非想要攻击“烈士永垂不朽”那几个字，而是“爸爸永垂不朽”①吧。如果这算是某种争取希思科特关心的扭曲尝试，最后一次吸引他注意的绝望企图，结果失败了。他成功地避开了灾难区。戴维是那个再次将我捡起的人，审判期间并肩支持我的人，也是陪我妈一起来探监的人。谁是你的爹地？历经这一切后，我终于找到了答案。

接下来从这个装有结婚礼物的潘多拉魔盒里出现的物件就相当精美了。一个由希思科特的妹妹制作的盘子——她是一位直到现在我才知道有其人存在的家庭成员。上了釉的陶土中央是一幅手绘设计——一个人抡着大锤猛砸一辆家用车的引擎盖。希思科特讨厌汽车这点是有据可查的。他为此写过整整一本书，我遇到的那些在他回伦敦居住时结识的人，似乎都有一套关于他偷车、毁车或烧车的故事。如果这个微雕和平纪念碑意在代表我的某个方面，那么这件礼品则无可

① 碑文“烈士永垂不朽”的原文为“The Glorious Dead”，作者的文字游戏，戏改为“The Glorious Dad”。

辩驳地代表了希思科特身上更狂野的天性。盘子上的希思科特正在攻击一件家庭财产，配备了车顶行李架和另外为儿童准备的加座，似乎意义非凡。

两件礼物明显都充满了个人意义——尽管其完整的深意，我依然还在苦苦思索中。也许希思科特在试图指出我们两人之间何其相似。也许这是一种警告。一念及此，我不寒而栗。

和平纪念碑插曲之后，我意识到我必须净化自己。把东西放入我体内——主要是毒品——没有益处，不过也许从体内抽出会管用。我的体内明显有些需要清除的邪恶特质。我幻想过前往索姆河，割开手腕向阵亡烈士献上血祭，或是在和平纪念碑前由一对伞兵鞭打我——我的恶行曝光后，我清楚志愿者是不难找的。我心里渴望惩罚，可是，除了些许微不足道的自残行为，这些冲动仅存于幻想世界。我必须另找途径赎罪。最后，我将一个针头刺进血管，抽了一管血。趁血还未凝结时，我用一部分写了一封非常短的信，随信附上这支几乎全满血的针管一起寄给了希思科特。糊满整页纸的红色字母传递了一条简单信息：“还你的血。”

这是我的治疗版本。算不上完全有效的一种，我必须承认，但这是我当时能想出的最佳方法。把问题踢回源头。这也同样标志着，我最后一次让希思科特融入我生活的尝试以失败告终。如果他的礼物当真是一种警告，那么也许我应该多加留意。我们两人见面的地方山摇地动。地上出现条条裂缝：既因为我，也因为他。我第一次想知道，是否我之于希思科特的意义，就如同这枚袖珍和平纪念碑之于我的意义：提醒我牢记羞耻、惊恐、失控的感觉。还有一种隐含的威胁：一切可能再度分崩离析。我决定再一次将希思科特拒之门外——这回没有血液；我只是要将他放回到他的盒子里。

无论如何，一个更为紧迫的难解之谜正在我面前的咖啡桌上起舞，用乌黑色的喙对着袖珍纪念碑又戳又啄。苯也跟我们一起回来了。我希望，这是希思科特与我拥有截然不同命运的明证。他的小鸦鸟飞走了——可能终究一命呜呼。另一方面，我的那只，却拒绝离开。

20

黄油中鸟喙的痕迹。水槽里的一片羽毛。被夹在一本小说书页里的肉片和零钱。喜鹊再一次宾至如归了——这次，也许就是永远。我们试图放飞小鸟的努力，就好比要放走一只风筝，被证明是徒劳无功的。我们还会继续尝试，尽管我此刻已经不怎么确定，这么做到底对不对。有可能它这一生都要跟我们绑定在一起了。

怀揣着这么个想法，我埋首书本寻求答案。人类曾经与鸦科鸟和谐共处过吗？这是一个至关重要的问题。这类故事的结局是怎么样的？

人类与鸦鸟共同生存有大量著名而意想不到的先例——不过称心如意吗？我说不准。事实证明，希思科特并非唯一一位曾与食腐鸟共同生活的作家。拜伦勋爵在他的旅行中有过许多动物相伴左右，其中就有一只温顺的鸦鸟。这只可怜的鸟在诗人幸存日记的字里行间一瘸一拐，接二连三遭遇不幸。起初，在有人存心踩了它的脚趾后它就瘸了——影射了它主人的畸形足，不过却鲜少招来同情，后来拜伦揍了它一顿，因为“偷吃猎鹰的食物”。不恰当地引用卡洛琳·兰姆夫人①的话，拜伦对鸦鸟来说“又疯，又恶，而且十分危险”。查尔斯·狄更斯则与一只会讲话的乌鸦同住在他伦敦的家——狄更斯对它宠爱有加，可他的鸟在吃了一大段楼梯和一锅铅漆后，落得个悲惨下场。杜鲁门·卡波蒂因为他的宠物乌鸦罗拉，而被当成巫师赶出西西里，罗拉后来在罗马从他的阳台上一跃而下，落在了一辆货车的后车厢上，就此失踪，徒留卡波蒂泪眼婆娑，望尘莫及。

苯在我们的家里越来越随心所欲，自由自在，我绞尽脑汁寻找更美满的结局，尽管不怎么成功。欧洲的民间智慧告诫人们，甚至家附近都不要允许鸦科鸟出现。窗边的喜鹊代表死亡；屋顶上或是顺着烟囱下来的寒鸦代表死亡；人类居所周围任何一处有乌鸦出没，代表死亡。经常，不幸似乎的确会循着它们的飞行路径同至。回顾历史，我找到一个名叫莫利·丽的女子，她在十八世纪的英格兰养了一只寒鸦为伴。对她行巫的指控接踵而至，她被一根木棍刺穿心脏而

---

① 卡洛琳·兰姆夫人（Lady Caroline Lamb，1785—1828），英裔爱尔兰贵族、小说家。1812 年曾与拜伦勋爵有过一段绯闻，她将后者描述为“又疯，又恶而且十分危险”。她的丈夫威廉姆·兰姆后来成为英国首相。

死，而她的寒鸦则被活活封在她的棺木中。据说，玛丽·安托瓦内特养了一只温顺的乌鸦；她让它站在她的掌心吃蛋糕，瞧瞧她的下场吧。“养一只乌鸦，”一条谚语警告道，“它会啄出你的眼珠。”

我抛下那些死去的诗人和神话书籍，开始在现实世界寻求答案。这起事件的真相是，无论我们是否愿意，我们都已经同鸦科鸟共同生活了。它们反应机敏，进食习惯大胆，鸦科鸟——尤其是乌鸦、喜鹊和寒鸦——能够在都市环境中繁衍活跃。日益激增的人口数量中有鸟类的影子。据某些数据估计，现在地球上的乌鸦数量超过这个星球上的任何一个历史阶段。在一些城市，据估算，每两户人家就有一对繁育中的乌鸦，或者这么说，每五个人类就有一只乌鸦。而且这个数字还在不断增长。城市乌鸦比它们的乡下同类更成功：更多的鸟蛋成功孵化、长大成年。鸦科鸟喜欢城市，甚至达到了愿意通勤的地步。美国的研究已经证明，乡村的乌鸦一天内从鸟巢至工作地点愿意飞行二十英里，而在格陵兰，渡鸦对于在两个垃圾场之间通勤九十英里几乎不假思索。讽刺的是，城市已经变成了大自然的避风港，或者至少对那些有能力从人类垃圾中获得养料的物种来说是如此，而鸦鸟家族当仁不让地属于其中一种。在我们的大部分城市中，超级充足的食物以及严格的禁止捕猎法规已然为鸦科鸟创造了几何级数的增长。

这只喜鹊从鸟窝里坠落，落入我的手中，毕竟算不上咄咄怪事。又病又伤的鸦科鸟时时刻刻都在落入人类的路径上，有时人们会捡起它们。这大概是城市生活的另一大优势了：获得免费医疗。

互联网上，我开始在一个鸦科鸟社群的外围潜水，组成该社群的成员是那些从地上拾起这些小鸟后、接着出于种种原因发现很难将它们再放回原处的一帮人。我发现一个来自中部地区、表面害羞的怪人，他的时间一分为二，一半用来修复复古电子游戏机，一半用来照顾他那些残疾的秃鼻乌鸦、乌鸦和喜鹊；海威科姆一个古怪的动物训练员，在餐桌上从他自己的嘴里把麻花甜甜圈、粉虱和脚指甲屑喂给他那只会说话的乌鸦；以色列一个使用轮椅的行动障碍者训练她的冠鸦成了一个动物助手，后者会飞去高处的架子上取物；俄罗斯的一个重金属摇滚乐粉丝，他的喜鹊会听从命令为他取来硬币；斯塔福德郡的一位女士每年圣诞节都为她的那群乌鸦烤一只火鸡——自从她丈夫离开后她年年如此。甚至还有一个数字空间，许多“鸟痴”似乎会出没其中——鸦鸟论坛。在这里我找到了许多远比拜伦、狄更斯，或是希思科特能提供的更有用的建议。与鸦科家族成员生活的方式各种各样，千奇百态。有的鸦鸟自由进出房屋，有的鸦鸟生活在大型鸟舍中，有的在周末带去空旷野外自由翱翔，有的会造访酒吧，穿着怪模怪样的小挽具去露营度假。苯的故事不必落到一个悲惨结局。

话虽如此，可与鸦科鸟在一起的生活总体来说似乎免不了嘈杂喧闹、一片混乱。论坛上的争论集中在这一类事：哪个牌子的狗粮最能吸引成群的小嘴乌鸦来到你的后院，它们是否当真喜欢一碗碗的新鲜鸡肝；寒鸦喜欢怎么吃鸡蛋（貌似是煎炒，不加盐和胡椒，蛋壳碾碎混入其中）；哪种玩具适合渡鸦（学龄前儿童的拼图游戏似乎匹配它们的速度）。

当我埋首书本时，苯对我的研究兴味索然。不过待鸟类的图片和视频闪现在我脑屏幕上时，它在我的键盘上翩翩起舞。我给它播放了一段另一只喜鹊的视频——乔治，栖居在阿拉斯加的一家动物园、特别能说会道的一只小鸟——叽里呱啦，正飞向一位它的饲养员，它把脑袋紧贴着屏幕，全神贯注地注视倾听，然后决定发起一次猛烈攻击，对着可怜乔治的图片一嘴又一嘴地啄。一只乌鸦跳上一个浅浅的浴缸边缘，一个猛子扎入水中激起一阵水花，这段视频则催生了更多尊重——对一位艺术大师来说，甚至是敬意。

在鸦鸟论坛上，我结识了一个与七只喜鹊共居同一屋檐下的善良女子。

"你是如何做到的？"我问。

"我们没有一件精致的物件，"她在那粪迹斑斑的键盘上敲击回复道，"所有东西都被藏了起来，否则不是弄坏，就是糟蹋了。"

我给雅娜看了我们的聊天。她没有觉得特别好笑。雅娜喜欢拥有漂亮物件，她不喜欢我的建议——我说我们该买上十来个大小不一的钟形玻璃罩来保护我们的室内盆栽和小摆件，免遭喜鹊那好奇之喙的荼毒。自打我们从农场回来，苯就总是直勾勾地盯着她那些珍贵的兰花。黎明时分飞窜入我们的房间，撕扯一株兰花的根茎，然后把木屑和泥土撒入雅娜的内衣抽屉里，这似乎给这只鸟带来了莫大的乐趣。我开玩笑说我们不需要宝宝，因为我们有一只喜鹊，这话似乎并不能增添温馨气氛。

如何能与这样的野生动物共同生活？喜鹊的精力无穷无尽；它那破坏的欲望显然深不见底。绝望之际，我转而向鸦鸟社区的另一位成员寻求建议。

“你为什么不给它买个 iPad 试试？”她建议道。

那天我发现雅娜在卧室中，沮丧的泪水滚落她的双颊，此时喜鹊嘴里叼着一朵稀世兰花，一边完成了它的绕场一周庆，雅娜正咒骂喜鹊，而那天正是我们一致同意它应该开始花更多时间待在室外。鸦鸟论坛的集体智慧进一步证实了我的直觉——让一只温顺的喜鹊在伦敦自由自在地翱翔遗祸无穷。那为什么不建造一个大型鸟舍？一个可以让它消磨时间、安全封闭的室外空间，在那里无论它搞得多混乱都不用担心。然后到了周末，我们会带它回农场自由飞翔，期待它远走高飞，也期待它安然返回。

于是，房子侧面一座类似鸦鸟拱廊的建筑拔地而起。我完全赞同封闭整个后花园，可雅娜却相当理性地投了反对票。她说，喜鹊可以从侧面进出，介于厨房和邻居的花园篱笆之间的狭长地带应该足够满足它的需求了。我的一个弟弟前来搭了把手，多一个人帮忙的情况下，只花了一个下午就完工了。我弟弟和我将镀锌的铁丝网覆盖在木框上，传递给雅娜，由她来把它们改建成一个斜顶，接着是墙，然后是门。这看上去就像我们为花圃建造了一座监狱：蕨类植物蜷缩在铁丝网下，两株上了蜡似的蓖麻植物好似举手投降。我数了数石板路上的步数。它肯定要比任何人类的监狱牢房更宽敞，相对于小鸟的体形来说，已经是巨大无比了——与其说是牢狱，不如说是一座喜鹊大厦。不过考虑到我在心理上对这只小鸟的认同度，要是把它关在这么个类似笼子的东西里我却一点不难过，是有那么点不合情理。

喜鹊略带忧虑地望着我们，此时我将它房间里的家具搬了下来，从厨房窗户递给雅娜。送出去了它的喂食桌、栖木、玩具，还有那尊双臂被它扯断了的塑料小佛像，以及它作为浴缸使用的烤盘。在一只柳条篮的底部，一块破破烂烂的茶巾下，我找到了苯诸多藏宝箱中的一个。我犹豫了片刻。一种诡异的内疚感油然而生，仿佛我的手指正悬在一位朋友的私人日记上。好奇终究占了上风。我关上门，这样那只鸟就不会当场抓住我在倒空那只篮子了。

鹅卵石。打火机。硬币。铜螺丝。安全别针。它拥有与八岁男孩一般无二的审美。线与封蜡。我偷偷拿回了一些我需要的东西，然后将篮子也提进了鸟舍。

苯自己是比较难卸载的货物。它站在敞开的窗口，犹豫着摇摆不定，仿佛某个站在冰冷水池边上的人。我向它爬去，弯下腰缓缓地钻进鸟舍。

“看，”我说，“没什么好害怕的。来吧！”

我伸出手臂。小鸟浑身绷紧。羽毛紧紧地贴着身体，看似就像一只爬行动物：一条浑身浸满石油的蜥蜴。它跳跃着，爪子撑开，咔嗒一下扣在我的食指上，坚定而温暖。它审视着这个新环境的方方面面，脑袋一抽一抽地抖动着。我护送它从这个封闭区域的一头走向另一头。它脑袋左摇右晃，扫视地板和天空，寻找猎物，犹如一个人试图把水从耳朵里摇晃出来。过了一会儿，它断定安全无虞后，蹦跶着跳下我的手指去探索一番。我离开鸟舍后关上了窗。雅娜长舒了一口气。喜鹊终于出来了。

21

尽管我们用心良苦，可我们还是彻底失败了——没能驱逐这只鸟。结果换来的是，只要敲击一下窗玻璃，我们中的一个——通常是我——就会忍不住开窗放它进来。哪怕它在外面显然自得其乐，比如此时此刻，它正在争抢蕨类植物中的蜘蛛，对着花园篱笆那边的邻居喊叫，我经常会不自觉地呼唤它进来。一瞧见铁丝网后的小鸟，我的肌肉就僵硬，心脏在胸腔里难受地怦怦直跳。尽管论坛上的专家就是如此教我们的，我还是感到哪里出了岔子。不止出了岔子：我感觉被困住了，深陷天罗地网，只是部分代表了苯的感受。

我将注意力从喜鹊移到了希思科特的结婚礼物，那座和平纪念碑微雕，此刻它立于我桌上的一摞纸上。这件物什同样透着不对劲。作为仅有的几件希思科特送我的、并非他的签名诗集的东西，它在某种程度上来说很珍贵，可它的确也不能唤起愉悦的思绪。那起真实纪念碑事件后，我发现自己沦落到了铁丝网后。没有在我本应该身处的精神病病房，却身陷一座高安全级别的成人监狱。甚至早在我进来之前，我已经让自己进入了一种紧张焦虑的状态。介于逮捕到审判之间的八个月里，我不断收到的书信和便条详细地说明了他们所希望我会在牢里面临的处境。“你的屁股会看上去像一面日本国旗。”一个写信人叫嚣道。那时我年纪尚轻，才二十一岁，我会是监狱里最年轻的囚犯之一。我告诉自己会制作一件武器，迫不得已时使用，不过我怀疑我的胜算不大。我的身体条件有限，还带点儿女性特征——其实经常被误认作女孩。我这样安慰自己，实在不行，自杀总是一条唾手可得的出路。

不出意外，法官宣判我有罪，判刑十六个月后，我被戴上手铐，被人带着通过一扇在我身后敞开的门，来到位于法庭下方的地牢中。我步履蹒跚地走下楼梯，瘦得皮包骨，脸色苍白，一脸惊恐，等在下面的狱警轻轻地拍着手。他们似乎为能够羁押我而暗自冷笑。上了囚车，在监狱的血盆大口将你吞噬后，第一件令人难忘的事就是你被强制扒光衣服。俯身。翻起你的包皮。举起你的阴茎。露出你的舌苔下方。丢盔卸甲。宛如一只卸了壳的蜗牛般脆弱无助。囚服：薄薄的灰色田径服，没有口袋。接着是一次快速的医疗评估。想自杀？“还不会。”

彼时与此刻的间隔薄如蝉翼。监狱的点滴至今历历在目。空气中大麻烟的气味、警报声、尖叫声、跑过金属楼梯“咚咚”的靴子声。用以接住那些跳楼之人、分布在楼层之间的铁丝网。一个狱警啪地抽打一个光头囚犯的脑袋；另一个狱警在监视囚犯以防他们自杀时，坐在椅子上打盹儿；一个囚犯反复不停地用他赤裸的双拳击打一台投币式电话。只剩一个念头：我已经死了。我唯一拥有的一件利器是一支伯罗牌圆珠笔。我每时每刻都把笔环握在一只手里，或是塞在我的裤腰带里，晚上也不例外。我不知道使用伯罗的代价是什么。我不敢肯定随身带着一支笔是为了用来把某人的眼珠戳出来，可即便如此，有它在是我唯一拥有的慰藉。狱警们以他们特有的方式欢迎我。有个狱警拦下我，收走了午餐。他想要我明白，只要心血来潮，他随时有权进行一次体腔搜查。之后，另一个狱警向我示意。“跟我来，”他说，“有人想要见你。”他把我关进了一个著名杀人犯的牢房里。“他要我折断你的脖子。”那个杀人犯嘴上挂着微笑，眼中却全无笑意。他眼神冰冷，铅灰色的双眸令人不寒而栗。感觉沉默了很久。我估摸着我们两人之间的空间，权衡再三。走投无路。“那么你……你打算这么做吗？”我强迫自己问道。他一咧嘴，笑意更浓，拍了拍我的肩膀。“当然不会，”他说，“我讨厌那个杂碎。”漫长的一个月后，我被转移去了一个低安全级别的监狱，在那里有人告诉我，情况会好一些。我抵达时，一个囚犯正尖叫着说谁跟他关一个囚室他就杀了谁。一个狱警将我一把推了进去，锁上了门。我的新狱友虎视眈眈地瞪着我，一言不发，直到那天夜里，他从黑暗中咆哮道：“我他妈的要把你的鼻子咬下来，你个婊子。”我抓起我的笔，笔直地坐起身来，如临大敌。过了片刻，他的声音再度响起。“爹爹爱你，”他说，“爹爹想你。”接着他开始鼾声大作。一个说梦话的家伙。无时无刻、无处不在的危险：蹲厕所时，裤子褪到脚踝处，一个戴着巴拉克拉法帽的家伙冲了进来，手上挥舞着一把巨大的匕首；睡在我的小床上，醒来发现一个身形巨大的无期徒刑犯，他已经服了十六年徒刑，此时耸立在我面前，要求我给他口交。

当然，也并非全是罪恶。监狱里有良药，我在艺术设计方面取得了证书。同一个班上的一个连环杀手在为我临摹的一幅奥托·迪克斯①的作品中的动脉喷射找到了正确的红色。有可能是我向他传达了谢意，尽管每次他拿起一把美工刀或者剪刀时，他都会有点儿走神。我在监狱图书馆里找到的一本关于连环杀手的书上说，他曾用一把斧子砍了一位牧师的头，还有十几名受害者被刺死。也曾有过真善美的时刻。那些我所念念不忘的不期而遇的温柔善意，我竭尽全力仿效传递。不过善良容易被遗忘；其对立面让流血不断。

我二十二岁生日后的第五天迎来了我释放日的早晨，说来也怪，同一天也是希思科特的生日，尽管我心里可能从没放下过这件事。我不太相信我就要被释放了。只过了四个月。剩下的刑期我将在家中服完，脚踝上戴着电子追踪器，然后是缓刑。逐步增加自由度。狱警中有几位似乎非常不情愿放我走。我刑满释放前的那些日子，由警卫实施、针对我牢房的突击搜查频率显著增加。我的牢友，那个说梦话的

---

① 奥托·迪克斯（Otto Dix，1891—1969），德国画家，新即物主义的代表人物之一。迪克斯性格内向，不善于以文字表达思想，但其油画和版画作品却具有强烈的艺术震撼力。

家伙，后来发现他是个喋喋不休的系列行凶犯，警告我要当心监狱的强大引力。“如果进来过一次，”他说，“很容易就会二进宫。监狱会拉你回来。”他继续说，有办法能够避开。迷信，宁可信其有。别吃早餐，否则你就会回来喝茶。走的时候，无论做什么都不要回头看——否则准保你回来。“要是你真的回来，”他说，“我保证我真他妈的会咬掉你的鼻子。”他送了我一件临别礼物：他用火柴棒做了一个木头的打火机套，手柄上的浮雕是一条盘旋在匕首刀刃上的蛇。治愈的象征，尽管这并非他的初衷。“监狱伤人不浅，在你的心里留下了毒液。”我谢过他就走了。

外面十一月寒冷的阳光下，我的父母正等在一辆深色车窗的汽车上。能接我回家，他们喜出望外。从某些方面看，相比对我的影响，这整件事对他们来说更加难以接受。想象营造出的恐惧是无穷无尽的。而且我还一字不提。我打回家的电话、寄回家的信件里，我尽量呈现出监狱生活的美好一面，一半是为了努力宽他们的心，一半是因为我已经决定永远不承认这个地方曾对我施加过任何影响。如果我这么认为，那事情就会成真。汽车驶离监狱时，我扭过头望了一眼。

这时小鸟发出了一阵咔哒咔哒的叫声，我从写字台一跃而起。出事了。我慌忙跑向窗口。苯正飞在空中追逐一只傻乎乎闯入它领地的大黄蜂。只见它啪的一下终结了它的生命，将它的躯体塞入两块地砖之间的缝隙，再轻轻地给这个坟墓盖上一片叶子。一切正常。它状态极好。另外，看见那只小鸟待在铁丝网后的这一幕在我脑海中默默拉响了警报。很容易一触即发。

我并没有从监狱里带回任何足以炫耀的伤疤——至少没有肉眼可见的那种。狱友之间的团结互助比起狱警的歹毒心肠更值得铭记。幸运的是，当我发怒时，这些潜在的恶霸从未试图揭穿我的底牌。那张血盆大口原封不动地把我吐了出来。但也并非毫无变化。在开车回家的路上，我们将车停在一座能够俯瞰乡间景色的山上。我迎风站立，等待着一股自由自在、如释重负之感向我袭来。可结果却没有。我感到如烟灰一般颓废空虚。没有感觉，没有解脱——也许因为我还未真正离开那儿。我妈首先察觉到异常。我的双眼扫视四周，飘忽不定，总是在期待攻击的样子。我产生了一种新的人生观，一种需要三百六十度、持续不停保持警觉的人生观，还有一句新的人生格言：疑神疑鬼保平安。当真很滑稽。我下楼梯或乘自动扶梯时像个螃蟹似的，这样从前方或后方来的袭击者我都能看到；在大街上我喜欢走之字形，躲在灯柱后，或是尽量紧贴着别人走，这样别人就很难向我开枪；每一个走过我身边的人，我都要上下打量寻找他们可能是威胁的迹象，心理上做好准备以防不测，真有个万一，我就只能用笔——仍旧是环握在我的右手中——插入对方的喉咙或者眼窝。“你就像个疯子，”一个朋友前来看我后，难过地说，“不要再问为什么大家都在盯着你看。那正是他们盯着你的原因。”

如果我的部分药物性精神病涉及一种信念，即我能够驾驭符号力量，那么现在符号在我身上产生了一种不幸的力量。在我出狱后的那个夏天，英国举办了奥运会，庆祝了女王的“钻石大庆”①。大街小巷到处都是挥舞英国国旗、身披圣乔治十字旗的欢乐人群。在我眼中，他们中的每一个人都是潜在的杀手。任何与英国民族主义、和平纪念碑、国殇②、武装部队相关的都是一种警告。红色代表危险。所有那些保险杠上挂着国殇罂粟花③的汽车试图要从我身上碾过去。所有身穿英格兰连帽衫的人都是打算刺穿我肾脏、极右翼组织的成员。符号的复仇。有人也许会说这真是天理昭彰、报应不爽。

在这种紧张气氛的作用下，我那“或战或闪”的反应机制陷入了混乱。在咖啡馆和餐厅里钻到桌子底下，或是冲出门外一路狂奔，被大家都看不见的东西弄得一惊一乍，还有对早在几个月前发生的事件才做出反应，凡此种种令我的朋友和家人们惊慌失措。

我大概早就该寻找某种帮助——为我自己好，也为我身边的人好。“闪”是一种相当无害的反应；“战”就不那么无害了。以同样的方式，即便最微不足道的小事都能让我在马路上一路狂奔，因此我的脾气开始以一种非常讨厌的新形态

---

① 即庆祝伊丽莎白女王登基六十周年。

② 每年的 11 月 11 日，为纪念在两次世界大战和其他战争中牺牲的军人与平民而设立的纪念日。

③ 在 1920 年后，欧洲用来纪念在战争中过世的士兵的花朵。在欧美地区纪念两次世界大战结束的国殇纪念日，大多数参战国官员及民众会在胸前衣襟佩戴虞美人花以作悼念。

脱离我的掌控。朝着那个略微刁难人的检票员嘶吼、打算挖出对方的眼珠子当做肛珠的家伙，我认不出他来——可那毫无疑问就是我。我不停地尖叫嘶喊，仿佛着了魔似的，就像某个应该身穿约束衣的家伙。我的双腿有多快就跑多快，尽快带我离开英国交通警察。我前狱友的语言几乎很快就要成真了——但这不是孤立的事件。我拼命去理解这些情感爆发。它们跟我希望成真的那个故事并不相符。于是，我在它们周围画了个圈，尽我所能假装一切没有发生过。我本应该找个人谈谈这些。可是这么一来就等于要求我承认有麻烦了，而这绝对没门。我绝对不会再一次露出脆弱或软肋。我仍然说服自己相信——不顾这一切证据——我比目前的情况要好。“我凝望深渊，深渊却先眨了眨眼。”与这幅画面格格不入的回忆，我就直接重写。回首当年，我说服自己相信，在出狱回家的路上、从山上瞭望时，我差一点就能品尝到那种自由自在和如释重负的狂喜之情，那是我翘首以盼的。可实际上却是一片漠然。只有强大的地心引力将我往下拉。

据一位心地善良却粗枝大叶的朋友说，我是经历了一场典型的大溃败：一个神话英雄的地狱之旅，在那里英雄无惧死亡，返回人间时获得了神祇的智慧。我喜欢这个类比，可我肯定是在路上哪里丢失了我那份神祇的智慧。可事实的真相是，我从地下世界带回来的只有偏执妄想和喜怒无常的脾气。

这些来自地狱的礼物在这之后很多年依然伴随着我。它们逐渐僵化，形成习惯。直到最近，我已经开始勉强承认，某些事是不太对劲。只要我的前臂放在床头柜上，就会放一把匕首在上面，还会放一把在前门、后门、写字台和浴室里，这既病态又反常。每次邮递员上门时，都要透过信箱审问他，这对他是不公平的。货车的隆隆声，敲门的咚咚声——抑或是瞅见铁丝网后的小鸟——这些都不该滋生一种有形的恐惧感。长期以来，雅娜一直是这种变化中不可或缺的一部分。她的耐心使我们走到一起。不过，正是在她失去耐心的那些时刻——我的某些行为，“或战或逃”，令她感到惊骇万分、不知所措，帮助我开始看清事情的真实面貌。

自我意识倒是没有证明非常管用。我远离窗边，坐回到我的写字台前，努力集中精神，但徒劳无功。这无声的警报正在轰鸣，而我没有能关闭它的钥匙。我再次瞥见那座和平纪念碑微雕，开口咒骂，一把将它扫进一个抽屉，眼不见为净。外面，小鸟正叽叽喳喳叫个不停。我从写字台前一跃而起，走下楼，从厨房窗户爬出去。小鸟正从我头顶上方一节树枝上俯视我。我伸出手来，它旋即落下，令人安心的分量将我牢牢定在了当下。无声的警报戛然而止。

22

农场里，苯来回穿梭。在门口，窗外，穿行于树林，秋意渐浓，树叶开始枯黄卷曲。季节变换，可是小鸟却依然留在此处。和大多数家庭成员一样，它最喜欢的地方是厨房。它会在那里餐桌尽头的老地方找到我外祖母，手上端着一杯凉了的中国珠茶，面前摊着星期六的报纸。亿万富翁真人秀电视明星、总统候选人唐纳德·特朗普那张染了红色素的脸从每一页头版上回望着她。在他那胜算渺茫的白宫竞选中他又大言不惭地说了些新鲜话题：关闭边境、去他的气候、将墨西哥挡在一堵墙外。

“典型的又丑又蠢的美国人。”我外祖母咕哝道。朝鲜战争的缘故，她从未原谅美国，当时她上前线担任翻译工作。她仍然记得被凝固汽油弹烧焦的人肉气味——就像烤猪肉。

她的视线没有从报纸上移开，手啪的一声重重地拍在餐桌上，锅碗瓢盆震得当啷当啷直响。

“逮到你了，你这个小坏蛋。”她说着，将一只死苍蝇抖落到地上。

我的外祖母是苍蝇杀手中的王者。经历了那场大获成功的捕杀鸟类运动后，中国发现自己遇到了害虫问题。据她说，捕杀苍蝇的运动就是用来纠正这个问题。我的外祖母对这项运动更加热情高涨，捕捉的数量超过了她的配额好几倍不止，甚至还因为她的卓越表现获得了一枚奖牌。当局蒙在鼓里的是她一直从一条藏在床底下的腐烂的蛇身上培育苍蝇。那条蛇是金色的，从它身上生出的苍蝇也是金色的，正因如此她赢得了额外嘉奖。苯着了迷。它也对苍蝇如痴如醉。它迈开大步穿过餐桌那坑坑洼洼的木头台面，跳上她的前臂，俯下身，谄媚似的嘎嘎叫唤。这是我迄今为止见过它最为卑躬屈膝的样子。她向它展露笑颜——很早之前就已经决定，对她痛恨喜鹊的这一终生原则网开一面。

“多聪明的小鸟，”她说，“你觉得它会说话吗？”

喜鹊会说话。所有的鸦科鸟都会，可苯至今还没说过一个字儿。

我的外祖母思忖片刻，接着看到面前的报纸。

“操特朗普！”她说，“操！特朗普！”

“特朗普！”小鸟叫道，“特朗普！特朗普！特朗普！”

“哦，老天，”我外祖母惊呼，“听好，苯。操特朗普！操特朗普！操，操，操特朗普！”

“特朗普！”苯大叫道，对它学会的第一个人类单词满意到近乎狂喜。它大摇大摆地在桌子上蹦跶，摇摆尾巴，朝着我，朝着雅娜，朝着那条呜呜叫唤、然后灰头土脸离开房间的狗，还有我那个害怕得大呼小叫的小妹妹，不停地叫嚷“特朗普。”

在此之后，仿佛就像打开了开关。回到家里，它花了几个小时站在浴室镜前的水龙头上，进行它的喜鹊式长篇大论，以及隔了水音偷听来的对话，其中的只言片语隐约可辨。不久之后，另一个清晰无误的短语从它的字母汤①里出现了。有一天一大早我正在分虫子，小鸟来了句：“来吧！”“来吧！来吧！来吧！”

当然，“特朗普”是一个人人都会琢磨一番的词儿。小鸟把他的名字放在嘴里反复咂摸，一个既让我焦虑也让全

---

① 西方常见的一道菜，用字母形状的意面煮出来的汤。人们用它形容一种语言、文件或通信因缩略语太多而难以理解。

世界焦虑的风向标。尽管我尝试——我的确尝试过，每天早晚——我无法说服它加一个前缀“操”。

倒是小鸟嘴里的其他词儿不禁让我反复斟酌。“来吧”可以传达很多含义：急躁、怀疑、恼怒，甚至是敌意。我对小鸟说“来吧”的时候——比如试图要把它赶出卧室或在我头发里又发现一块肉片的绝望之际——也许是有那么些隐含的音调变化。不过，它向我回敬一句“来吧”时，音调高亢明亮，给这个词增添了一分欢快活泼。“来吧！”小鸟叫道，一边在我的写字台上翩翩起舞。“来吧！”它用一个鼓舞人心的词唤醒了我内心某个角落。

血　羽

23

冬季已经成了一个充满意料之外变化的季节；那些变化让我对苯能够施予鼓舞人心的话语而心怀感激。唐纳德·特朗普已经势如破竹杀进了白宫，惨不忍睹，酿成灾难仅是咫尺之遥，叫嚷着“特朗普”的喜鹊已经被禁止飞行了。圣诞期间，它在农场失踪了，我从鸦鸟论坛的专家那里得到郑重警告：它在野外无法生存。据他们说，它如此驯服、通人性，哪怕是在果实累累的农场里也很难存活。为了它自己的小命，它绝不能再飞出去。这个消息让人心神不宁。我们以为，把小鸟带进室内是在做好事。可也许没这么简单。如果他们说的是真的，它可能就得跟着我们才能活下去，无论它是否愿意。一只圈养的喜鹊寿命能够超过二十年。那时当雅娜拿着那只纸板箱，穿过前门进来，我可没想到自己会面对这一切。

然而，所有变化中至关重要的——至少在那个以我为宇宙中心的版本里——是我已经同雅娜达成共识，尝试要一个宝宝。我明白这合乎情理。我想在人生的某个阶段要一个孩子，而雅娜争论说，我们拖得越久，则越有可能出现我们难以扫除的障碍。从理智上讲，我赞同——从感情上讲，却不行。事实上，我依然还在让自己的内心受到恐惧驱使。最坏的打算。想象中的灾难。假如我拒绝，那么相比可能由一个宝宝引发的遥远而不切实际的悲剧，雅娜离开我的可能性——她倒是丝毫没有暗示过——似乎才更迫在眉睫。我无法理智地思考成为父亲这一真切的现实。那团炙热的恐惧依然还处于原来的位置，阻挡我的去路。于是，在七月份之前，大约到雅娜生日时，我允许自己将所有的繁难搁置一旁。眼下是二月。那么还有不到六个月的时间。也许这是针对人生中未经审视过的情感的一个乐观目标，可你别无选择。没有什么比最后期限更令人焦虑，像把指尖放在火上烤。

正是处于这种精神状态下，今晚我动身去见希思科特。婚礼之后，他一直莫名地让我挂念于心。那座和平纪念碑微雕仅仅是个开路先锋。图书（自然是他的书）、他活动的邀请函，以及关于我所写文章的善意的批注——相继到来。在我的怒气中，我一直把这些视作为了减轻他的负罪感所做的一些自私自利的尝试——也许一部分的确是，可显然他也在努力，竭尽所能地弥补。

他最近的邀请函是与他的一册新书一起送达的，那是一本反美诗集，里面配了一幅插图，把唐纳德·特朗普画成了一头巨大无比的猪，令人毛骨悚然。我们离开前，我随手翻开，给雅娜大声朗读了一段。

美国的事业是经济①，

---

① 美国汽车制造商亨利·福特的名言。

经济的龙头是打仗。
利用好莱坞兜售价值，
将世界变成它的暗娼。

“他当真需要抛弃家庭，专注创作这样的玩意儿吗？”雅娜摇了摇头，问道。

他写的卡片很温馨，我此刻却因为嘲讽他、忽视他之前的友好姿态而内疚心痛。我留意到他不再署名“爸爸”。也许，这回我们能够彻谈一番。在我自己面临成为父亲的可能性时，我感到比以往任何时候都更需要知道过去发生的一切。他为什么失踪？他因为什么逃走？还有那只寒鸦的秘密。他无法照料一个宝宝，却又如何胜任照顾一只小鸟？

前往发布会的路上——发布会在索霍区一家鲜为人知的会员酒吧中举办——我的决心渐渐开始动摇。一遍又一遍重复相同的动作，期待不同的结果，于是我想到了对于疯狂的大众定义。在过去，试图与希思科特交谈感觉就像在跟喜鹊说话。无论你说什么，对方就是朝着你叽里呱啦吐出一模一样、精心练习过的话术。我觉得我明确知道今晚会是怎么个情形。希思科特会念好多首烂诗，然后我们会进行简短而尴尬的聊天，当中会不停地被粗鲁的粉丝打断。我会建议我们去安安静静地喝一杯，或者邀请他下次到城里的时候过来玩，抑或询问我是否能去看他。他则会迅速编造借口开溜。我突然有种冲动想在下一站下火车，掉头回家，可雅娜拦住了我。

“你至少得试试，”她说，“不然你会感觉更糟。”

我们到了托特纳姆宫站下车。室外是一片只有暮冬时节的伦敦才会呈现的萧索。凄风苦雨，浓雾迷蒙，湿答答的《标准晚报》碎片粘在行人鞋底，犹如卫生纸一般。我们抄了条近道，走过潮湿的鹅卵石路，来到街角处一家人满为患、闷热无比的鸡尾酒酒吧。一跨过门槛，我就打起精神，为这无可避免的一切全力以赴。熟悉的人群在我眼前渐渐成形。吃软饭的废物诗人，吐得昏天黑地的老头儿，因为他们1968年曾站在杰梅茵·格里尔①身旁，便一副自以为是的派头。希思科特一贯的拥趸。可希思科特本人不见踪影。

“他没来，”当我询问他人在何处时，他的一个粉丝说道，“那个家伙替他朗读。”

他朝一个系着斑点领带的中年男演员点了点头。

“如假包换的希思科特，该死的家伙，”我咕哝道，“你需要他的时候，从来找不到。”

“不见得。他快死了。你不知道吗？”

我依然站在酒吧门口，漠然地注视着这一切时，一个我此前从未见过的女人向我走来。四十岁出头，身材苗条，神情紧张，长着一张眼熟的心形脸蛋，尖尖的下巴，突出的颧

① 杰梅茵·格里尔（Germaine Greer，1939— ），澳大利亚女权主义作家、思想家和勇敢的斗士，近代女权主义先驱，和美国的贝蒂·弗里丹是二十世纪六七十年代西方女权运动的两面旗帜，其代表作《女太监》名列西方七大女性主义著作之一，深深地影响了西方知识女性的思想和生活。

骨，双眸透着聪慧。一个我觉得似曾相识的陌生人。

“你好，查理，”她说，“我是奇娜。你的姐姐。”

她脸庞上熟悉的细节突然令我如大梦初醒。我每一天都在镜子里看到那下巴颏尖尖的部分、那颧骨，还有那心形的脸蛋。奇娜。我的大姐。小时候，我常常将她和我另一个同父异母的姐姐莉莉神化，跟朋友们讲述我的两个“失散已久”的姐姐，仿佛我们天各一方是由于某个浪漫悲剧，而非人力选择。在孤儿院分开，或是在海上失散；而唯一的真相是，她们俩都不想——或者都觉得不能——见我。我已经有了很多年长的哥哥姐姐，多到无法应付；不过这两个神秘的姐姐也许同我有点相像，这种想法还是无法抗拒的。过去我曾试图联系奇娜。只是没有那么锲而不舍，因为希思科特似乎是我需要清除的第一道障碍。但偶尔当我遇到声称认识她的人时，我就会请求要一个电子邮箱或电话号码。“我得跟奇娜核实一下。”他们一般会这么回答——那就是我最后的线索。

我们尴尬地相互拥抱。她身材瘦削，骨架像小鸟似的，与我有血缘关系。我注意到她的外套湿透了，给人的印象是她在外面站了好久，满心希望我也许决定离开。我们在沉默中凝视了对方片刻，彼此心里都在琢磨此刻该怎么办。

“我得走了，去跟其他人打个招呼，”奇娜说，“要不了一分钟。”

我难以置信地望着她，只见她没入了人群。

“难道她还有其他失散已久、要去打招呼的兄弟？”我向雅娜冷笑一声。

“嘘，”她出声道，“她明显很紧张。”

等我新认的长姐回来时，离演出开始只有几分钟了——几分钟内弥补二十七年。这是一个巨大的鸿沟，只有最基础的信息才能弥合。奇娜。律师。有三个孩子。伦敦西区。这不是立竿见影的联系。我感觉有点儿被抛弃了：我来这里是为了质问我的父亲，结果带到我面前的却是我姐姐。而且，哦，顺便一提，这位父亲已经行将就木。

“希思科特怎么样了？”我强迫自己发问。

“很不好，”奇娜说，“情况极差。”

来不及细问了。灯光渐暗，那个戴斑点领带的男人站起身，清了清嗓子。我们交换了号码，答应尽快再次见面。

24

我有两周没给奇娜发消息。一方面我希望她会首先打破沉默，另一方面我担心要是我联系了，她不回复。我猜不出为什么过了这么多年她才来打招呼——或者可能发生了什么事转而令她现在想见我了。我的脑海深处传来了希思科特诵读会上那个人的鼻音：“他快死了。你不知道吗？”

显然很多事已经如过往云烟，当我最终鼓起勇气来给她发信息时，她的回复极其友好。很快，我被邀请去共进晚餐，同她和她的三个孩子，还有另一个姐姐莉莉。

我走过奇娜所在的伦敦西区树木繁茂的街道，意识到我曾经有成百上千次距离她家仅有区区几分钟的路程。离我过去一周训练三四次的一家拳击俱乐部仅咫尺之遥。她甚至有可能在星期六早晨看见过我在主街上慢跑，带领着一群吵吵闹闹的孩子从拳击俱乐部出来，我曾负责照顾那些孩子。我爸爸那边的一个女儿就住在几条街之外，我的两个密友也是。这就仿佛我们生活在两个不同的维度中——难以察觉的接近。

第一次踏进我姐姐家的门槛，犹如踏进一座镜厅。我穿过一条堆满了自行车和足球鞋的走廊，进入厨房，里面有四张心形的调皮脸蛋，都长着胳膊肘似的尖下巴，他们齐刷刷地望着我，表情从天真无邪到少年冷漠，再到奇娜脸上，奇怪地糅合了疑虑和悲伤。

奇娜的厨房同样令人感到似曾相识：一个木头碗橱里摆满了有缺口的杯子、破破烂烂的饼干罐和明信片；室内植物缘着远处一张摇摇晃晃的长靠椅上的墙面攀爬；孩子们的涂鸦绘画布满了整个墙面——一种杂乱却不失温馨的波希米亚风。有一幅油画，我认出是属于希思科特的，悬挂于一张纹理精美的木头餐桌上方。画的是一片国殇罂粟花，花瓣由压扁了的可口可乐罐所替代，我猜测，这是一种略显直白的资本主义灾难的隐喻。油画底下，奇娜最年幼的孩子，一个留着一头蓬乱金发的小男孩，正在用一支金色的笔给瓶盖上色。

“我正在给我的百宝箱制作宝贝，”他一边说，一边举起他的一枚金币，“你想瞧一瞧吗？”

莉莉来晚了，慌里慌张，后面跟着她的男朋友。她刚刚去探望了身在牛津的希思科特——或者“爸爸”，她和奇娜是这么称他的。正如我第一次遇到奇娜时，她似乎坐立不安，时刻警惕。莉莉跟我打招呼的方式，仿佛是给邻居家的孩子——把球踢穿了你家暖房屋顶后前来索要皮球的那种——预留的。我审视了一番自己各种各样的罪过，试图找出到底做了什么令她不快。也许我那些试图吸引希思科特注意、有欠考虑的举措倒引起了她的注意。我反思着，抑或仅仅是我的存在，这一记事实令她难以接受。毕竟，我是她父亲见异思迁后留下的骨血。

莉莉是那个我几乎完全确信以前就曾经相识的姐姐。要是我没弄错的话，我们曾在互联网上以匿名的形式，暗中唇枪舌剑过一番。这是一个奇怪的插曲。当时我十七岁，正在互联网上寻找希思科特的痕迹。有一个我不断回访的地方是维基百科，这是个任何人都允许提交或编辑条目、集思广益的在线百科全书。我看着希思科特的条目从区区几句话——只言片语——渐渐发展成一段生平简介，人们以匿名形式东添西补关于我从未了解过的希思科特精彩人生的点滴细节。在某一刻，一位条目贡献者添加了其家庭生活的详情，列举了他的子女——包括我在内。然后没过多久，有人上来将我从子女列表中删除。无论我多少次登录、重新将自己加入，似乎都不管用，这同一位用户不停地回来抹去我的存在，在象征意义上将我从历史上抹除。我估计希思科特肯定是幕后指使，直到我追踪到这个用户的 IP 地址，发现这个长久以来试图要将我从家族中删除的人是在莉莉办公室的一台电脑上操作的。

莉莉在明晃晃的顶灯照射下，坐立不安，可怜巴巴，此时，奇娜把一大杯白葡萄酒硬塞进她手中。我细细地打量她，好奇许多年前是否真的是她，可眼下似乎不是回顾昔日恩怨的时候——尤其是在面临处理新伤之时。莉莉解释说，希思科特已经在医院里住了一周，供氧量低，血液循环差；还有他严重恶化的肺气肿带来的并发症。这是一个令人困惑难解的场景。在我听来，他似乎正在遭受那些风烛残年的老人行将就木之前所经历的那些随机病痛，这正是每一个赴死之人拖着日益衰弱的残躯、步履蹒跚走下螺旋楼梯的最后一段。可他将将七十五岁。我想到了我爸，大约一样年纪，却健壮如牛。还有我的外祖母，已经八十好几，依然能够用手指捕捉飞行中的苍蝇。希思科特不可能会死。

“他真的病入膏肓了，”莉莉说，“可他不想干预。他完全拒绝治疗。几个月来医生一直对他说要保持活力，可他就只是坐在自己的房间里——现在果然应验了。”我不明白。他要么是处于垂死之际，要么就是他真的能够泰然面对生死。

奇娜晚饭做了一只烤鸡，两姐妹满怀爱意地抱怨着希思科特——似乎是面对一切——的绝望态度。她们那交织着爱与绝望的错综复杂的情感令我着迷。坐在我对面的正是那个答案——能解开自我记事起就在秘密琢磨和思考的那个罪恶的小谜题。假如希思科特留下来成为我的爸爸，生活会是什么样？我常常想，也许就有点像被《雾都孤儿》里的费金抚养长大。他会教我扒窃，用一条无穷无尽的丝绸手绢去偷皮夹，生活就会变成一场欢乐无穷的犯罪狂欢。或者他会像梅林①一般，揭开炼金术和飞行的秘密。抑或是小天狼星布莱克②，那个为了保护他孤苦无依的侄子而逃离疯人院的精神异常的巫师罪犯。我在一定程度上依然坚信这个卑鄙无耻的老人身上拥有超自然的魅力和智慧。

令我吃惊的是，我发现身为希思科特子女的生活并不总是与魔术秀和恶作剧相关。透过奇娜和莉莉的眼睛，我捕捉到了有这么一个精神不稳定的人当爸爸所面临的现实。希思科特醉醺醺地驾驶着一辆汽车撞向一辆送鱼车的后车厢，他的一个小女儿还坐在他身旁，当一条银闪闪的鲭鱼从他们的车厢飞出去时，他歇斯底里般放声大笑；被平安夜的一场地震惊醒后，下楼发现希思科特在地下室里拿着一把大锤要砸承重墙，试图要打开一条通往虚幻房间的通道；当他被关进一所路途遥远、每周只有公交车能抵达的精神病院时，那种如释重负的感觉。甚至连那只寒鸦似乎尾巴上都长了根毒刺。

“我讨厌那只该死的鸟，”莉莉说，“每次我去看他，它都要攻击我。”

这似乎就是所有人一提到寒鸦杰克说得最多的。我再次将多年来我听说的关于无政府主义者希思科特的所有故事细

---

① 中世纪传说中的魔术师和预言家，亚瑟王的助手。
② 小说《哈利·波特》中的人物。

细思量了一遍。这些故事——关于他醉酒后在诺丁山警察局外偷车，或是在自己身上点火，或是圣诞节在哈罗德百货行窃——总是令他在我眼中格外诱人。我想象中的父亲是不受那约束凡人的法律所限制的。直到现在，我从未停下来思考过，在这样一个男人管束下成长会有多么提心吊胆、多么沮丧难过，一瞬间如此脆弱不堪、具有极大的毁灭性。

想明白这一点，一股无名之火油然而生。不是对希思科特，而是对我的姐姐们。当初我还是个懵懵懂懂的少年，那时要是有个人能够交换意见、有商有量，那会大有帮助，想到这里，我一把抓起自己那杯酒。我们本可以同心协力，而非相互对抗。这是不合情理、完全不公平的。我们没能见面不是她们的错。希思科特让我们各自远离对方的轨道。

这次见面从来不是件轻松事。奇娜可爱的孩子们和她的两只猫消除了我们之间的部分紧张情绪，我发现自己的苦楚随着我从杯中饮下的每一口酒而渐渐稀释。我新认的姐姐们对于希思科特的恐怖事迹有所保留——尤其是当着孩子们的面——不过我猜，与我相比，她们俩的日子更不好过。我感到自己心中对她们的怒气很快消失了。

要说这天晚上每时每刻我们大家都能相处自如，这未免夸大其词。不过，到晚餐结束时，很显然我们双方之间形成了某种默契。不是信任或爱，而是一项我察觉自己被吸纳进来、由奇娜和莉莉共同承担的任务：帮助希思科特。就在我离开前，奇娜拍了拍我的胳膊肘。

“要是可以的话，你应该去见见他，”她说，“你真的应该去。”

坐在回家的夜间巴士的顶层，我思考着奇娜的劝说，城市在我身边匆匆驶过，留下一片悲惨的模糊。我对希思科特的所有怒气已经烟消云散，如今他已然命悬一线。如果可以的话，我想帮他。可是我又能做什么呢？假如一个受伤的微弱声音嗫嚅道，要是他甚至都不想见我呢？

第二天一早，一个熟悉的声音唤醒了我：“来吧！特朗普！”

我对此微微一笑。我整晚都在琢磨奇娜要我去见希思科特的建议。很难想象，除了内疚，我还可能提供给他什么，不过现在我想我有答案了。

我把小鸟和它恶心的早餐伸出窗外后，坐下来开始写邮件，告诉希思科特，最终我见过了我的姐姐们，她们提到他身体抱恙。

“我会过来探望，如果你愿意的话？”我写道，“也许我还可以把那只喜鹊带来，如果那会令你振奋精神的话。”

我想到这只喜鹊在它那脏兮兮的厨房里“特朗普”“特朗普”叫个不停，在空中啄苍蝇，这将给这个老人临终前的世界增添一抹色彩和生机。如果他不想聊的话，除了鸟类，我们不需要聊任何话题。所有压力都会消失于无形。

几天后，希思科特通过电子邮件回复了。

……感谢那张漂亮的卡片和你的关心。不错，我在一个冰窟窿似的仓库中读到反对特朗普的抨击时，出现了轻微波动。约翰·瑞德克里夫医院①将我升高后，做了一次全面的检查。我又回到了工作中。可悲的是，这儿有只丑陋的流浪猫，因此鸟类不宜。等夏天来吧，那时不那么潮湿压抑。希某。

“轻微波动？”我咕哝道。

“很高兴听到你有所好转，”我回信道，“我很乐意你届时前来探望。我们可以在耶利哥附近悠然漫步——或是打个车去任何你向往的地方——如果这会对你有所裨益。”

接着就是无线电静默。我知道我又被耍了。住院一周不是“波动”，叫我夏天去是变相婉拒，不敢直说。可是我任由自己被说服。这是他兜售的一个诱人故事。他没有垂死，甚至没有真的生病。他机智幽默、生气勃勃，一如往昔，正等待着阳光明媚，这样我们就能在他的花园里喝茶，谈论鸟儿。

25

一切始于一阵嘶嘶的叫声。一时间，我以为是一只猫进来了，正准备干上一架。相同的叫声：一阵勃然大怒，龇牙咧嘴，张开血盆大口露出喉咙深处，发出激动的嘶嘶叫声。假如是一只猫，那么它就会被抓着后脖颈扔出窗外。只需一

① 位于牛津郡的一所医院。

口就能解决一只小鸟；即便它能逃脱猫的利颚，猫科细菌也会要了它的命。不过，这周末农场上没有猫了。胖诺曼，我小妹的那只大块头蓝猫已经送去朋友那儿了。这场激烈纷争的源头实际上是那只鸟——似乎是我爸引起了它的愤怒之歌。

苯站在冰箱顶上，这次来访它有不少时间是待在那儿。一个绝佳的侦察点，正是它自己那个能够俯瞰观察全家人来往动态的鸦鸟窝。早上大部分时间里，它一直在那几瓶维生素片中间上蹿下跳，当我母亲要读报纸，它才偶尔俯冲下来啄她的手指，或是从某人的早餐盘子里抓取一片吐司；它自给自足，一如往常。

当我爸挑衅似的朝冰箱内窥探时，苯则摇身一变。它像鹅一般嘶嘶地叫，以一种古怪诱人的方式摇摆着它的翅梢。我爸一脸疑惑不解。

“它想要什么？”他问。

苯沮丧地绕着小圈奔跑，然后奔到冰箱后面取回一件宝贝，一台破钟内部的一团亮闪闪的银线圈。它把线圈举到我爸的脑袋上方，咯哒咯哒地敲个不停，乐此不疲。它一边尖叫一边示意，向后退入冰箱上方那个满是灰尘的空间，显而易见是想诱敌深入。

“我觉得这意思是我有情敌了。”我妈说。

农场上已经真真切切地感受到了春意盎然。树林深处，第一批野风信子正穿破盘根错节的覆盖物试探性地抽出了嫩芽。番红花如雨后春笋般惊人地破土而出，它们的花苞被松鼠啃食而尽。浅色的花朵落到黑刺李灌木那易碎的尖刺上，犹如覆在黑色火山岩上的一层薄薄的火山灰。厨房里，一只色眯眯的喜鹊正不顾一切地试图引诱我那七十岁的老爹。

每次我爸走过冰箱时，那嘶嘶不绝的鸣叫就会响起。这只鸟到底要他怎么样，尚未明确，我们便轮流尝试安抚这位苛刻的家庭守护神。一条牛肉、一只粉虱、一只死苍蝇、一棵小萝卜：所有东西都被抛到一边。我妈出于自己才心知肚明的原因，一直试着传授这只喜鹊火的秘密，甚至还给了它一根点亮的火柴。结果也被它丢到了冰箱后，吓得人半死。雅娜最终破解了其中的奥秘。

“我觉着它想让你同它一起搭个窝，”她说，“试试给它一根木棍。”

在野外，喜鹊一般喜欢在高大树木的顶端、枝丫交错之处建巢，退而求其次则会选在山楂树或冬青丛中。在城市环境里，它们会欣然利用人造建筑：人们已经在电力塔、电线杆、起重机、铁路塔，甚至工厂内部观察到鸟巢的存在。喜鹊利用人类可怖的名声，为己所用：在农村地区，与喜欢抓小鸡、乐于冒险的乌鸦相比，人们观察到喜鹊一般在更接近人类居住的地方建巢。不过一个冰箱顶端的鸟巢必定是破天荒头一遭。

我爸爸——一贯乐于助人——打开窗户，从攀附在房子外墙上的藤蔓中折了一段老枯的枝干。他凑上前去，这时苯拍打翅膀，嘶嘶直叫，最后发出一声悠长、刺耳的尖叫，大张着喙，为了终于有人能够明白它的苦心而兴奋不已。小鸟一把夺过枝干，开始清扫道路，为它的规划工程清出了一片空间。它在打地基时，几个蛛网密布的防晒霜和鱼肝油的旧瓶瓶罐罐，跌落到了地上——我们对于苯是雄性的推测，现在看来似乎越发不可靠了。

“我总觉得它长着一对雌性的眼睛。”我妈说。

它怎么知道该做什么？其他鸟类的常态，比如飞行和觅食，必须被教授。这是纯粹的天性。这个规划蓝图肯定在它一出生时就被藏在了那个未知的鸟类大脑的某个角落中了。空气中的某些物质——大地回春，或是我爸的信息素，抑或两者兼而有之——引发了这一天的性释放。

先前苯只对木棍有过短暂的兴趣，主要针对每次我们吃中餐时要用的筷子，可突然之间它就狂热地迷上了它们。它用尖利刺耳的叫声下达指令，我们大家都四处奔走，寻找建筑材料，带回来纸吸管、烤肉串的签子、火柴棍、木头勺子，还有游戏棒。只有雅娜想要去室外收集一些真正的细树枝。

凡是我爸贡献的东西，喜鹊都张着喙欣然接受，报以感激之情。轮到我们其他人时，小鸟就斟酌再三。雅娜递给苯一段嫩枝大小的贡品，它在喙里翻了个个儿，根据某种神秘莫测的棍子评估体系称量一番。不够好，它断定，然后把它吐到一边。我妈也试了试，同样遭到拒绝。“这鸟看人下菜碟。”她抱怨道。于是这变成了一场竞赛。谁能通过这场喜鹊测试？它似乎更喜欢又长又细的棍子，尽管那不一定能保证成功。苯愤怒地咬了一下，仅以此回应我小妹妹的努力，后者则恼羞成怒地冲向了自己的房间。我妈略有进展。很快一切就清楚了，喜鹊喜欢它的筑巢材料由男性传递，尽管在我们对它的性别不抱希望时，它是如何能够区分性别的，这一点我实在摸不着头脑。我坐回去，注视着这场喜鹊与人类之间的奇怪互动，我爸则默默地将一根又一根木棍传递给小鸟。

涉及生殖本能时，这只喜鹊遥遥领先于我。我依然充满恐惧，既有正常的，也有病态的。可我逐渐开始意识到，有些事一直以来都摆在我面前。我一直受困于“有其父必有其子”这个想法；我一直在钻牛角尖，认为我注定会重蹈我生父的覆辙；认为我本质上有缺陷，就像民间传说中喜鹊出生时它的舌头底下有一滴恶魔的血。可假如谁抚养你比谁生下你更重要呢？我爸又递了一根木棍给喜鹊。他向来冷静自持，向来不离不弃，时刻准备伸出援手。不是个完人或是个完美的爸爸，但已经足够好。这只鸟肯定也是这么想的：它唧唧啾啾，压根没想到在一间厨房里同一个灰白头发的男人一起搭建它的巢有什么古怪离奇。如果连一只鸟都能改变它的天性——而且改变得如此彻底——那么我为什么不能呢？

尽管如此，不得不说，冰箱的确是非常糟糕的建巢地点。它们过于光滑。而喜鹊的方法体系很难理解。它将搜集到的东西尽可能铺开，如痴如狂般企图将嫩枝融入冰箱那坚硬的表面。过了一会儿，随着声声尖叫，它大致搭成了一个圆圈。大功告成。今天的建筑工作完成了。它跳下冰箱，开始以平时两倍的速度忙碌起其他事务，仿佛要把失去的时间弥补回来。桌上摆着一摞叠得整整齐齐的报纸，亟须等待它审阅。一束插花迫切需要它啄食。那条狗的肛门有好一会儿没被啄过了。还有那么多苍蝇怎么办?

要把我们自己从农场拖走总是殊为不易。如今这只喜鹊已经决定在此建巢，要走更是难上加难。可是将一只有潜在地盘意识和攻击性的生物留在房子里最忙碌的一个房间的冰箱顶层，这对谁都没好处。待到要离开时，我用双手轻轻地捉住它，雅娜则将它的鸟巢雏形扫进一只麻袋里。如果你是一只鸟，那么建巢失败是一生中的必经之路，我希望它能振作起来，找一个新地点再接再厉，就像它那些野生的同伴，如果它们遇到树木倒了或是发现自己的力气不如乌鸦时会做的那样。

回到城里，我在雅娜的工作室里浪费了一天时间，仿造我父母的冰箱制作了一个木头复制品。出于某种原因，我根深蒂固地认为这只特别的喜鹊唯一会建巢的地方就是在一台冰箱的顶部。我回家时，雅娜和苯正在室外。我自豪地指了指这个被我费了九牛二虎之力拖进门、巨大丑陋的木头箱子，她透过窗户盯着我，眼神中一片茫然不解。“冰箱!”我兴奋地比了个嘴型。她翻了个白眼，指向她头顶上方的一节树枝，只见苯犹如一颗黑珍珠般惬意地栖息在一个由树枝编织而成的粗糙小碗中。我认为，与冰箱相比，鸟类当然更偏爱树枝。这更符合情理。

雅娜伸过手去，将一段又长又韧的枝条编入其中，小鸟叽叽喳喳地尖叫，做出有力的调整。这个巢，我意识到，并非完全属于喜鹊的设计。雅娜总是忍不住，到处做些微小的改进，结几个辫打几个结——这是没有任何一只鸟，哪怕聪明如鸦鸟所能期盼复制的。我对此会心一笑。我不敢教一只鸟如何搭建自己的巢，可雅娜没有这样的保留。我将那个累赘的箱子丢在地板上，爬出窗进入喜鹊的世界。

“这意味着它肯定是只雌鸟，”雅娜说，此时我又递给小鸟另一根木棍，“在野外，所有雄性的工作是带来建筑材料。雌性才是建筑师和设计师。”

我察觉出她的声音中带着一丝骄傲。迄今为止，我始终是唯一那个把自己映射在这只小鸟身上的人，与之产生共鸣，甚至可能达到了一种心理病态的地步：这只鸟的身份——被抛弃的后代、被收养的对象、囚徒、偏执狂。而现在，工匠和准妈妈的身份则是雅娜在小鸟那黑色眼睛中看到的自己的映像。

“想到它可能不会有机会孵出雏鸟了，让人难过。”雅娜说。

我咕哝一声表示同意。这是近期关于我们自己要孩子的谈话所经常达到的层面。雅娜伸出一段树枝，我默默地缩了回去。我怀疑，她觉得我只是同意今年夏天我们要开始尝试，因此我不必继续谈论或思考这件事了——而她这样想也没有错。但我正在以自己静默的方式慢慢解开这个死结。喜鹊的巢代表了一种摇摇欲坠、杂乱无章的家庭理念，如同我自己的一般；一个由细枝嫩芽和鸟类唾液精心维系的实验性想法。

26

随着四月尽五月来，我们厨房外那个喜鹊巢变得越来越枝条浓密、结构复杂。苯将所有能找到的东西都用上了：吸管、咖啡搅拌棒和筷子以古怪的角度，从它那个由嫩枝和苔藓构成、粗糙简陋的柳条金字形神塔中突出。如我所虑，它的地盘意识已经异常强烈，它似乎认为它的个人领域不仅包括它的圈地，还包括我们的厨房和卧室。男人是唯一能确保安全通过这只喜鹊王国领土的生物；事实上，许多男人是它主动勾引进来的。苯会通过摇摆尾巴、振动翅梢向前来做客的男性朋友示意，带领他们一路来到它的鸟巢，再用一星半点的人类的诱饵，竭尽全力引诱他们上来，比如一张旧火车票，或是一把偷来的房间钥匙、一小片锡纸——那些喜鹊显然以为我们人类渴望得到的物件。

女人则不怎么受到青睐。苯从它的领空将她们赶走，其凶猛程度我认为是不可能出自一个体重还不如一只板球重的生物的。今年春天最后一位试图踏足我们厨房的女性朋友，一位有点敏感、长着张圆盘脸的艺术家，她当时边逃边喊，发出撕心裂肺的尖叫，一只凶恶的喜鹊倒挂在她的刘海上，试图透过她的手指缝用力啄击她柔软的棕色双眸。小鸟有几次明显的网开一面。雅娜、她的姐妹、我妈，还有我外祖母都幸运地被接纳为家人——除此以外的所有其他女性，就这只喜鹊来看，是要遭到驱逐的。

外面，经常光顾我们这条街上后花园的乌鸦和喜鹊也同样斗得热火朝天。我竖起来的那个鸦鸟大小的鸟食台已经变成了一片争夺白热化的区域，处于两片对立领土的交界点。那对已经把鸟巢建在邻近一棵无花果树高处的乌鸦，显然将鸟食台，以及那些大多数早晨奇迹般出现在鸟食台上的肉片、面包和鸡蛋，视为自己的私人食品室。而那些在几个花园以外某个看不见的地方建巢的野喜鹊，则认为这个世界是一个公共的宝藏室，见者有份。每当我把食物放到外面，它们就如同骑着轻便摩托车的银行劫匪，嗖的一下窜来，尽其所能地劫掠战利品。它们一般有五到十秒的时间，之后执法者长长的利爪就会向下猛扑，前来复仇，一切都会翻倒跌落至我们家后面花园中的接骨木花丛里，喜鹊那细细闪光的尾巴总是将将逃过乌鸦作势猛咬的喙。

去年这个时候，苯还是一枚处于鸟巢中的蛋，它的父母也是一对同样无拘无束的喜鹊夫妻；然后长成了一只被投喂偷来食物残渣的雏鸟；接着出于未知的原因，它从鸟窝边缘被抛了下来。要不是雅娜的妹妹将它捧起，它早就没命了。要不是雅娜把它带回家送到我面前，我的生活确实会截然不同。过去这一年里照顾这个小家伙令我重新振作，让我看到，潜伏于未知之中的不仅仅只有灾祸；那里也同样能发现美好。这些日子里，我出门时发现自己回头去看身后的频率越来越低，仰头望向树木的频率越来越高。当然，调整到喜鹊频率也有其压力。每当我听到它们咯哒咯哒的示警叫声时，我的心跳就不由加速。不过至少我在担心的问题不是我。我断定，这一切都是为了某种庆祝的理由。

雅娜不会参与组织一场为小鸟举办的生日派对。她太忙了——也太要面子——不会掺和这种鸡毛蒜皮的小事。至于我，工作节奏慢，而且也不怎么需要保留脸面，于是我立刻着手此事。苯不是一个很难取悦的个体。它那极度老派的品位简单至极。它喜欢音乐，它喜欢男人，它喜欢在小动物还活着的时候将它们生吞活剥。这些我安排了一小部分，订购了一盒它最爱的蜡虫①，将亮闪闪的青蝇和油光光的蟑螂置于清澈的明胶中，做成一个鸟类喜欢的乳脂松糕②，既有一种光怪陆离的美感，又恶心得令人作呕。

那一天来临时，喜鹊腾空了它的鸟巢，欢天喜地地栖在一张椅子的椅背上，和着我们唱的“生日快乐”歌，嘎嘎叫个不停。我替它吹灭了蜡烛，它凶神恶煞般猛扑向那个果冻，苍蝇和斑斑点点的明胶撒了一桌子。我爸用吉他为它弹了一首曲子；我的小妹妹朗诵了一首诗；还有一位家里的朋友，一位名叫约翰、德高望重的文人，勉勉强强提供了异性魅力。这位沉默寡言的作家过于彬彬有礼，仅向它引用了莎士比亚，除此之外再无表示，而苯却含情脉脉地把为它生日准备的青蝇和甲虫放在了他的袖子上，锲而不舍地朝着鸟窝方向拖拽他裤子的褶缝。

作为众人之中的非虫媒，我的外祖母和我负责烧中餐，

---

① 蜡虫，又名蜡蛆，是螟蛾（主要是小蜡螟及大蜡螟）的幼虫。

② 一种典型的英国甜食，一般装在透明容器里，用果冻、奶油、水果等一层一层铺好，十分诱人。

吃饭时，她向大家展示了一张珍藏已久的照片，照片上是她和那只她在灭鸟运动中试图救起的麻雀。我一直以为她的搭救成功了，那只鸟飞走了——可实际并非如此，它死了，甚至在过了六十年后，我的外祖母似乎依然很难过。也许正因如此，所有在场的女性中，苯只对她青眼有加，依偎在她的臂弯处，乞求她筷子末端的几片猪肉。我妈从小鸟那儿获得的唯一关注是恶狠狠地又掐又拧，作为对她拒绝递过一支香烟的惩罚。约翰的妻子萨拉，犯了个错，无意中亲昵地摸了摸她丈夫的脸颊，结果苯如一道诅咒般向她扑来，以外科手术般的精准猛地将她的隐形眼镜从眼睛里拨了出去。一次跨物种的鸣枪示警。

倘若你无视以下这些情况：我妈搓揉着她的手背，怒气冲冲地瞪着那只喜鹊，面如死灰的萨拉戴上一副游泳眼镜，缩在我外祖母身后，也许还有约翰，正默默地试着用一把茶匙将一坨可怕的糊状果冻和昆虫残片从袖口除去，那么这还是一幕其乐融融的家庭场景。午后的阳光从屋顶上倾泻而下，小鸟的尾巴如同一柄金光灿灿的祖母绿魔杖，在空中织就一道道魔法。萨拉的脸上恢复了血色，她甚至原谅了小鸟，有一张照片竟能抓拍下它那如鳞片般熠熠生辉的羽毛。我妈不情不愿地将她那支没点过的香烟作为礼物送给它。

孤零零一只喜鹊应该会带来不幸，可事实恰恰相反。这只鸟，凭借它那残忍无情、好奇探索的喙，已经发现了被长久遗忘的宝藏。我不断回想起最近一次我跟雅娜关于孩子话题的对话。那种种的吵闹、混乱、费用、麻烦怎么办？她指向那只喜鹊。当我想到有那只吵吵嚷嚷、混乱不堪的喜鹊的生活时，难道唯一在意的是虫子的费用吗？我得承认并不是。有它在，美好凸显而出。它第一次说话。它第一次跳进我的浴缸，在我胸前溅起水花。还有它偷偷地在果酱夹层蛋糕里填入跛了脚的苍蝇、注视着我的小妹吃下去的时候。还有我们眼下正在经历的这一刻。

27

苯过完生日后不久，雅娜要去纽约出差一个月，留下我和这只小鸟相依为命。苯第二年的开头与第一年十分相似。我敞开了厨房的窗户，期待它心怀感激、跌跌撞撞地飞进来，可它唯一做的就是尖叫着向我发号施令，让我出来，在鸟巢里喂它，就像一个称职的伴侣所应该做的那样。它甚至晚上都不想进来。黑暗中它就盘踞在那儿，守护着它所搭建的成果。

我在鸦鸟论坛上传了一张它的建筑成果照片，上面的专家向我俩表示祝贺。鸟巢显然象征了一只真心快乐的鸟。他们告诉我，它甚至有可能会下个蛋。它不会。它只一味不停地堆叠木棍，尝试把路过的男人拽上它的树枝。

我们就这样过了一段时间。它试图训练我来填补雄性喜鹊的角色，在人类形体可能的范围内，我尽可能遵照它的指令行事。每天早上，太阳从无花果树新近重生的树叶中冉冉升起。阳光如同植物卷须般悄然溜过鸟巢的缝隙，为它那流光溢彩的尾巴增添一抹翠绿光芒。我用虫子和薄薄的肉片喂它，它就安静地坐在原地，期盼一枚鸟蛋。它梳理着羽毛，将苔藓铺成的垫子调整成更为舒服熨帖的布局。

接着有一天早晨，我注意到它开始大肆破坏，远胜于它的创造。运用于搭建工作的同一种疯狂精力，现在投入到了拆毁破坏。每天都会出现一种新的肆意破坏行为。一簇簇苔藓被抛到地上。破碎的编织物垂落下来，犹如被撕裂的肌腱。我试图阻止它，或是至少修复它毁坏的东西，可我刚补好一面墙，它又开始撞击另一面。这就仿佛用几捧沙子在溪流中筑坝，简直杯水车薪。

我的一位鸦鸟通信人安慰我，说这是再正常不过的行为。它还小，他说，明年它就会恢复正常。不过，很难说这不是个不祥之兆。尤其是某种悲剧似乎也同样困扰着头顶上无花果树上的乌鸦。它们遗弃的鸟巢，同这只喜鹊的一样，破破烂烂地悬挂在树上。通过我们在 Skype 上零星的联络，要向雅娜解释为什么我觉得这一切如此令人不安是颇为棘手的，只是这似乎与更大的忧虑相关联——一切都在乱套，超出我的掌控。

幕后，一场人类的灾祸酝酿已久。当小鸟还在花时间搭建、拆除它的鸟巢时，希思科特已经悄然崩塌了。当然，他不会向我承认。他的电子邮件一如既往的欢乐活泼，缺乏情绪信息。根据他的情况版本，他不得不去了几趟医院做点“小修小补”，但那不是大事儿。真正的大新闻是一家激进剧团正在上演他写的一出关于占领空屋的短剧，他敦促我去看看这出剧。另外还有一出他写的关于歌曲力量的剧正在布莱顿圆顶剧场上演。他写道，我也应该去看看，并且强行给了我免费票。他唯一承认感觉“有点虚弱”的时候是在我询问是否在不久后什么时间能去看看他。尽管收到他这些欢快的邮件，我依然能感受到时间不多了。他不断地推开我。“宜迟不宜早，”他写道，“等我恢复气力时。”

自从那年冬末的那顿气氛紧张的晚饭后，我的姐姐们已经态度和缓下来，保持着平行对话。在她们的世界里，希思科特已然命悬一线。他已经两次被紧急送往医院。做了一次高风险的动脉搭桥手术。他也许存在要把一条腿或者两条腿都截肢的可能性。他的动脉搭桥正在渗漏，他需要再动一次高风险手术。奇娜说，他一天比一天衰弱。快到五月底时，她坚持要我来看他——宜早不宜迟。

喜鹊的巢现在成了个破烂玩意儿：几根断裂的木棍垂下来，角度凄惨。小鸟对此似乎已全然忘怀。它轻轻叩击厨房窗户，请求返回我脑袋周围、那属于它的常规轨道。我放它进来，一起捕捉它长期在卧室放养的苍蝇。我不知道它的苍蝇放养项目是否有意为之，但与它在房子里藏匿肉末碎片并且任由其成熟腐烂的结果是一样的。热气蒸腾，虫子扑棱翅膀，初夏时节嗡嗡作响，五六只刚刚孵化的苍蝇用脑袋撞击着窗玻璃。一瞧见它们，小鸟拖着步子迫不及待地向我手掌边缘走去。它知道怎么办。犹如一个骑在大象背上冲入灌木丛的狩猎者，它把我当成了一种移动猎杀平台，催促我跟着苍蝇升高或降低我的手，这些苍蝇不顾一切地试图融穿玻璃。它们格纹结构的翅膀如漫画般从喜鹊喙的侧面突出，片刻后，它就会将它们囫囵吞下。

苍蝇经常让我想起与希思科特的那次灾难性会面，那时我出现在他的家中寻找答案，离开时感到空虚、一无是处，好似他那个人道主义捕蝇器。我们的关系自此发生了改变。至少我们曾经有过一段关系，哪怕冷漠疏远、略带隐瞒。自此，我也变了，尽管我不确定希思科特是否变了。我相当确定会发生什么，要是我向他提议过来探望。于是我决定试都不要试，我就直接去。这也许非他所愿，但也可能在他身体崩溃时正是他所需要的。奇娜提到她将驱车前往牛津看他时，我请求搭车一同前去。我说不清这样做更多是为了他，还是为了我自己，但在他身体彻底垮掉之前，我必须见见他。

28

随着白天越来越长，喜鹊所贡献的刺耳的清晨鸣唱来得越来越早了。早上六点，甚至是五点，它哑着嘴唱起它愤怒的早餐之歌将我从床上唤起，接着，我沉睡的大脑开始将小鸟嘎嘎的叫声天衣无缝地融入我的梦中。由于苯那刺耳的噪音会被墙壁反弹回来，我就用一只枕头蒙住脑袋，嘴里嘟囔着用捕蝶网去捉乌鸦之类的话。我的大脑就是这样按下“喜鹊闹钟”的贪睡按钮的。它肆无忌惮地尖叫，穿过门，过了一会儿，就让自己在房子里忙个没停。牙刷掉在了马桶里。

屎落在了桌子上。兰花扯成了碎片。戳穿玻璃纸塞了满嘴的贝果。我起晚了，肿着眼睛一路沿着它破坏的痕迹下楼来，结果发现它正在敞着窗户的厨房外那节树枝上平静安详地玩味思考。我迅速打了个鸡蛋，碾碎蛋壳拌在一起，连同一只鸡腿和一把粉虱一股脑儿刮进一只碗里。今天没时间做自己的早餐了。我最后检查了一遍，确保喜鹊当天所有的必需品都准备就绪，然后我如离弦之箭冲向车站。

我抵达莉莉的公寓外时刚刚九点，可气温已经飙升，我汗流浃背。我的两个姐姐已经到了，等在大街上，挨着奇娜那辆红色的小破车。我气喘吁吁地不停道歉，然后我们就出发了。车上开着广播，腿部空间处有干凝的沙土，仪表盘的烟灰缸永远塞得满满当当，关不上盖子，我们面前的柏油路由于高温而扭曲歪斜。比起牛津的一所医院，康沃尔或法国南部可能更像我们的目的地。只不过这两个姐姐，与我一样是家庭成员，几乎形同陌路。我们要去探望的那个人——我们的父亲——也许对我来说至少也是个陌生人。我看着伦敦西区的街道向后飞掠而过，暗自纳闷谁才是我最不熟悉的人。希思科特在我的一生中始终真真切切地活在我的脑海中，犹如一个由二手故事和强行制造的偶遇构成的活动稻草人。奇娜和莉莉曾经对我来说真的只是名字而已，除了那些我为自己编造的关于她俩的小故事，她们如一张白纸般进入我的生命——也许这反而能让我不受拘束，把她们当做有血有肉的人来认识，而我从来没能以这样的方式认识希思科特。

奇娜把她的车缓缓开上了西路高架，那条从伦敦向牛津辐射的十分拥堵的主干道。我还有这么多问题想问问她和莉莉——关于她们的童年，拥有希思科特当爸爸是什么感觉，现在他们的关系如何——不过眼下感觉不是合适的时机。她们的沉默中掺杂着温柔和愤怒，与我第一次见到她俩时就留意到的那种复杂情绪相同。希思科特不会听医生的，不会从错误中吸取教训，从来不会该死地改变。

“他知道我们三个要去吗？”我突然开口问道。

“我告诉他我们大家相互认识了，要来看他，”莉莉在后排说，“他哭了。”

“哭了……是感动得哭吗？”

她一抹脸做了个怪腔。

希思科特的病房位于约翰·瑞德克里夫医院高高的七楼。窗外你可以看到牛津郡的平原向远处延伸，渐渐与地平线融为一体。高温继续攀升到一个新高度——今天已经证明是有记录以来五月最热的一天——这片景色因为炎热而摇晃波动。田野上巨型农业机器翻动泥土，掀起滚滚巨浪般的尘土。红鸢在阵阵热流中上下起伏，猛地冲向医院的地面去捕捉那些被太阳晒得晕头转向的鸽子，此时它们正在从排水管中饮水。

希思科特身体笔直地靠在一张易清洁的蓝色椅子上，挨着他那张靠近护士站的病床。他身上套着那件平日里似乎常穿的麻袋似的宽松衬衫。上面污迹斑斑，撒了一层头皮屑，不过除此以外，对于一个垂死之人来说，他看起来不算太糟。哪怕已经七十五了，他的脑袋上顶着一头浓密的蓬发，与其说是他年轻时那种——我想象中的那个希思科特——又长又黑、乱蓬蓬的卷发，倒不如说是一头朴素的青灰色。老花镜后，他的双眼就像一只寿高百岁的加拉帕戈斯象龟的眼睛：苍老、睿智而又笑意盈盈。

“你好，爸爸。”奇娜和莉莉说。

“你好，希思科特。”我说。

奇娜和莉莉分别俯身亲吻他的脸颊，我也学她们的样，嘴唇扫过他那薄如纸的皮肤。希思科特似乎又惊又喜。我意识到，这是开天辟地头一回。我此时还没明白，但今天将会有许多“头一回”。

倘若一下子面对他的所有子女，会令他欣慰、恐慌，或是因为自己一直是个无可救药的父亲，心怀愧疚而害怕退缩，希思科特却并没有表现出一丝一毫。他甚至都没有真正接受这个现实。奇娜和莉莉温和地掌控着对话，大大缓解了压力。有她们在这里调节气氛，我们两人之间相处起来就比以前容易许多。

希思科特并不真的很想谈论他的健康问题。工作似乎是他一切的兴趣所在。他已经把病床变成了一张作家的带滚轮的办公桌。每一处能想象到的表面都覆盖着成沓的报纸、精装书、皮面笔记本，还有用风格鲜明的字体做注解的诗歌。他谈到他那出在布莱顿圆顶剧场上演的剧作，告诉我说它如何将鸟鸣融入宇宙那永恒的喧嚣中。他问奇娜是否能够从家里收集一些他的研究。他在创作一部新的史诗——《红色匕首》——一部气势宏伟、歌颂叛乱的历史作品，内容从瓦特·泰勒农民起义[1]到现代。我暗自思忖，至少他从一而终：无论出生或死亡，都无关紧要，工作总是排在第一位。这是他的生活，抑或是他逃避生活的方式。

从各个层面上看，希思科特依然还在玩他的老把戏。他的一摞书的顶部放着一个破旧的藏青色小袋子。他和奇娜闲聊时，我随手拿起来，噗的一声解开扣子：又大又亮的磁性硬币滑了出来，这是希思科特诸多魔术道具之一。出于某种原因，我把玩这些硬币立刻引起了他的不悦。

“小心点，”他厉声道，声音里带着一丝惊恐，“它们可贵了。”

我小心翼翼地把它们放好，希思科特随即便自责起来。

“抱歉，”他嘟哝道，“只是我为了买这些硬币可攒了好久的零花钱。”

奇娜和莉莉两人向他不屑地啧了一声，又朝我翻了个白眼。不过，从那刻起，我留意到他总见缝插针地对病房里的所有人施展魅力或把戏。他煞有其事地记住了护士和护工们的名字，对来自卡迪夫的那位护士用威尔士语含糊其词地念些德鲁伊特教的箴言，用一段关于氧气起源的简单演讲逗乐前来维修他呼吸机的技工。这一切都令我回想起十二岁时他给我讲的那个故事，他是如何用魔术吸引一个土耳其理发师的，后者在他的想象中即将动手割断他的喉咙。如今他才是真正地在为自己的生命而表演。无怪乎他不喜欢我乱动他的

---

① 1381 年因反对政府强征人头税而爆发的英格兰历史上第一次大规模民众起义，持续时间不到一个月。

硬币，它们是护身符。

午餐放在一只托盘上送来了：三明治、汤和粗面粉布丁。希思科特突然有了尿意。他有好多一次性的纸尿壶散落在他的报纸中间，此刻他毫无窘色地伸手去取了一个。我们大家起身给他留出些隐私来。反正医生也想跟我们在她的办公室里谈一谈。这是一个敞开的病房，于是我拉上了他周围的蓝色塑料帘子，谁料我们一走，一个小小的举动几乎要了他的命。

帘子后面，别人看不见他。从他的椅子处，他够不到位于病床上的紧急呼救装置。他双肺虚弱，头晕目眩，无法呼喊求救。是对面病床的那位病人恰好瞥到了一片血迹——颜色很深几乎成了棕色——从拉得严严实实的帘子下方缓缓流出，漫入病房。

我们在一间安静的侧室，对这一切浑然不知，那位医生向我们解释希思科特目前的困境。他亟须做手术修复他的动脉搭桥，但她不确定他身体的其他部位是否够强健，足以支撑一次手术。一位护士敲了敲门，打断了我们的谈话。

"打扰了，医生，"她说，"一位病人情况不妙。"这一幕让我感觉很好笑，因为，呃，好吧。接着，当我们听到"威廉姆斯先生需要紧急输血！"时，就冲进了走廊。

先前睡意沉沉的病房里已经炸开了锅。希思科特亦是如此。他就像一枚漆弹手榴弹①似的爆炸了。他的衬衫、他

---

① 在彩弹游戏（模拟两军作战、用气枪互射彩弹）中常用的武器，一种充满染料、形状似手榴弹、撞击后易破碎的气球。

的椅子，还有他此刻正躺着的病床床单都浸湿了。地板上形成一汪浅浅的血池。医护人员奔进奔出，在地上留下了黏糊糊的红色脚印和滑痕。有两个臂力过人的护士正奋力用容器接住任何从他体内流出的液体，戴着湿滑的紫色医用手套，用力下压他腹股沟处的血管。我们很快就被人带走了。

我们被关在轨道上待了多久很难说，我们三个就像卫星似的围着他的病床。我忍不住出去哭了好几回。在一个空荡荡的办公室里，我透过古怪的深色玻璃，向外凝视着医院大楼一侧那沉闷压抑的灰色外立面；在厕所里，我的双手紧紧抓着洗手台；走廊外，我背对着两个姐姐，透过一双泪眼，假装正在仔细察看一张关于健康安全的海报。眼泪总是突如其来地袭击我。特别是此时此刻，这个男人几乎无所作为，不配赢得它们。

希思科特没死，这回没死，尽管看上去可怕得像具尸体。他那细长的手臂、萎缩的双腿，甚至连他那如怪物般肿胀的双脚上都沾染了红色。我们走近病床时，脚下的地板黏糊糊的。

“我只是想尿个尿，”他打趣道，“没想到弄出这一大片。”

他为自己造成的一片混乱不停地向护士们道歉，感谢她们继续向他那渗漏的血管施压，不过这次他的老办法就毫无迷人之处了。那位站在床尾的医学专家对我们大家做了详细说明。如果希思科特不立刻接受手术，那么他会死；即便手术成功，这也仅仅是个临时措施。

“我不是想吓唬你，”那位专家说，“我只是实话实说。你大概活不过一年了。”

“哦。”希思科特说。

他们正准备将他转移走时，我猛地一颤，意识到可能就是这一刻了。这是他生前我见他的最后一面了。如果我想要得到什么——答案、了结、尝试和解——那最好就趁现在。

“只是为了有备无患，”我对他说，“我想让你知道我爱你。”

我不知道这甚至是不是自己的真心话。我仅仅希望一个心怀愧疚的老人听到这话会倍感欣慰。有人爱他，宽恕他；对他我没有心怀怨恨。

他惊讶地抬头望着我，然后微笑着眨眨眼。

“没错，”他说，“我……嗯，也那个你。”

我难以置信地摇了摇头。典型的无可救药。他们要把他推走送去手术室时，他伸出手来抓我的手，我一把握住。他的指甲脏兮兮的，他的指关节扭曲突出，可他的皮肤却很柔嫩。这是一只利索的手，熟练，灵巧。这是又一个“头一回”，我想到；也许也是最后一个。

莉莉、奇娜和我踏入医院外面的空地，在一棵甜栗树的树荫下一片灌木丛生的草地上坐了下来。我们等电话的当口，奇娜烦躁地把一块加了糖的甜甜圈掰成碎片。我们都没怎么说话。我感觉全身麻木、灵魂出窍一般。电话比预料的来得快，快了许多。莉莉接起电话。他挺过来了。

29

鸟类能读懂人类的情感吗？我猜测它们可以。从医院出来后，我一路哭着回来：在火车和地铁上，默默地独自哭泣。那么多血。他的血。我的血。脚下的黏湿。希思科特的虚弱无力、不堪一击，是我以前从未曾见过的，但他依然还在企图用他的魔术和言语紧紧抓住那残存的力量。眼泪背后也混杂着一抹内疚：也许是我们引发了他那般血流成河。将他置于压力之下。我想到了瓢虫，如果你让它们感觉被困，它们就会流出刺鼻难闻的黄色液体。那不是它们的尿，是它们的血喷射而出：反射性出血，最后的自卫措施。

我到家时，苯在高处恭候着我。可怜的家伙。它讨厌天黑之后待在外面。它没有像普通鸟类一样栖息在树枝上，或是躲在我为它建造的箱子里，而是站在窗台上等待被放进来。如果它被留在外面待了好几个小时，那么它通常会愤怒地扑扇翅膀径直飞到栖木处，甚至都不会粗嘎地叫唤一声，打个招呼。可今晚却例外了。它落在我的前臂上，脑袋蹭着我的皮肤，柔声呢喃。它甚至容忍我几次用指甲背轻抚它胸前纤细的黑色绒羽。

随着它的瞬膜一张一合——那是它第二组半透明的眼睑，它的眼眸闪烁出一种淡淡的灰紫色。瞬膜主要起到保护作用：防护让它们捕猎时拥有完整视域的眼睛。不过，某些动物行为学家称，瞬膜也是用来表现情感的：类似一种喜鹊的摩斯码。它总是长时间地缓慢眨眼。

早晨，天刚刚擦亮，小鸟那可怕的嘎嘎声就叫醒了我。也许鸟类压根不精通人类的情感。我跌跌撞撞地走出房间，发现楼梯平台上躺着一根孤零零的黑色飞羽。下楼走到一半时，又看到另一根纤细的、类似蕨类叶子的半羽。它如此轻盈，我捡起时，它的细丝似乎在以慢动作移动，仿佛海底森林的树枝在徐缓的波流中轻轻摇曳。一件极致精美的物什。

苯对于美的东西也有独占欲。它啪的一声从我手中衔走羽毛，向外飞进它的鸟舍，一边开心地嘎嘎大叫，然后落在一节树枝上，继续用它的喙把羽毛扯成碎片。接着它停下来，开始抓挠：它身上又滴下了几滴，仿佛穿过甘油滴落到了地上。

它每年的换毛期开始了。这并不是一蹴而就的过程。它是一只缓慢涅槃的凤凰。未来几个月里，那些陈旧的、磨损的羽毛将会成片脱落。坚硬的、包含新羽的白色针羽会透过它的皮肤“破土而出”。它们就是众所周知的“血羽”。这是一个难受的过程，甚至可能是痛苦的过程。它会难以自制地又啄又抓。可是，每一次冒出油光光的紫色羽尖，它就会重生。

30

希思科特血流遍地之后的那天，我得坐飞机前往希腊参加我的继姐萨拉的婚礼，只能将苯留给雅娜的一个妹妹照顾。如此突然地从一个家庭跳到另一个家庭，从一个极端家庭状态跳到另一个，令我大受打击，我的身心还没有彻底合一。那天晚上我抵达了小岛，在一个化为废墟的圆形竞技场的平台上放着一些落日饮料。空气里弥漫着那个村子馥郁香甜的麝香，刺鼻无花果树的强烈气味、充满尿骚味的穷街陋巷，混合着驴屎、助动车的马达、迷迭香和百里香的浓浓恶臭。在圆形竞技场中，山羊一级一级地跳跃着，铃儿叮当响，不时停下来啃食从古老石板缝隙间长出的嫩芽。我所有的兄弟姐妹——我是指共同成长的七个兄弟姐妹——都在场。我那些身穿亚麻西装的哥哥们，正在咕咚咕咚豪饮啤酒；我的姐姐们身穿水母似的礼服翩然起舞；萨拉正享受着每分每秒。我感觉自己仿佛是一个宴会上的鬼魂，并非真正在场，略显暗淡。

长达一周的婚礼期间，在那些安静时刻，我不断地发现自己回到了那个重症监护室，一个如大洋洋底般寒冷、寂静和凄凉的房间，希思科特咧着那张掉光了牙的嘴大笑，犹如在捕食浮游生物。回想起那一刻，这正是我想看到的一切。我在竭尽全力蒙蔽自己的双眼，遮挡我们身边的这个病房里所上演的人类苦难，可是，一个父亲带着新生儿来看望深陷昏迷的母亲，不停地突破我的防御。忧心如焚——却是与奇娜和莉莉截然不同的方式，我怀疑。我几乎不认识这个男人，这个事实既是轻飘飘的，又是沉甸甸的；一种摆脱这一切令人内疚的自由。我顾虑自己在这儿只是个游客，一个意外撞见一出家庭悲剧、决定停下脚步来看热闹的背包客。我不由自主地纳闷，我感受到的悲伤甚至是不是私人的，抑或在目睹任何一个老人两腿之间流出了几品脱鲜血后，我都会有这样的感受。我有点认识到这种忧虑只是另外一个老生常谈问题的变形：这个人是谁以及他之于我是什么人？我之于他又是什么人？

事情很快就明朗了，希思科特是唯一那个无忧无虑的人。他欣喜若狂，神志不清，一派懵懂天真。没有假牙的时候，他的脸向内凹陷了下去，他的侧脸犹如一颗皱巴巴的陈年腰果。他断断续续、喋喋不休地对我们说话，接着呼哧呼哧大口喘气，一名护士进来了，将氧气面罩重又戴回他的嘴上。他身边的仪器发出令人安心、有规律的哔哔声，屏幕上显示缓和的脉搏起伏。我从没见过任何人因为活下来而如此雀跃。那位医生的严厉声明——一份如假包换的死刑判决书——眼下已经被忘诸脑后。他对着我们喜笑颜开，宛如一个从纸板箱里蹦出来的孩子，好似某个认为自己可以永远欺骗死神的人。

也许他可以。身处炸鱼和结婚誓词之中，我始终与那一家子保持联系。莉莉似乎认为他正在好转。他甚至可能很快就可以回家，她写道。希思科特如一只鸟宝宝般脆弱无助、血赤糊拉、没有牙齿的那一幕，令我迫切地想尽我所能来帮助他。我主动提出帮忙找一个看护或住家护士，这样他能安全舒适地待在家里，我还询问自己是否能做些研究让他能顺利完成一直在创作的那部关于反叛的史诗。令我吃惊的是，希思科特没有反对以上任何一项提议。过去一周里，我们的关系似乎已经发生了一场悄无声息的变革。当我写邮件给他，试探性地提议等我一回来就再来探望他时，他做出了迅速且史无前例的回复。“好的，来吧！”他写道，“热切盼望。”

不知怎的，我也忘了那位医生的死亡判决书。在希腊，我偶然听到一个当地传说，一个名叫乔纳斯的海绵潜水员直接潜入了一条鲨鱼的肚子里，幸存下来，讲述了这个故事。我满怀希望地向希思科特的地址寄了一张明信片，在上面我向他复述了这个故事。“但愿，”我写道，“你收到它时也会脱离那头野兽的肚子。”

31

从希腊回来后，我就朝牛津出发了。驱车前往的路上，红鸢似乎聚集在了汽车上方。这回我是独自一人，所以开车时没人会阻止我伸长脖子、探出头去好好地看看那些鸟。它们成群结队地翱翔，犹如史前生物般浩浩荡荡出现在挡风玻璃上方。在莎士比亚戏剧中，红鸢是象征噩兆的鸟类。《裘力斯·恺撒》里，它们盘旋于战场上空，等待着尽情享用战死之人的尸体。卡西乌将它们和它们的鸦鸟同僚，描述为一顶“不祥的华盖”①。尽管如此，在我脑海中，它们象征着希望和重生，象征着绝处逢生。自二十世纪初，在英国红鸢被驱赶几近灭绝后，二十世纪九十年代它们又重新被引进，如

① 出自莎士比亚戏剧《裘力斯·恺撒》第五幕第一景。卡西乌（前85？—前42），古罗马将领，刺杀恺撒的主谋者之一，后组织共和军反抗“后三头政治”，被安东尼击败后自杀。

今任何取道M40的人都可以欣赏到这些盘旋于高速公路上的强健猛禽。我断定，它们是吉兆。

正当我把自己的希望寄托在红鸢上时，希思科特似乎认为红葡萄才是他康复的关键。有人告诉他，红葡萄的果皮里的某种化学物质能够逆转他的身体状况，因此这就是他唯一请我带的东西。我不相信他，可与此同时，我又非常想相信他，于是我花了一个上午搜寻，不仅搜寻红色的葡萄，还有其他所有种类的红色水果。副驾驶上翻滚着散装的樱桃、成篮的亮晶晶的草莓，还有微微颤动的、长长的紫葡萄，小心翼翼地盛放着一份危险而沉重的希望。

迎接我回到约翰·瑞德克里夫医院七楼的是支离破碎的一幕。窗边一个半躺半靠的小床，同上回一样，四周被成堆的书、报纸和邮件所包围，希思科特向外俯瞰着一片因热气蒸腾而朦胧的风景，仿佛这阴沉的牛津郡田野正缓缓沸腾，融入天空。过去两周里，他一下子老了许多：他的胡子长了出来，稀疏、灰白，尚不能遮盖他那凹陷的脸颊；他的嘴唇随意地抹上了一层厚厚的凡士林；我惊恐地看见，一瓶瓶Ensure营养液的瓶子排列在窗台上。在我看来，Ensure，一种浓稠的奶昔状营养液，如同黑斑一样，是一种确凿无疑的垂死信号。它让我想起很多年迈的亲戚在医院里苟延残喘——而这正是我强烈提醒自己的，这个老人正是如此。Ensure是死人的食物。

老人猛地一阵咳嗽，然后抬起头望着我，咧嘴一笑。

“上次很抱歉，”他说，“就像经历了一场大屠杀。”

他见到我似乎是由衷的高兴，满面笑容地接受了我带给他的水果，可是我注意到，他并没有露出立刻想要尝一尝的意思。所有的红色水果环绕在他周围，希思科特恰似祭坛上的一具尸体，被祭品所包围；当光线以恰到好处的方式照射到一个类似猿猴的古老祖先身上时，他起死回生了。

尽管病房里洒满了阳光，但依然是个死气沉沉的地方。只有另外两个病人在里面。其中一个刚推出手术室，他的腿从膝盖处被截肢了。希思科特与我闲聊时，他一边痛苦地扭动着崭新的白色绷带，一边抽泣着寻找他的妻子。他叫住每个经过的护士，恳求她们告诉自己他的妻子在哪儿。另外那个病人，一个骨瘦如柴男人，患黄疸病似的皮肤皱褶层层叠叠地挂在脸上，直愣愣地盯着前方，沉默不语，一动不动。

希思科特似乎记不得上回的事了。他不记得手术后苏醒时的欣喜若狂；他似乎也不记得那位医生对他剩余寿命的警告。他似乎已经断定，这仅仅只是一次与死神擦肩而过，只要有足够的红葡萄，他就能洗去污迹。他给我讲了一个之前我听过好些遍的故事，他是怎么加入一个叫“120 俱乐部”之类的组织——那个组织的成员决定要活到一百二十岁。“当然，这不是俱乐部的硬性规定，”他说，“要是你决定活到一百岁就两腿一蹬也没人会瞧不起你。”他上一回说这个故事时用的也是相同的一句话，尽管此刻它听起来包含着一种别出心裁的辛酸苦楚。

我没费多少时间思考该跟希思科特说什么。我想聊聊过去，可我不想强迫他去聊他不想涉足的话题，于是我决定由他主导。即便处于这种悲惨的境地，希思科特依然是个段子手。他呼吸困难，气喘吁吁，咳嗽不止，说话时不时地犹如被扼住咽喉，拼命挤出一个又一个段子。他讲起其他濒死经历，那些曾经发生在他身边、而非他本人身上的经历。他讲述了一个很长的故事，发生在南非他曾工作过的一家电影片场的死亡事故。一个十六岁男孩的脑袋被一台杰西博挖掘机碾碎了脑袋。希思科特声称他试图对那个男孩做人工呼吸，结果自己从嘴里吐出了血赤糊拉的牙齿和骨头碎片。他告诉我他如何为那孩子的家人组织了一场募捐，还成功说服导演把这部电影献给这个男孩。他斜睨我一眼，看看我是否被打动。

我还没来得及问希思科特为什么时至今日他依然试图让我相信他是一个大好人，他紧接着就开始讲下一个故事了，这次是关于他在治疗戒酒时体验的一次前世回溯[①]。一位催眠大师令他进入催眠状态，而后他发现自己置身于西班牙内战，因间谍罪而被处以割舌的刑罚。正是由于这种前世的创伤，那位治疗师无可奈何地告诉他，他才会求助于酒精。我尚未理清这件事，我们已经再次跨越时间长河。此刻我们正身处爱德华时代的英格兰，同他父亲一起为了参加第一次世界大战而受训。一架榴弹炮的垫块滑脱了，压断了他父亲的双腿，结果他被免于送上前线。

“要不是那样，”希思科特说，“我们俩大概都不会在这

① 一种记忆回溯，指透过催眠或其他的方式，从大脑的潜意识中，回溯人们对前世的经历及记忆。

里了。”

从我在各处得到的一鳞半爪的信息来看，希思科特的父亲不是个和蔼可亲的人。老希思科特是个脾气暴躁的小个子威尔士法官，像一个暴君般在家里为所欲为。我不清楚他是否经常揍希思科特，但他肯定出于一时冲动让他挨过饿，如果他能够背诵鲁德亚德·吉卜林的《如果》①，他仅仅稍假以颜色表示犒赏。他在希思科特很小的时候就把他送去寄宿学校，在那儿他必定挨了不少揍。后来的人生中，希思科特反抗了他父亲要求他当律师的命令，他们大吵了一架，结果他第一次心脏病发作；第二次发作时要了他的命。据我妈说，希思科特总认为他父亲的死他难辞其咎。

这是希思科特第一次跟我谈到他的父亲。在他发散性地跳跃到其他新话题之前，我赶紧抓住了这个线头。

“你跟你父亲亲近吗？”我问道。

“一点儿不亲，”他说，“他有十二个——你能想象吗？有十二个兄弟姐妹。我觉得这一点让他有很强的竞争意识。他们兴许为了每个人盘子里有多少颗豌豆而大打出手。我母亲宠爱我的时候，他自然不乐意。‘你把这个男孩惯坏了。’他以前总这么说。他是个不折不扣的爱德华时代的老古董。甚至几乎带点维多利亚时代的影子。非常苛刻。”

护士端着午餐托盘进来了：鸡蛋、卷心菜色拉三明治、蔬菜汤和粗面粉布丁（老一套）。希思科特谢过她，戳了戳

---

①《如果》是吉卜林写给12岁的儿子约翰的励志诗，表达了一位父亲对儿子的深爱和期望，这首诗曾被译成多国语言并选入教材。

三明治，然后把整个盘子推向一边。

“我告诉他我想当个作家，你猜他对我说什么？‘你怎么能当个作家？’他说，‘你一无所知。’打那以后，只要我一回家，他就给自己倒上一杯威士忌，背对着我。”

希思科特再三重复那句话，大为称奇：“你一无所知，你怎么能当个作家？”

希思科特的处女作《演讲者》出版前的那个夏天，他的父亲去世了。那一年希思科特二十二岁。此刻他似乎迷失于幻想中。他告诉我，要是他的父亲当时还活着，他的书出版后肯定会奇迹般地修复他们俩的关系。

“要是他读了，”他说，“他肯定会去所有的书店，质问他们为什么不在橱窗里陈列这本书。我知道他会这么做的。”

护士回来收走了一动未动的饭食，给希思科特倒了一杯热饮。

“好的，”他说，“能麻烦你带一杯茶给我这位，嗯……我这位朋友吗？”

一听到“朋友”这个词，我突然之间感觉被激怒了。没有任何能够改写 DNA 的法律文件。我们仍然流着同样的血。我望着这个男人，望着这一片狼藉，他依然在为同他父亲那段悬而未决的关系而烦恼发愁。具有讽刺意味的是，他向我抱怨自己父亲的缺失，深深刺痛了我，此时我心中涌起一股难以遏制的强烈冲动。我想把他从自己的幻想世界里震出来，让他看看自己处境的实际情况，他已来日无多。一种双重愿望打动了我：一种想要惩罚和转变的愿望。几乎没有觉察自己在干什么，我下意识地模仿了希思科特。我开始给他讲一个故事。

我给他讲的是人类火葬的过程。我最近一直在为要写的一篇文章对此问题进行仔细研究。我知道这么做很糟糕，可一旦我开始了，它便不受控制，势不可挡。我告诉希思科特，六百摄氏度的煤气火焰会喷向死者的躯干；四肢是如何收缩的，随着肌肉绷紧，然后所有的肉都烧得灰飞烟灭；烧焦的骨头是如何被一块超强的电磁铁扫描的，后者会挑出补牙填料和髋关节置换的植入物。病房里一时鸦雀无声。那个皮肤蜡黄、一动不动的男人转了转脑袋，在一片无声的恐惧中瞪着我。那个截肢的人已经不再要求见他的妻子了。可我无法停下。如果允许希思科特继续假装岁月静好，如他以往一贯的那样，那么一切都不会改变。过去只会不断地重复下去。

"接下来，"我继续道，一边巴望这些话能咽回嘴里，"他们就得用一把有点像钉耙的特殊工具伸进去，将你的颅骨敲成细小的碎片。然后把你装进一种工业咖啡研磨机，嗖嗖地磨成齑粉。你知道自己可以选择被磨成多么细的粉末吗？"

"哦。"希思科特说。

护士端着茶来了，我迅速地借故去了厕所。我朝自己脸上泼了些水，久久地注视着镜子里的人。我来这儿不是为了折磨一个垂死之人。我应该来安慰他。为什么总是发生这样的事？为什么我永远无法直截了当地说出自己的感受？我猜，如果有人能够理解这种人类情感的障眼法，那个人一定是希思科特。

“刚才的事对不起，”我回来时说，“你想吃些樱桃吗？”

“哦，嗨嗨，”希思科特说着拿起一颗，还没送到嘴边就藏进了袖子里，“很好吃。谢谢你。”

32

走出医院的旋转门、进入停车场后，我决定我再也不会回来了。看着这个男人试图靠坑蒙拐骗来越过死亡，太让人心烦意乱、灰心丧气了。而且我为自己没能压住火气而惭愧。我不相信自己下一次就不会这么做。如果上天垂怜，希思科特奇迹般地活下来，那么也许我们就能够修复重建那岌岌可危的关系。不过直到那时，我觉得我仍然不能给予他什么。

我的姐姐们不断向我更新他的身体状况。我尝试回归自己的生活。雅娜从纽约回来了。工作开始踏上正轨，进展迅速。那只喜鹊抖落了它的旧羽，日子一天天过去，它变得又秃又丑。它再度于室内消磨它的大部分夜晚，睡在由雅娜搭建并粘在一间客房墙面上的花盆架上。原本是想它的粪便会落在花盆里，滋养生长在那儿的黄金葛——本意不错，只是没料到喜鹊粪便似乎对所有室内植物都是剧毒。起初郁郁葱葱的藤蔓，如今只剩下一团枯枝。苯似乎没有意识到已经好几个月没有在农场上翱翔了。尽管它有充裕的机会逃离这栋房子——拜我和雅娜时常忘了关窗所赐——它只有一次飞到外面的大街上，即便那时，它只是绕着街区飞了几圈就穿过前门回来了。我渐渐明白，它理想的栖息地，简而言之，就是与我在一处。

雅娜的生日——我们约定好到那个日子我们会开始尝试造娃——一天天逼近，可我仍因为父亲在医院病重垂危而焦头烂额，没有时间去思考自己的父亲身份。

父亲节那天上午，莉莉打电话告诉我希思科特情况突然恶化。他的双肺积液，时而清醒时而昏迷，持续如此。她和奇娜会尽快赶去医院。你看自己情况，她说，不要有压力；可医生们说想要探望他的话就别等到明天。我咬了咬嘴唇。我本打算开车去农场，陪我爸待一天，可现在我分身乏术。

“你做得还不够吗?”雅娜说，“假如你要死了，他可不像会冲到你床边来的。如果你们曾经朝夕相处，那另当别论，可你又没有许多能安慰他的快乐回忆。除非你觉得你真的需要赶过去看着他的灵魂脱离躯体?”

雅娜的话很刻薄。一涉及父亲，她就会咄咄逼人。可我不得不承认她是对的。我不知道自己还能贡献什么。

农场里，我的父母正坐在外面一棵老橡树的树荫下小憩。我爸将一副望远镜贴在眼前，正在观察一只苍鹭飞入一片野生沼泽之中。我们面前的这片小牧场上星星点点地落着许多寒鸦和喜鹊。一只秃鹰悄无声息地盘旋于上空，等待着它的食物从长长的青草中奔跑现身。

我爸将望远镜安放在草坪上，打开我带给他的那张卡片。“头号老爸！”金闪闪的浮雕字样刺入眼帘。他哼了一声，抬了抬一条眉毛。我仍担心他会嫉妒“第二号”，尤其是在像今天这种他的存在感如此强烈的日子。我的妈妈，即便在经历这一切后，也开始替希思科特发起愁来。

“他们给他开了抗焦虑药物吗？”她问，“他患有严重焦虑症。叫他们给他开点儿，要是他们没这么做的话。”

午餐时，我不由自主地查看手机，几乎都没注意到我爸放在我们面前的周日烤肉大餐。莉莉之前答应我，要是有事会打电话来，可我的手机一直静静地躺在我的手掌中。我翻阅着 Instagram，两眼无神地看着其他人父亲节的照片，而我却在等待希思科特去世的消息。

最终，雅娜忍无可忍地把这台设备从我手中一把夺走，带我下了河，河里的鲤鱼正在睡莲边上慵懒地享受日光浴。她脱得赤条条，大叫一声便跃入这冰冷的河水之中。鲤鱼四散逃离。我慢慢地跟着，一寸一寸地没入这金褐色的水中，直到只剩双眼露出水面。此时我心中只有眼前的情景。一只貌似黄蜂的食蚜虻①敦实慵懒地栖在一棵摇曳的芦苇上。天蓝色的豆娘②如天女散花般落到从河面突出的枝茎上，它们的翅尖仿佛浸染了浓墨。一只如奇努克人③般身板结实的蜻蜓正扑扇着它的双层翅膀，顺流捕食。我荡漾于河水中，一

---

① 又称为盗虻，双翅目短角亚目，分布于世界各地，大约有 7100 种。所有的食蚜虻都有粗壮、长着刺的腿，脸部有浓密的胡子状的鬃毛，两只大的复眼中间有 3 个单眼。

② 身体细长且软弱的飞行昆虫，类似小型的蜻蜓，但不是蜻蜓。

③ 居住在美国西北部哥伦比亚河沿岸的印第安人。

具卸下了思想包袱的鲜活躯体。

希思科特那天没死。他恢复了意识。他甚至再度开始创作他的诗歌。如果他能够吃点东西，恢复体力，那么他也许还能回家了。那个医生的死亡判决书——还有一年寿命——仿佛成了一个要努力达成的目标。

接着那周，莉莉再次打电话来。医生们说是最后一面了。这次诀别动摇了我的决心，傍晚时分，雅娜坐在我身边的副驾驶座，我最后一次驾车去了牛津的那所医院。

希思科特人连着一台呼吸机，像一台排风扇一样声音嘈杂。它正在向他的肺部强行输送氧气；空气压力使得他那塌瘪的导管敞开着。奇娜和孩子们聚集在病床一侧；莉莉站在另一侧。

“抱歉，父亲节没来看你。”我对病床上的老人说。他透过透明的氧气罩，咧开一张没牙的嘴咯咯笑了。

我坐下身，捏了捏希思科特冰冷的手。他抬头望着我，也捏了捏我的手。奇娜试图唤起他的回忆——他们一起度过的快乐时光。她的脑海中浮现出他在她八岁生日时表演的一段魔术。奇娜的孩子们想起他用羽毛和胶水变出了软糖。莉莉没怎么开口，我自不必说，没有需要补充的。我悲哀地感到，快乐的记忆只占了一只浅桶的一小部分储量。

很快，奇娜不得不把孩子们从病床边带走，死气沉沉的病房里就留下了莉莉、雅娜和我。希思科特做了个手势要人移开他的面罩。

“我……我……我……”他说。

“你想说什么，爸爸?”莉莉问道，“你想说‘我爱你们’?”

希思科特眯起双眼。他的萎缩的肺部用尽全力，终于努力从嘴中说了出来。

“我、我……我要雪糕。”他发出嘶嘶的声音。

莉莉一时间心烦意乱，然后她的脸沉了下来。她告诉我，这是他此刻唯一关切的东西。芒果雪糕。她招手叫住了一个护士，后者去员工冰箱里拿了一支来。那个护士回来时拿了一支正在融化的索莱罗①递给雅娜。希思科特贪婪地瞥了她一眼，急不可耐地咀嚼着牙龈。

雅娜面露不悦之色。她和希思科特之前只见过一次，匆匆的一面。他们俩绝对不是那种能投喂的友好关系。可希思科特的意愿显而易见。雅娜犹豫不决地将那支雪糕伸向他那没有牙齿的口腔，他舔了舔，咂吧着嘴吮吸棒冰，没有丝毫窘色。实际上，他一路舔到了冷饮的湿木棒，抬头望了望雅娜——在他看来，这基本上就是一个漂亮的陌生人——带着一丝不太得体的喜悦，犹如一只傲娇的鸟宝宝，还有点儿下流。

之后，希思科特处于高糖反应②。他在自己神志不清的状态下找了许多乐子。他叫嚷着指示别人完成一首诗——

① 联合利华旗下的冰淇淋品牌，在伊朗、澳大利亚等多国都有销售。

② 一种糖分进食过多引发的剧烈生理反应，通常的诱因是蛋糕、甜点、汽水等。摄入过量的糖分会使大脑释放多巴胺和内啡肽，这往往引发轻度的兴奋和欣快感。

关于塞那阿巴斯巨人[1]那硕大的一柱擎天；还吵着要更多雪糕；还要他的退税；要别人去把一张他父亲站在一个丑女人身边的照片带给他。最终，一个怒气冲冲的护士试图让他闭嘴；其他病人在睡觉，她解释说。

“他们没在睡！”希思科特咆哮道，“他们只是在装死！”

吃了这么些雪糕，无比兴奋，感觉我们像在为一个奇丑无比、顽劣异常的小男孩举办派对。就像一个小男孩似的，在高糖反应后，接踵而至的是突然间崩溃。莉莉留下我们俩单独待一会儿——也许我有些话想对希思科特说，她说。我低头瞧着这个孱弱的老人。我本来有一肚子话想对他说。他伤害我。他的缺席留下了一片真空。可他再一次使我进退维谷，凭借他的虚弱无助。于是我没说太多——几个无伤大雅的谎言。希思科特又戴上了面具，合上双眼，我们便离开了。

第二天我到病房时，发现一群护士围着希思科特的病床。

“他想要什么东西，可我们听不清到底是什么。”其中一名护士告诉我。

“没事，”我说，“大概就是要雪糕。”

护士都离开了，我低头看着希思科特。经过昨晚的恶作

① 位于英格兰多塞特郡北方塞那阿巴斯附近的山脚处一座裸身巨石像，巨石像高 55 米，宽 51 米，右手拿一根 37 米长的瘢节巨棒。传说妇女睡在巨石像上，尤其是在巨石像的生殖器那里和人做爱，不孕症就可痊愈。

剧后，我觉得自己更了解这个男人了。我已经见过他卸下面具的样子。我们甚至发现，我们之间有共同点。我也爱吃雪糕。

“你想要的是雪糕吗？”我大声说，“芒果雪糕吗？我们得问问医生，看看是否允许你再吃。”

希思科特摇了摇头，双眼露出绝望，指了指那台在向他肺部强行输氧、闹哄哄的精密仪器。他的样子惨不忍睹，一脸绝望，我不明白他为什么还要挣扎。易地而处，我不确定自己想这么做。他抬头望着我，目光中流露出企求，我心中猛地闪过一个可怕的念头。他是不是在请求我拿走面罩，这样他就能最终获得解脱？

我不确定自己是否表达了这个想法，或者我脸上流露出这个意思。无论是哪种情况，希思科特顿时双眼圆睁，露出惊恐之色，猛按紧急报警器。

没有人来。今天是周末，医院已经超负荷运转了，总之多亏了我，现在那些护士认为他只是个浪费时间、吃雪糕上瘾的家伙。我匆匆看了他一眼。似乎没有东西在哔哔或是滴滴。我断定，他是没事大惊小怪。希思科特的一只手放下了报警器，像只受伤的螃蟹似的哆哆嗦嗦探过病床，抓到了笔和纸。

“面罩漏气。”他愤怒地涂写道。

一名护士终于赶来检查氧气面罩后，发现面罩根本没有问题。是希思科特的肺不工作了。

那是我最后一回见到活着的希思科特。他有过几次起起伏伏，还出现了几次昙花一现的回光返照。莉莉告诉我，他最后又开始进食了，或是至少吞下去一匙燕麦粥，我计划给他带去一小瓶我外祖母特制的稀饭。我生病的时候，这玩意儿总能药到病除。如果我能给他找到正确的食物，那么他也许能好转一年，至少几个月。第二天，雅娜生日，莉莉再次打来电话。希思科特死了。

33

厨房的窗户外，一只灰白的蜘蛛在一束晨光中跳起一支绳舞。它在空中优雅地举起那纤细的节肢，仿佛一个有八枚尖角的汉字正在纺一条闪闪发亮的纱线。在隐形滑轮的辅助下，它平稳地向上朝着一段覆盖着苔藓的树枝滑去，此刻还瞧不见，喜鹊正坐等在那里。苯如一条蛇般静止不动，此时那只蜘蛛单脚旋转着进入猎程，接着，仅仅啪的一声犀利喝彩，它结束了那支舞蹈，碾碎了蜘蛛的胸腔，撕扯它的腿。

我眨了眨眼，以一种茫然的眼神望着它，它则以自己的舞蹈来庆祝它打败了蜘蛛，用它的喙劈向空中，尾巴刷刷横扫庆祝胜利。我感觉思绪一片空白。距希思科特去世已过去两周，我唯一能唤起的就是这情感上的白噪音。考虑到我浪费了多少时间畏惧不幸，当一个人真的大限将至时，这样撒手人寰似乎不寻常。也许希思科特在我日常生活中的占比还没大到足以让我错过。与他相比，我肯定会更多注意到这只小鸟的消失。

其他人似乎以为我会彻底患上紧张症。朋友们送上了暖心问候，主动提出要来烧饭或负责打扫，又或是帮忙完成任何其他我暂时无能为力的任务；非常诱人，可是一旦接受了他们提供的任何帮助，我感觉自己就成了通过卖惨来骗取人们同情的江湖骗子。“谢了，”我回复道，“我几乎不了解这个男人，所以我并没有号啕痛哭。”这种陈述中的悲伤只是偶尔才有所流露。我已经尝试了用音乐来让自己以恰当的方式伤心难过。我发现希思科特喜欢奇想乐团①，于是我花了差不多一个下午的时间循环播放《小丑之死》，直到眼泪涌出，可即便如此，我依然感到茫然无绪。如果是刚死了一条狗，听那首歌我也能让自己流泪哭泣；于希思科特来说没有任何特殊之处。真要说的话，我对他的死略感疑惑。这个时机不同寻常。他死的那天正是我们选择开始尝试造人的同一天，他的灵魂兴许在玩个轮回转世的游戏。

外面的树枝上，小鸟剧烈地抓挠自己，灰扑扑、毛茸茸的细小羽毛，从它脖颈处飘落，缓缓落到地上。接下来，它啄起尾巴，剥掉蜡质羽管，崭新的闪着紫光的羽毛正是从此处冒出，宛如洞穴岩壁上生出的紫水晶。褪去旧羽对它来说似乎一下子更痛苦，与我相比，则容易许多。我希望我能够

① 英国摇滚乐团，于 1964 年由雷和戴夫 · 戴维斯兄弟成立于伦敦北区马斯韦尔山。它是公认的“英国入侵”时代最具代表性和影响力的乐团之一。《小丑之死》是戴夫 · 戴维斯的一首歌曲，于 1967 年作为他的首张个人单曲发行。

刮去这令人窒息的茫然无措。我担心没有合适的情感，可我甚至不确定，这种情况下会有什么样的合适情感。你如何放手那个你不曾拥有的人呢？我失去的不是一个人——过去二十年里我跟他待在一起的时间还不足二十小时——而是了解一个人的希望。也许明天的葬礼会让事情更明朗化。

那天晚些时候，雅娜和我驾车前往牛津，车上装满了一块块布料和一束束鲜花，希思科特要举办一场DIY葬礼，路上雅娜被说服帮忙将葬礼捯饬得像样些。过去两周里，奇娜和莉莉不遗余力地拉我进来，商量葬礼的所有决定。在他们家一个朋友的位于伦敦西区的地下工作室里召开的一次深夜会议上，我发现自己义不容辞地承担起为希思科特做各种选择的任务来：他想要躺在哪种类型的棺材，他喜欢什么音乐，他想要如何处理自己的遗体。事实证明，现在任何事都不能阻碍我融入希思科特的生命了，唯一的可能就是他死而复生。既然他已死，我深深地卷入了他的事务中——可我不知所措。奇娜跑来问我：你觉得他会想要什么？我吃不准她这么残忍是有意为之，还是想表达善意，抑或是她仅仅跟我一样没有头绪——或者在某种程度上，她认为我拥有某种良知。如果完全由我拿主意，我会把希思科特烤成面包条，拿去喂公园里的鸟。或者干脆把那个狗娘养的火化，一了百了。

我想象不出这一切的准备是为了谁人所做。希思科特无疑是一个孤家寡人般的隐士，太沉溺于他的诗歌，而不过多麻烦他人？奇娜和莉莉似乎有不同的看法。她们订了几百册按需印刷的诗集，买下一整个果园的苹果树苗，铺在她们定好举行仪式的那个巨大教堂的过道两侧，打算葬礼过后人们会把树苗带回家栽种，以纪念希思科特。应奇娜和莉莉的要求，我已经在汽车后备箱里放了一只标准尺寸的保温热水壶，为她们在守灵时摆放的大量下午茶点做准备。

我们抵达守灵地，教堂附近一个破败却迷人的活动场地，为了布置明天的仪式现场，却发现奇娜和莉莉早已在拖桌子、摆椅子，忙得热火朝天了。看她们正在做这一切，令我悲从中来；她们为身故的希思科特所做的远胜于他生前曾对她们所做的。我不明白她们为什么要劳心费力。抑或，在这件事上，我又为何，尽管我感觉自己是被迫的。我开始卸车，对追思会的陈列安排指手画脚，因为我对希思科特有所亏欠；实际上恰恰相反，这是他对我的亏欠。

傍晚时分，我们动身前往希思科特的家去参加一个小型的守灵夜聚会。与我上次八年前来的时候相比，这个地方跟我记忆中的样子几乎毫无二致。高高的蜀葵在前门外摇曳生姿，踏上走廊，希思科特的油画将你四面包围。不过有人已经将此处打扫干净了。这回地板上不见了猫食，也没有了成群的苍蝇，不过多了具尸体。希思科特那充作棺材的野餐篮安放在舒适惬意、布满书籍的客厅的一张桌子上，它那柳条盖子用皮带扣得严严实实。棺材边上用一张咖啡桌临时当成祭台，几支茶烛点亮了镶有相框的希思科特的照片。照片上的希思科特是个脸蛋胖乎乎的小男孩。希思科特用他的大拇指点着鼻子，面向镜头。希思科特在一张亚瑟王式的圆桌上引人注目，身边站着一只寒鸦。

这是个精挑细选的小圈子：几个当地人，几个奇娜和莉莉母亲的朋友正围着棺盖窃窃私语。街角商店里的那个男人突然前来悼念。邮递员也来拜访，深情地回忆起过去与希思科特闲谈的时光。住在距离几户人家之外的一个在此地长大的年轻女子，告诉我希思科特生前多么善良、多么慷慨，于她来说，他实际上多么像一位父亲。这是我第一次听闻到希思科特的“门户开放政策”：他的前门总是不上锁的，对任何想拜访的人都敞开大门，这也解释了为何我八年前来探访时，手一碰，门就晃晃悠悠地开了。我的喉咙仿佛堵住了。花园里，我和某个转眼就忘了名字的家伙抽了支大麻，再灌下几杯葡萄酒。

在没人盯着的时候，我返回客厅里，打开那副棺材的盖子。希思科特犹如一具被长时间留在太阳下的蜡像。我伸出中指，缓缓地戳了戳他的额头。这使冰冷的皮肤像章鱼躯体一般滑过他的头颅。对于自己的无动于衷，一股失望之情油然而生。

我计划取走希思科特的一根手指；抑或这不是个计划，只是一种病态的幻想，可如果这真是幻想，那么它也相当逼真了。那把修枝剪正躺在我的包里。心理分析学家也许会指出其中显而易见的恋母情结的内涵，可能他们这么说也没错。我想要他的手指，一个象征权力的物件，一种遗物，能够成为并且惟独属于我的一小部分。奇娜已经剪了他的一绺头发，我猜想是出于相似的原因。可此刻，面对这具尸体，我发现那股冲动已经从我身上消失了。并不是因为我自身那种特别的谨小慎微。只是因为这躯体曾经蕴含的力量似乎已经悄然而逝。奇娜和莉莉的母亲戴安娜进了房间，我迅速而满含愧疚地拉下棺材的盖子。由于多年前在电话上不欢而散，我担心这次与她的见面，可打那时起，痴呆症已经夺走了她。她对我报以天真的微笑，告诉我说一切都如此美好，接着便脚步轻盈地飘进了厨房。

那只寒鸦的相片在烛光中闪烁不定，吸引了我的目光。那只小鸟如今已不再是个秘密——或者至少已经变成了一个更大秘密的一小部分。显然，希思科特完全有能力照管很多事、关心很多人：对那些大象，对那些海豚，对那个邮递员，对那个住在路头的小女孩，对朋友的孩子们，对花园里他养的那些小鸡，允许它们栖伏在他的脑袋上，对那些充分利用他“门户开放政策”的癞皮流浪猫。只有在跟他自己的子女——或者至少是跟他自己的儿子在一起时——他表达关心的能力就失灵了。他可能像一个父亲——可是一旦要做一个真正的父亲时，他就要拼命挣扎了。

那只寒鸦再度朝我使眼色。相机没有拍好，朦朦胧胧，对焦不准。放在棺材边上、栖于镜框中的寒鸦令人想起了鸦鸟葬礼的古怪场景。喜鹊和寒鸦似乎都会做我此刻站在希思科特尸身旁正在做的事。有人看见过它们为它们死去的同类举办葬礼，或者至少在举办某种死亡仪式：喧闹聚会的真正目的——是表达悲伤或愤怒，抑或尝试从其他鸟的不幸中获取教训——尚不得而知。它们聚集在死去鸟类的周围，仔细查看尸体，叽叽喳喳地呼唤其他鸟同来效仿这种行为。更多深情的观察者宣称，这些鸟是在哀悼，它们的鸣叫意味着情感痛苦。我与一只喜鹊相处的时间已经教会了我，这些鸟拥有深刻的复杂情感。但它们也同样是识时务的生物。对我来说最合理的解释莫过于它们正在询问死去的同类，进行一种集体尸检，以查明杀死它们同胞的真凶，希冀知晓这点能让它们免于同样的命运。

当我再次打开棺材盖，我出于类似的经验检查了希思科特的尸身。这个男人的生命出了什么问题？我怎样才能阻止自己重蹈他的覆辙？我从他千疮百孔的身体上唯一看到的教训就是，千万不要变成个拒绝锻炼身体的酒鬼和重度烟瘾者。在我当地全科医生诊所的墙上贴着的几张海报如是告诉我。无论我在寻找的是什么，这具尸体都无法提供答案。

我又关上了盖子，走上逼仄狭窄的木头楼梯，打开我看见的第一扇门，碰巧就是希思科特的书房。我面前是一张深色的木头书桌，上面覆有绿色皮革。一张单人床紧贴墙面摆放，四周触手可及地散落着许多码成堆的一次性纸尿壶。在我看来，这是一个希思科特很少从里面出来的房间。我回想起他在艾略特城堡的画面，尿液装满了花瓶和炖锅，不禁纳闷一个人怎么能如此冥顽不灵、本性难移。我转向一个有数百个长条抽屉的巨大文件柜，随手打开了其中的抽屉。一个里面放的是六七枚假拇指，我想偷的东西如这手指一般空空如也。另一个里面装满了魔术硬币。其中有个抽屉里是一堆希思科特的乱七八糟的照片，还有一个里面装了只纸板箱，我打开一看，竟是一小堆各种使用过的避孕套。我犹豫片刻，然后拿出一只来仔细查看，试图判断是否最近用过的，尽管我不确定，与烟灰缸里点着的香烟或是火炉中尚在燃烧的灰烬有同等避孕效果的会是什么。我扯了扯那老化的乳胶，里面的东西片片剥落了下来。我不知道这意味着什么。我想到他忠诚的伴侣在楼下：在此处，可又并非真的在此处。我的思绪飘去了他处。回想起他生前最后几次公开场合露面的情景。有个比我年长几岁的女人，似乎经常在他身边，而此时的缺席却引人注目。也许希思科特直到生命最后都是个货真价实的狗杂种。亦或许他只是喜欢戴着杜蕾斯打手枪。我发现得越多，他似乎就越陌生。

我将这只避孕套放了回去，转向希思科特的书桌。他的笔记本电脑在上面，不过我没有动。如果我打开电脑，搜索自己的名字，这样一来就会暴露我来这里的真正原因——过于明显、过于露骨了。我没动电脑，反而将注意力转向一只存放他出院时私人物品的塑料篮子。几本笔记本，几张零星的纸片，上面匆匆记录下一些信息，字迹愈到后来愈加难以辨认。没有什么能打动我的，除了一条同时以英语和威尔士语出现过几次的短语：Y Gwir Yn Erbyn Y Byd——反抗世界的真相，德鲁伊特①的格言。希思科特说，他父亲曾教给

① 古代凯尔特人中一批有学识的人，担任祭祀、教师和法官或当巫师、占卜者等。

他这条短语，在我看来似乎依然觉得怪怪的。我努力想象着那个可悲的法官与德鲁伊特教有关联或是有魔法倾向。我用手指追踪着希思科特的书写，好奇这对于他的意义，此刻但愿自己曾想到问问他就好了。真相如何能对抗这个世界？我想到希思科特顽固不化，拒不承认自己行将就木，对医生的预测充耳不闻，他勃然大怒反对一切证据，决意认为自己能活到一百二十岁。显然，真相于他另有深意。反抗世界的真相。词语的力量，信念的力量，自欺欺人的力量，作为对抗现实的武器。Y Gwir Yn Erbyn Y Byd。

我在希思科特的书桌旁逗留了没多久，此时门口出现了一个人。是那个跟我在花园里抽大麻的男人，他的名字我依然还没回忆起。我向他怒目而视，试图表达我正在独处片刻，不想被人打扰，可他还是闯进来，不管不顾地坐了下来。他是又一个：又一个希思科特待他如父的人，一位长兄，一位有无穷时间的睿智老者。他告诉我他是多么狂热地崇拜希思科特的作品，他是如何听说希思科特的门户开放政策后有一天就出现在了他家，他多么三生有幸——也略感意外——被允许成为希思科特生活中的一位固定成员。

我不由自主地怨恨这个男人，而我这样做是不公平的，因为错不在他。实际上，多亏了他，事情才开始渐渐水落石出。希思科特很高兴让这个人——这个不加掩饰的仰慕者——进入，因为听上去他对得到的一切心怀感激，仿佛他永远不会挑战希思科特或是让他难堪。我觉得，就像一条笨狗，然后逮住了我。然而，那种恨意中还有些莫名的东西。

好比一个动物——好比那只寒鸦——这人绝不会问任何尴尬的问题。我起身离开，留下他独个儿深陷悲伤之中。一切都不对劲。

第二天的葬礼在一片慌乱模糊中度过。我们将棺材从客厅的窗户拽出，沿着街道行进了一英里左右抵达教堂。希思科特的分量不轻，大家抬累了就轮换，可我拒绝松手，只让那棺材深深地嵌入我的肩头。在我们前面有人“砰砰”地敲打着一面巨大的鼓。雅娜和我妈紧紧跟在后面。我担心我妈。离她最后一次见希思科特已经过去二十七年了，大部分簇拥在周围的人都不是我们的朋友。这些年来，希思科特说我妈的坏话甚至曾传到过我耳中，因此他对她的中伤肯定已是尽人皆知。当我正密切留意我妈时，发现那群哀悼者的人数开始剧增。我只能不停地扭过头去，越过我那刺痛的肩膀，扫视着后方，不敢相信希思科特的生命中出现过这么多人。

我们抵达教堂时，人群的规模令我震惊，仿佛被人抽了一记耳光似的。教堂的一排排长椅座无虚席。这个男人才不是隐士。我们将棺材安放在祭台前方，随之从有线广播中传来一首古典乐，接着希思科特洪亮的嗓音从上方轰然降下，充斥着教堂。希思科特如神一般，从高高在上、一个上天的视角来描述这颗星球。“从太空看去，这颗星球是蓝色的……”这是我以前曾听过的一段录音；读的是《鲸之国》开头的几节诗，这首诗是他遇见我母亲时才完成的。他的声音如此熟悉、如此诱人、如此催人入眠，牧师走向布道坛时，我感觉一股熟悉的渴望油然而生。

仪式结束后，那具棺材被人抬起、从教堂挪走，我不自觉地跟随在后，留下所有其他人站在一排排长椅间。一辆灵车正候在外面，要将希思科特的尸体送回太平间。尸体怎么处理眼下还没有计划。我的姐姐们似乎在这个问题上卡住了，因此他先被送回去冷冻搁置。我穿着一双夹脚的皮鞋站在高低不平的碎石路上，不知现在该怎么做。我不知道在这种情况下该如何自处。其他人纷纷从教堂出来，他们停下来与我交谈时，我发现自己正下意识地假装非常了解希思科特，翻来覆去地讲述一个我从他的一本笔记本里找到的笑话——猫咪和逗号的区别。（猫咪和逗号有什么不一样？一个是猫爪末端生利钩，另一个是从句末尾语未央。①）“是不是很希思科特？”我喋喋不休，直到我妈拍了拍我的肩膀，恳求我别说了。

守灵的时候，我不知道要跟大家说什么，大家似乎也不知道要跟我说什么。我尝试鼓励他的那些知交在留言簿上除了美好祝福之类的话多写点。我想要文章。清晰、翔实而深刻的回忆。我依然在努力寻找一种方法来取走这个男人属于我的那一块碎片，去了解他。大家似乎大惑不解。这让我想起孩提时遇到自称认识我父亲的人们。“哦，真的吗？”我会

① 此处原文为 cat（猫）和 comma（逗号）的区别：One has claws at the end of its paws, the other is a pause at the end of a clause。claw（利爪）和 paw（兽爪），pause（停顿）和 clause（从句）两组词不仅两两押尾韵、相互押头韵，同时音同形不同，最妙的是语意还关联，因此是个极巧妙的文字游戏。

巧妙地回应，“他是个什么样的人？”他们立刻就会怂了，发现自己陷入了一个远超自己预期的棘手情况。我凭经验知道这是徒劳无益的。这一切感觉非常熟悉。在希思科特本不在的地方搜寻他。与我抵达牛津时相比，离开此地时我愈发感觉茫然空虚。

34

葬礼过后，我开始着了魔似的追溯复盘我几次与希思科特的见面。我发现有十多次错过的机会，那些我没能察觉的契机，我有意忽视的他的友好姿态。我责怪自己没有更努力地尝试。我本应该多打一些电话。我本应该直接出现在他家。毕竟他秉持门户开放政策。一个人人都知道的门户开放政策——除我之外，人人都知道。我是那个他无法接近的人。如果说，希思科特死后我无动于衷，那么此刻这些情感都向我汹涌袭来。他最后的消失将我抛回了过去。在我告诉他关于火化的种种情形时他双眸中的无助，当我出现在他的病床边他突然大出血，我蘸血写给他的信，还有他精神错乱时我盼着他死去，我相信自己拥有心想事成的力量，这一幕幕不停地浮上心头。一份千钧重担吞噬了我。我干的。我的错。

我没想到悲痛会如斯：仿佛一场永无休止的审判，我自己一股脑儿担任了原告、法官和时乖运蹇的被告。可游戏就是这么玩的。我四处搜寻能解释希思科特缺位的证据，而这并不难找。我一生中做过的所有垃圾事，无论是现实中还是想象的，都如潮水般涌入我的脑中，从呱呱坠地到此时此刻。仿佛一拨有攻击性的乌鸦在四周扑哧扑哧地拍打翅膀。它们随时会发起攻击，不管何时或何地。夜晚，当我试图入眠时，突然之间身体痛苦地缩成一团，好似被人下了毒一般；在公共汽车的顶层，我拼命敲打自己的脑袋；在我们街尾的咖啡馆里，我俯身趴在一张桌子上，撕扯自己的脸，坐在椅子上前后摇晃；洗碗的时候，我对自己恶语相向，忘了家里还有其他人在。“你这该死的愚蠢贱货。”我朝一只脏炖锅怒吼道，此时幼儿园里尿裤子的记忆如同一块污迹在头脑深处慢慢扩散。我感觉就像放大镜下的一只蚂蚁——不过，我不仅像那只蚂蚁，也是那个正拿着放大镜聚焦生火的小男孩。我用拳头猛砸没有生命的物体，直到破了皮，鲜血顺着手指往下淌。时不时，我感觉自己距离严重伤害自己，或者更糟糕的，伤害别人，仅一线之隔。

有时候，不能全怪希思科特的想法会占据上风。在超市里的水果货架处，我瞧见一袋红色的葡萄，回想起那时他可悲地坚信红色葡萄能够治愈他的不治之症，不由得怒从心中起，一脚踢翻了水果摊。一位长相文弱的绅士本来正拖着步子朝我这边的货架走来，此刻却被打断了路线，提心吊胆地侧身离开了。我的罪行清单上又增加了一条恐吓手无缚鸡之力的中老年人。

这些情绪，尽管严重到不同寻常，同样也似曾相识，而我也寻求熟悉的手段。我豪饮烂醉，狂抽大麻，服用过量可待因和安眠药，而这也造就了自身的生态系统，令人遗憾。我的偏执狂——在正常情况下也几乎是一头难以驯服的野兽——如今更是变本加厉。

雅娜想帮我，或者至少试图让我谈一谈发生的一切，我却将自己的身心都封闭起来，与她隔绝。如果以前讨论生儿育女这个话题很难，那么现在就更是完全不可触碰了。现在我花更多时间与这只鸟待在一起，而没有躲避它。苯站在我手腕上时，我便不会思绪乱飞。它双眸的一片漆黑中，我会忘却我的失落感。它频频拍打翅膀，平息了我脑海中复仇的声音，哪怕只有片刻。它的喙啄了啄我指关节上裸露的伤口，用它那条黑色的细长舌头舔了舔残余的血污。它认为是食物。也许我可以从它那云淡风轻的态度中吸取些许经验。毕竟，死亡或尸体之于一只喜鹊而言，难道不正是个成长的机会吗？

我与这只鸟相处的时间越多，我就越发好奇，它是否会有能力将我彻底拽出我自投罗网的那个陷阱。我记得读过一个女人写的一本书，她的父亲突然离世后，她训练了一只游隼从她手腕上起飞。我隐约想起，她手臂上那只大鸟要命的体重似乎帮了她一把；缓解了她的情绪。我回想起喜鹊待在农场里的日子，想起它展翅高飞时的激动心情，等它翱翔飞回时我更是兴奋得难以自抑。一只永远会回家的小鸟可能是一剂对抗失落的良药。这在一种类似梦境逻辑中是完全说得通的。

当然，喜鹊不是游隼。不过我结识的一位专业动物训练师朋友——一个与一对乌鸦共同生活的古里古怪的男人——告诉我，使用驯鹰术是有可能把一只喜鹊训练到收放自如的。他几年前曾为一位珠宝商人训练过，我在网上搜到了更进一步的证据。不久之前，他给我发来训练说明和我会用到的所有装备的链接。此刻，我决定是时候放手一试了。苯新生的飞羽似乎正迫不及待地想要搏击长空，而我也有冲动要逃避自我。我想象自己最终梦想成真——在公园里伸出手臂，一只鸟就能神奇般地出现在手臂末端；送它飞回树木高处，而我也随之展翅高飞。在农场时，它总是会飞回来——虽然仅仅在它怡然自得的时候。在城市中放飞它会伴随更多的风险——它们有八百万之众，数量每天都在增加——不过这回报，我敢肯定会更丰厚。

苯一见到那些驯鹰装备——皮脚扣、长长的尼龙线卷轴、金属夹和那条小小的皮绳——就立刻飞到了它那节最高的树枝上。这倒也在意料之中。它恐惧新事物和任何新鲜物件，比如对待一个玩具或一根栖木，它起初总是心存疑虑。这没关系。我有耐心，我还有虫子。一周里我天天花一点时间让它适应皮脚扣，让它啃咬，拨弄脚扣。我通过给它大量活物奖励来创造两者之间的积极联系。第一步是试戴脚扣。接着我会像放风筝一样用根细线拴住它试飞；一旦证明它总是会飞回，我就会撤掉细线，让它自由放飞。经过一点训练，一点爱意，无论何时我呼唤，它都会回来。然后无论我去何处它都能陪伴着我，一位忠实的伴侣。站在脑袋上的小鸟不会胡思乱想。

对于额外增加的虫子和关注，苯感到满意；它总喜欢咀嚼一小块皮革。可是如果我得寸进尺，想要在它的腿上安上脚扣，它就会蹭一下窜出去。要是我不肯罢休，它就会从鸟舍的一头到另一头来回飞个不停，从铁丝网上弹出去的劲头之疯狂，这感觉渐渐就像它是在我的头颅内东蹦西跳。

终于我忍无可忍了。一天清早，我双手抓住它，不顾它愤怒的尖叫与一张一合要咬人的喙，把脚扣固定好。那位动物训练师告诉我，我也许不得不借助于这玩意儿。“一旦它明白了它们的用途，它会感谢你。”他宽慰我说。但苯从没给我机会向它展示它们的用途。它不再跟我说话，甚至不愿靠近我，无论我在它的树枝下向它挥舞多少虫子也没用。这就仿佛仅仅一次不忠，我切断了我们俩之间的纽带。

一连好几天它着魔似的撕扯着缠绕在那双火柴腿上的皮条，然后就呆坐在枝头上，筋疲力尽，闷闷不乐。这样过了一周，它飞过来，发现我在书桌前，便停在我的手腕上。它默默地抬起头看向我，只是瞪着我。这就仿佛怀着内疚之情陷入一局“谁先眨眼谁就输”的比赛。我感觉糟透了，我又干了一件坏事。我双手轻轻地捉住它。这回没有充满怒气的尖利叫声，于是我用一把指甲剪，小心翼翼地剪断皮带还它自由。小鸟轻轻啄啃它的胫骨，像只鸭子般嘎嘎直叫，扑扇着翅膀飞走了，留下一个比以往更凄凄惨惨的我。我无法振翅高飞，摆脱这一切，或是披荆斩棘闯出一条路来。我作茧自缚，深陷其中。

鸟 巢

35

我在公园里伸出手臂，一只鸟突然出现在我的手腕上，是一只长着针尖般利爪、双眸绚丽多彩的柠檬绿色的长尾小鹦鹉。我周围的甜栗树树林中，还有几十只这种稀奇古怪、与周遭格格不入的鸟在窥探，它们的舌头在玫瑰果般的喙里咔哒咔哒作响。还有两只俯冲而来，争抢我前臂上的一席之地，它们为了抢夺我掌心里的一小堆花生，在我手臂的肉上留下了不少细小的刺伤。站在我身边的奇娜和她的孩子们双臂向外伸展，但他们很快就对这些长尾小鹦鹉厌烦了。这些外来的小鸟在男孩们柔软的手臂内侧穿针般地来回移动，他们大声尖叫，既震惊又开心。

在我们周遭，所有陌生人的行为都如出一辙。一个橄榄色皮肤的老人背着满满当当一背包葵花籽，吸引天上的长尾小鹦鹉下来，仿佛一位魔术师凭空变出丝帕来，把它们当成棉花糖一般分发给众人；一个孤单的女人旁若无人地扯着喉咙嘶喊着，至少有六只小鸟用喙猛啄她的肩头，而她沉溺于个人的欢乐之中；一个戴面纱的女人双眼闪闪发亮，一只长尾小鹦鹉正在她的轮椅扶手上昂首踱步。

一百年前，这些印度环颈长尾鹦鹉的祖先逃出囚笼，不知怎的来到伦敦的小气候中繁衍生息，尽管距离它们的自然栖息地相隔了有半个世界之遥。如今它们成群结队地翱翔，数以百计之多，飞越首都，无论它们在何处落脚都会带来喜悦、混乱、关注以及喧嚣。在此地出于某种原因——据我所知也仅在此地——位于海德公园特定的这一排甜栗树附近，这些野生鸟类无所畏惧。这里就犹如一个小小的伊甸园之角，不同的只是多了些自拍杆。这些鸟已经学会接纳人类，而人类也已经学会了接纳它们：一种双向的驯服。但愿那只喜鹊也能如法炮制：如果它能够自由翱翔，那么需要接受训练的是这个世界。

我将自己手臂上的长尾小鹦鹉导向奇娜，在她的肩膀和头发上添了些花生和葵花籽，鼓励更多小鸟从树上下来。没多久，她身上就被严严实实地覆盖了一层叽叽喳喳、叫声刺耳的小鸟了。

“呃，”其中一只鸟喷射出一条又细又长的鸟屎时，她咧着嘴，一脸苦笑道，“可怕的害鸟。”

她如此害怕引我发笑，尽管一时间我不太确定为什么。接着我意识到，这么做——将这些脏兮兮的鹦鹉强加到她身上——是我第一次真正感觉到自己代入了小弟弟的角色。希思科特去世后，我曾疑惑我们之间的纽带会何去何从，我想知道将我们团结在一起的危机一旦过去，这纽带是否会随之消解。不过这些忧虑似乎是杞人忧天。他已经去世三个月了；如今我们迎来了秋季。男孩们已经往他们的口袋，还有我们的口袋，装满了七叶树果①，季节的镰刀正持续不断地剪去我们身边那些树的叶子。希思科特的遗体已经从冷库中取出火化：血液沸腾，DNA解链，烧焦的残渣被倒入一个巨型咖啡研磨机，嗖嗖地磨成齑粉。此刻我们共聚一处。这种延续感觉就仿佛是一次小小的叛逆行为；预示着无比强大的父亲那瘦骨嶙峋的手对我们的掌控正在松动。

当然，我们之间持续的团结也许只是表明危机还未结束。奇娜，尽管脸上挂着犹犹豫豫的微笑，似乎依然被悔恨的阴影所笼罩。有时她似乎坚信，一切都是她的错——听上去再熟悉不过的说法。那个在我头脑四壁中闪烁不定的黑影依然令人心惊胆战。我在一个平行宇宙中迷失的时间比以往更长，在那里警察总是候在我的门外；每一个电话都威胁说我已经精神失常、举止失措；每一次敲门都意味着有人来杀我。这持续不断、单调乏味、重复上演的心理剧也同样影响了雅娜的生活。尝试造人理应是一件乐事，她想讨论将来。而我唯一能做的就是默默地一遍又一遍梳理旧日恩怨，在其中看到了即将到来的地狱开端——让她独自一人彻底沉溺于乐观与激动之中。

环顾四周，看着我们身边这些拿着一袋袋种子的陌生人，我好奇他们的生命里缺失了什么。有时候我觉得你能从人们带来喂鸟的面包袋的尺寸来判断他们的烦恼的大小。喂

① 七叶树的果实剥开后酷似板栗，但不可直接食用。英国儿童经常以七叶树果做游戏，双方各用绳子系住一个七叶树果，轮流互击，以击破对方的七叶树果为止，称为康克戏。

鸟是一种既简单又复杂的乐趣。这种方式适合那些不愿做某种确凿好事的人；这种方式适合那些觉得自己无力或无法掌控向世界施加某种微弱影响的人们；一种填补窟窿的方式。与动物互动对我们有益：有证据表明能降低心率，缓解压力，增加催产素，即爱情激素。希思科特关于寒鸦的诗中有一句，引自艾米莉·狄金森写鸟的诗篇："我希望你也爱鸟。经济实惠。这样就不用上天堂了。"鸟儿是良药。

我们的长尾小鹦鹉高效地除去了我们提供的葵花籽壳，用它们那钳子般的喙捣碎了花生。一个小男孩想要轻抚一只鹦鹉，结果回报他的是尖利的一啄。鸟儿只有在我们会给它们好处时才会待在我们身边。一旦食物告罄，它们就拍拍屁股飞走，返回树林中，徒留手上抓着一把空壳的我们。

在一棵树干皱巴巴的橡树中段，我瞧见一只寒鸦正透过一只宝石般的眼睛窥视我们。我指给奇娜看，她向我做了个鬼脸。我把手伸进背包里，摸出最后几颗花生，然后慢慢地逼近那棵树。我确信自己也能将这只鸟从树上召唤下来。我能够把野生动物带到手上，驯服其桀骜天性。那只寒鸦落到我身上将宛如恩赐，仿佛大赦。一剂灵魂的仙丹妙药。某种能帮我卸下这千钧重担、还我自由的东西。那只寒鸦意识到自己被人发现，不由得绷紧了弦，隐匿于树枝的阴影下不见了踪迹。它不想加入。我垂下目光，放慢脚步，托着我的供品花生盲目地朝向那棵橡树。当我再次抬头看去，那只鸟的黑色双翅正掠过天际，破空而去。

回去时我莫名地灰心丧气，我们一同向公园出口走去。

奇娜和我并排走了一会儿，什么话都没说。她低头蹙眉，双眉凝聚成了一个想法。最终，她告诉我，她在考虑回到艾略特城堡，那座位于康沃尔、希思科特住了十年的庄园。他收养那只寒鸦的地方。他和我妈还有我共同生活过的地方。他离开那里时，似乎从未刻意搬离，因此那里还有许多房间装满了他的东西。也许有信件，也许有日记。也许关于那只寒鸦那里还有更多信息，相较于那首诗；也许还有关于他的内心世界更丰富的内容，比他曾对我坦露的要多得多。

“如果我去的话，”奇娜说，“你愿意跟我一起去吗？”

36

落叶树的树叶纷纷飘落，树枝抽出新芽，寒鸦和喜鹊埋藏的冬季食物储藏，又再度挖了出来，第一批春花已经生机盎然，含苞待放，此时奇娜和我踏上了一列南下康沃尔的火车。我还在襁褓中时去过艾略特城堡，尽管那段时期我没有真正的记忆，至少没有清晰的记忆，饶是如此，我依然感觉自己正在向熟悉的区域进发，一个口口相传的世界。景色飞速掠过，留下一片模糊的潮湿茵绿，我们在铁轨上飞驰时，我产生了一种最诡异的感觉——时间正在撕开一条裂缝，很快我们就会踏入其中，最终看清事情的本来面目。那处长着胡桃树、挖了一口井的林中农舍；那位庄园领主，脸盘长得像一大块随意切割过的牛肉；从天而降的雏鸡被捣成肉泥加进了宝宝的食物中；还有春天里希思科特消失的那一晚。

奇娜坐在我对面，捅了捅一只不新鲜的鸡蛋和水芹三明治。她双唇紧锁，嘴角向下耷拉。于她而言，过去并不令人期冀。从她漏出的只言片语来看，艾略特城堡对她来说并不是个特别快乐的地方。希思科特毕竟是抛弃了她、莉莉和她们的妈妈，去那里生活；他对外宣称这样可以专注写作。鉴于这个说法，后来他突然间与我妈在艾略特城堡组建新家庭，肯定震惊四座且是奇耻大辱。

“倘若他还活着，他也不像会改变的样子，你知道。”奇娜说，继续着我们几英里前的那段对话。我们俩一直在扒开过去，就像身上结疤的孩子一般，不停地担心伤口永远不会有机会痊愈。我不断地想起自己在医院与希思科特见面的情景，尽管有瑕疵，仍代表了某种和解。假如他活下来，那么我也许会向他询问那些一直在我脑中打转的疑问，寻求答案，而非不得不去追寻寒鸦和那些尘封已久的遗物。抑或不然。我猜奇娜可能是对的。樱桃和同情都不足以打破终生的秉性。

我们的火车抵达目的地时，阳光明媚，步行前往艾略特城堡的途中，乡间小路绿草如茵的路肩上，报春花和黄水仙朝我们迎风招展。奇娜引着我们走下一条蜿蜒曲折的小径，来到一座气势宏伟的小教堂冰冷的阴凉处，两座塔楼，古老威严，深藏的大门四周环绕着层层叠叠雕刻的锯齿形图案，犹如一张巨嘴中成排的牙齿。奇娜绕了一圈，向包围在教堂墓地四周、茂密的紫衫树篱的一处缺口行去。她敏捷地越过一扇上了锁的铸铁门，我紧随其后，重又落到了阳光之下。

艾略特城堡的庄园盘踞在这片景色之中，犹如一只懒洋洋的巨大蟾蜍；一只身形长、胖墩墩的浅黄色蟾蜍，背上爬满了细褶，犹如山脉起伏，圆形塔楼就像蟾蜍的脑袋。下面的山谷之中，塔玛河如扇形展开，直至流入淤泥滩，那座著名的铁路桥由数条细长腿支撑，摇摇晃晃，穿云而过。

我们走下斜坡向那栋宅子进发时，门房外一条保持立正姿态的德国牧羊犬默默地用眼神紧盯着我们。我吃不准我们是受到了哪一种欢迎。希思科特的朋友博雷克林，前任艾略特勋爵已经辞世，他的继任者是个十几岁的男孩。有些流言蜚语传说家庭内部不和，据奇娜说，我们在庄园里很有可能要由一位保安陪同，以确保我们不会拿走不属于我们的物品。

我们从那条看门狗身旁走过，穿过一组双开门，进入一个四合庭院。其中一名看门人出来迎接我们，一个瘦长笨拙的老兵，也许是出于职业习惯，他迅速向我们做了个情况报告。他告诉我们，这栋宅子大部分地方都处于封闭状态，因为石棉清除和发霉情况——当然也因为不停地在丢东西。

“这儿就像《权力的游戏》，”他咕哝道，“鸩毒和政治[①]。”

所有希思科特的物品都堆在某个叫宝刀室的地方，他解释说，位于宅子的底部。我们跟随他来到庄园外部，在一个石棉清除帐篷的后方，有一扇破旧不堪、通往宅子地下室的

① 对应原文 Poison and politics。

木门。他猛撞了一下门，用力一拽，不用钥匙，那扇门嘎吱一声就开了，扑面而来的是一团阴冷潮湿的空气。

门后面是一条貌似贯穿整栋宅子的地道。昏暗的天井只能照亮咫尺，接着地道就消失于黑暗尽头。在这栋宅子的黑暗腹地，有一只钟滴答滴答温柔作响，从深渊中闲庭信步般走出一只黑白相间的猫，蹭着我的脚踝。

我们用手机照明，顺着一条石棉清除工人铺设在隧道中央的白色塑料地毯前行。自然光和水从上方渗入的地方，我们四周的石墙表面就会在潮气中滋生水藻。我们行进路线的两侧摆满了丢弃物品。一个生锈的铁齿轮。一辆儿童自行车。一个烧水壶侧翻在地，犹如一枚未引爆的炸弹。我们踉跄着向左走去，我被一根管道绊了一跤。我曾记得有人告诉我，博雷克林非常讨厌看到孩子们，以至于他过去一直坚持要他们使用宅子底下的地道，而非与他共享走廊。我怀疑其真实性，如果是真的，我纳闷为何希思科特——一个有三个孩子的男人——选择在此处生活了这么久。我的小腿撞到了另一件模糊不清的物件，希望至少那时隧道的照明比现在更好些。

我们终于停了下来。那个看门人摸索着寻找开关，一个光线惨淡的灯泡下，露出了宝刀室真容：这是一个同货运集装箱差不多大小的阴冷房间。我边上，是一把深深嵌入原木的锈斧，地板上铺满了潮湿的木屑。四周的三面墙都几乎被成堆的纸板箱完全遮挡，所有箱子都是希思科特的。水滴从天花板渗漏滴落下来，沿着其中一面墙，一片紫黄色的霉菌渐渐扩散，侵蚀了挡它道的一切东西。奇娜谨小慎微地掀开其中一个被浸染箱子的盖子，小心地移出一摞信件。它们在她手上变得软塌塌、烂糟糟。

“如果这里有遗失的杰作，”她说，“那么现在它们就彻底灰飞烟灭了。”

鉴于我们三分之一的重担已经烟消云散了，她似乎如释重负。我们望着靠另外两面墙堆放的幸存下来的箱子。箱子上的标签，是一位去世已久的管家写的，暗示了希思科特最后决定放弃这里的房间、一去不返时的兵荒马乱。一个标着“圆形房间，衣橱顶部”的箱子里放了几百页手写笔记、泛黄的剪报和大捆大捆的粉丝来信。“左手窗台”的箱子里装满了腐烂的书籍、卡带和零散的书信。另一个标着“地板”的箱子里塞满了裤子。他离开他的朋友博雷克林，一走了之，正如他突然之间抛弃了我妈和我。我并不真正了解自打他精神崩溃、离群索居后，他究竟在此处待了多久；也许这一切的混乱涉及一颗依然千疮百孔的心灵。抑或他也许就是个凡夫俗子。

我开始胡乱地从箱子里扯出一些东西来：一部哈罗德·品特寄给希思科特的剧本；有关他未能支付我妈子女抚养费的法律信件；与一个鲸类爱好者协会成捆成捆的通信；一节破损的塑料拇指，他以前会用来把丝手帕和点燃的香烟从人们眼前变消失的道具；一个略微比邮票大一点的幻灯片机，当我将它朝灯光举起时，出现了我妈的缩影，她正在一块场地上玩杂耍，几个银球悬停在半空，脸上凝固着开怀的大笑。箱子深处，我找到了必定与照片上一模一样的杂耍球的外衣，它们的皮革干瘪破裂，没有了填充物。我再次看了眼我妈的照片。她的整个世界即将在她身边轰然倒塌。

“我们稍后再来处理这些，”奇娜说，“我带你四处转转。”

回到外面，我们漫步于庭院时，她指给我看迷宫、观赏水池、植物园。我们停下来坐在一张安在杜鹃花花荫下的长凳上，欣赏美景。绿意盎然的峡谷中点缀有星星黑点，寒鸦和秃鼻乌鸦犹如黑曜石珠子散布四处。夹在中间的河流蜿蜒流向地平线，宛如一条金褐色的巴西利斯克①。

在这个地方的每一寸角落依然能发现希思科特的蛛丝马迹。奇娜朝着一座圆塔三层的一组弧形窗努了努下巴。

“爸爸以前就待在那儿。”她说。

我觉得这看上去就是宅子里的最佳位置，庭院和远处景致几乎尽收眼底。住在此处肯定就像住在一个豪华得不可思议的瞭望台里。此处养寒鸦也不赖。我想象着他从塔楼眺望远方，肩头站着他的鸟，花白条纹覆盖着他的夹克，接着他松开窗户搭扣，注视着他的精灵展翅高飞，透过它蓝色的眼眸欣赏这个世界。

塔楼底座耸立着希思科特拥有的一座雕塑，一个披着蒙头斗篷、貌似恶魔、如真人大小的怪物，五官已被削去，雕刻在一段生根的树干上。我站在这尊仅略微比我矮一点的雕

---

① 古代和中世纪传说中的怪物，由蛇从公鸡蛋孵出，状如蜥蜴，有一双可怕的红眼睛，人触其目光或气息即死。

像前，手指滑过那形成他长袍褶皱的深深的凹槽。它叫丹多，奇娜解释道，是当地一个罪孽深重的修道士，据传说，他傻乎乎地在安息日接受了一杯饮料后，魔鬼亲自将他拖进了地狱。苔藓爬上了这个修道士饱经风霜、略显妩媚的脸庞，仿佛得了皮肤病一般。至于他是要大笑或是尖叫，这点无从判断。

当然，希思科特并非所有时间都住在这座塔楼。也许是因为博雷克林素来以厌恶小孩著称，希思科特才在他的孩子们过来时，得到允许使用那个养猪老农户的农舍，正当他仿佛要在此处长久安居时，他又永远地搬去了别处。或者至少有这样的打算。

奇娜此刻建议我们要去的正是这处农舍。我从没见过农舍的照片，但我经常想象它的样子：一片林地中的一座类似姜饼屋的房子，茅草屋顶，闪闪发亮的窗户，还有青烟袅袅的烟囱。

“那不是一个很漂亮的地方，”我们一边步行离开那栋大宅子，奇娜一边说，“我住在那儿的时候，总是又黑又冷。”

我们经过一个垂钓湖，两个身材肥胖的垂钓者在日头底下甩线，接着进入了一片林地，遍地是长满苔藓的橡树和缠绕卷须的藤蔓。地上野蒜遍布：一簇簇迎风摇摆的浓密绿叶环绕着尖矛般的嫩芽，尖尖的花蕾含苞待放，即将绽出秀美的白色花朵。奇娜和我都俯身扯下些许叶片花苞，放进嘴里。野风信子还未盛开，不过花期也近在眼前了。希思科特精神崩溃的时候正是在一年中的这个时节。

奇娜所言不虚。我们越靠近那处农舍，周围就越发阴暗寒冷，森林渐渐包围了我们。那条小径从砾石路过渡成了裸露的覆盖物，野蒜消失得无影无踪。那处农舍本身平平无奇：一座建在养猪场废墟上、由灰石板搭建而成的四四方方的矮小建筑物。附近某处的总水管已经破裂，农舍前那些半坍塌的牲口棚在一汪死水上摇摇欲坠。这与我想象中那个惬意舒适的安乐窝简直天差地别。

我敲了敲门，一个大腹便便、肤色苍白、留着一个青灰色板寸头的中年男人前来应门。我解释说，自己过去曾住在这里，尽管他似乎并不特别想让我进去四处看看，可他过于彬彬有礼而没有真正拒绝，于是我就进门了。

在门口时，一切都那么欢欣鼓舞。我穿过一个餐厅，里面放着一张朴素的木头餐桌，一个生铁炉，还有一个堆着乱七八糟小玩意儿的木头碗橱。这座农舍建在一个浅浅的小土坡内，因此厨房的朝向沉到了地面以下。透过窗户，森林的地表与我视线齐平，还有爬满常春藤的棚架和枯败的树枝。一对乌鸫一飞而过，为了它们中谁有权将这片天地据为己有而争吵不休。我感觉自己像一只从地洞中向外张望的兔子。

此刻我脑海中出现了一幅更真切的图景——描绘我们大家是如何在此生活，但我竭力寻找任何深深埋藏在这处农舍的蛛丝马迹，这兴许可以解释为何这一切会土崩瓦解。我猜测，在这个与世隔绝的环境中整个冬天照顾一个新生儿，可能异常艰辛。可若是如此，大地回春本应该迎来希望。我想象着希思科特每天来到户外，发现自己置身于这片森林之中，灌木丛中绿意盎然，峡谷雾气弥漫，鸟鸣婉转刺破了晨曦。对于一个快乐的人，这里就是天堂。对于希思科特却不然。那年，新叶舒展，他的心理却崩溃了。

我们沿着林间小道返回时，我想起了我妈讲述希思科特失踪后几天的光景，她是如何怀抱着我步行了足足一英里前往那所宅子，结果迎接她的是艾略特勋爵充满恶意的冷漠。我们渐渐靠近，建筑墙面的细褶皱从草坪中升起，接着是陡峭的高墙和厚重的木门——用来对付一位怀抱婴儿的母亲的无耻防御。

我们返回宅子时，博雷克林的小儿子路易斯，一个四十多岁、留着一头蓬乱棕发、目光亲切的男人，主动提出愿意带我们迅速参观一下希思科特曾经居住的侧翼老楼。我们接受他的提议后，他似乎有些垂头丧气，甚至对进入他自己儿时的家也感到紧张不安，我纳闷他的家族正在上演什么样的狗血戏码。

路易斯带我们登上一段楼梯，穿过有衬垫的绿色大门，沿着一段狭窄的廊道，穿过侧门进入了正门大厅，挂在那里布满灰尘的肖像画肯定画的是几个世纪以来的艾略特勋爵，他们正从墙上虎视眈眈地瞪着我们。我们头顶上方悬挂着一条粗链垂下的黑色枝形吊灯，在那组厚重的双开门边上，马刀、燧发步枪陈列在展台上。一切都似乎破旧不堪，仿佛这栋宅子的心脏已不在其中，它正试图悄无声息地向下渗入土壤之中。那铺在主楼梯上、一度富丽奢华的红色地毯已经磨损殆尽。昂贵的丝绸壁纸从墙面脱落剥离，耷拉下来，露出墙底的灰泥上斑斑点点的黑霉菌。有些地方，墙上长出了真正的蘑菇来。有路易斯做我们的向导，我们穿过阴暗潮湿的走廊，朝着希思科特的古老套间进发。

经过数日锲而不舍的尝试之后，我妈成功溜进了这些走廊，通过仆人的宿舍进入宅子。我毫不怀疑，对于希思科特将我们娘儿俩抛弃在林中，甚至都不留下一张便条做解释，我妈是怒气冲天的。她肯定也曾惊恐万分，迫切地想要帮助那个她深爱的、她认为也是深爱自己的男人。这些年来，我苦苦追问她，努力试图理解希思科特的脑子究竟出了什么问题。冰冻三尺非一日之寒。人们自然不会一夜之间发疯。可那似乎就是已经发生的事实。前一天还卿卿我我，后一天希思科特便无影无踪。

到了二楼，我们沿着一条高低不平的木质走廊，朝着尽头的那座圆塔、那个房间走去，我妈最终就是在那里找到了眼神疯狂、语无伦次的希思科特。

与这趟幽灵之旅的其他方面不同的是，希思科特的主室与我以往对它的想象差别不大：一个光线充足、富丽堂皇的圆形空间，配有大理石壁炉和巨大的木框窗户，犹如一艘西班牙大帆船中船长的舱房。那块波斯地毯已然磨光露白，浅浅的橄榄绿涂料正从墙壁上剥落下来，可不知怎么这里似乎抵御住了贯穿整栋宅邸其余部分的破败腐朽。

我们娘儿俩被驱逐之后，希思科特重新拥抱他的社会特权，一种针对老伊顿人的舒适版“社区护理”。艾略特勋爵的管家为他送来一日三餐，他最终免除了自己的义务。就在那时，他似乎认定了他终究没有崩溃，认定了他结束这一切是由于独树一帜、与众不同，是由于那艺术的天敌，“客厅里的婴儿车”①。

除了突出希思科特是多么轻而易举地摆脱母亲和我，我不知道要期待在这间房间里发现什么。希思科特在这里住了差不多十年；他在这里写东西，在这里吃东西，在这里撒尿，喂养寒鸦，躲避他剩余的责任。可眼下我唯一能看到象征他本人的是他作品中的一册——《圣象》——支在窗边的一个碗橱上。难道我当真认为这些衬垫织物会向我呢喃低语、娓娓道来？我想要的答案几乎不可能从地板里跳出来。如果在艾略特城堡终究会找到希思科特，那么他已经被装进了地下室那些潮乎乎的箱子里。

这一天剩下的时间里，奇娜和我忙着运送希思科特的破烂玩意，沿着贯穿宅子地底黑黢黢的通道，将它们装进一辆卢顿货车的后车厢。它们都被运去伦敦西区的一处工作室分类，然后很有希望被出售。奇娜抱怨她还要再清理她爸爸乱七八糟的东西。我们把自己隐藏于这数十年岁月静好的尘埃中；腐烂的纸张、霉菌和老鼠屎如幽灵般在我们身上罩上一层阴云。大功告成后，奇娜和我互相道别，我望着她掸掉身上的尘垢，然后拖着身子钻进了驾驶座。货车轰隆隆地发动起来，我转过身，头扭向那座面朝教堂的小山。

独自一人，身处乡村火车站的站台上，我意识到自己在

① 语出英国文学评论家西里尔·康纳利，参见第 21 页。

想的不是希思科特和引起他崩溃的原因，而是在想我妈，她是如何成功地找到勇往直前的力量的。遭受孩子父亲的抛弃；被庄园的主人赶出家门；走投无路——这足以打垮任何人。可是，尽管面临额外的重力，她就是有能力让所有的球高高地悬在空中。我又想起了我在地下室找到的那张照片，照片上的她正在一栋大房子前的草坪上杂耍。在他俩如胶似漆时，希思科特教会了她玩杂耍。他会出现在我妈的公寓里，然后两人一起玩几个小时的杂耍，起初用一套银球，接着用短棍，最后就是燃烧的火把。他甚至用一段虬曲多节的木头为她雕刻了一组杂耍球的雕塑，最终她送给了我，此刻这组雕塑正端坐于我书桌上方的架子上。他离开了，变得龌龊不堪，你可以想象有些人也许从此再也不想玩杂耍了，也许从此再也不想冒任何险。然而，面对困境，我妈却能找到因祸得福的方法。直到今天，她有时仍然会杂耍玩火；她把浸透煤油的火把抛向夜空，划出道道弧线，火把不停旋转，烈焰熊熊，而她永远不会允许自己被烧伤了。

一对寒鸦落在了另一侧铁轨的灯柱柱顶上，打断了我连绵的思绪。它们仔细审视我，瞧了好一会儿，然后相继落地，挖掘铺路板缝隙间的食物残渣。它们一起把站台吃了个干净，然后蹦跶着跳到铁轨上，似乎两者之间相距从不会超过几米远，显然这是一对繁殖期的鸟。如果希思科特的寒鸦还活着，我估计跟这两只鸟当中的一只很可能是同族。类似于寒鸦手足。

两只寒鸦没有表现出任何认出我的迹象，它们趾高气扬、大摇大摆地沿着铁路线前进，检查空的薯片袋、瓶盖，还有本森-赫奇斯牌香烟的残余。它们在太阳底下肩并着肩，看上去比它们脚下锈迹斑斑的棕色铁轨更具金属光泽：黑钢和铁灰色。它们的语言也如金属般刺耳：那特色鲜明的“嘎嘎”叫声，据说寒鸦的名字就是由此而来，高亢、粗嘎，略带点惊悚瘆人，犹如一个冰湖在大地回春时冰层开裂的声响。它们的对话含义颇丰。我们出门吧。我们回家吧。危险。这儿有食物。我又观察了它们一小会儿，它们步调一致、默默地飞走了，以鸟类偶尔会使用的无声的方式，靠眨眨眼或一个动作、一个念头传递它们的意图。我让自己的思绪跟随它们展翅翱翔了片刻，接着返回大地。下方此处还有鸦鸟的任务；去解剖死者。

37

我向后仰靠在浴缸里，手指插入头发梳理。一绺绺头发纠缠打结，头发上肉渣和鸟屎的残余凝结成了一块块顽固的块状物。我把这些喜鹊的馈赠打散，同时扯掉大部分受波及的头发，接着我让自己没入水中。我聆听整个房子的声音，水管的声音，一种低沉的嗡嗡声，血液在我的脑袋里砰砰撞击；我重新浮出水面时，发现自己的鼻子正对着喜鹊的喙。还没等我允许，苯就蹦蹦跳跳，从浴缸边缘跳到了我的膝盖上，侧着身子跳上了我的大腿，在我的浴缸里随意洗澡。它在我胸前肆意玩水，身子没入水中，只露出上半截，然后兴高采烈地甩了我一脸水，连鼻孔里都是，只见我周身覆上了一层薄薄的鸟类油脂。我爬出浴缸时，它在我的毛巾上蹭干了身体。

趁我穿衣服时，苯一跃而起跳到了莲蓬头上，从头到尾，抖个不停。随着羽毛窸窣作响，它的身形扩大了三倍，仿佛一条惊恐万分的河豚身体暴胀。它用喙当做梳子，逐一梳理它的羽毛，直到它们条理井然。待我穿上衬衫后，它由上而下跳到了我的手臂上，在我的袖子上轻轻擦干双颊。

我打包了几件七零八碎的东西装进一个背包。今天要开始拆箱工作了。希思科特的书信都码成了堆，静静等候在城市另一边。我担心自己会在那儿找到的东西，我担心自己找不到的东西。去世后还有可能了解他吗？我想到别人可能会为我描绘一幅扭曲的画像，如果他们唯一能依赖的素材是我迄今为止留下的书面痕迹：庭审记录，几条骇人听闻的头条，一页页鸟类笔记。我希望与他的血肉之躯相比，纸面上的希思科特更开诚布公一些。

苯呼啸而过。它正在我们房间外平台上的一面镜子前大摇大摆地行进，含情脉脉地盯着自己的映像。它表演跳跃、旋转和其他杂耍特技时，不时地发出尖锐的鸣叫和清脆的咔哒声，趾高气扬地欣赏着自己的灵巧敏捷和翼羽上射出的流光溢彩。我伸出手，它蹭地跳了上去。我想读懂它的心思，可是它的心思难以琢磨，对它来说我的肯定也是如此。它轻轻地咬了咬我的指关节，像一只鸭子般嘎嘎直叫，接着，我的手腕微微一翻，让它飞起来。

在接下来的日子里，苶就是一颗闪闪发亮的星。当我沉浸于希思科特的狂热情绪时，它就是一个避免我溺死的快乐精灵。铺天盖地的想法、图片、梦境和回忆从我们康沃尔带回来的那些潮湿发霉的箱子里涌了出来。那些材料更深刻，更发人深省，而在某些地方，比我想象的更黑暗——有时候过于黑暗而无法轻松直视。有日记、信件、下流的图画、飞行器设计图、关于自杀企图的描述、关于同性性行为意乱情迷的陈述、更多用过的安全套。精神病院里短暂停留后记录下的胡言乱语，是我今生读过最讨厌的东西。充满绝望和愤怒的潦草涂写，出自我出生后他经历的那场崩溃的视角。还有照片：一个阳光明媚的花园里，还是个小男孩的希思科特，双手抓着一只苹果。一丝不挂、俊美不凡、二十来岁的希思科特，四肢趴在地上，他的鸡巴垂下来，像一个又长又细的乳房；更年长些的希思科特，肛门里塞满了钞票。你想要找我，那些箱子似乎在说，好吧，我就在这儿。现在满意了吗？

“档案”——我和我的姐姐们开始习惯这么称那些书信了——已经堆积在伦敦西区一个巨大的工作室里等待分类并准备出售。这笔买卖中我并没有经济利益——希思科特简短的遗嘱中没有提到我，而我也不作此想——可是为我两位姐姐考虑，我完全支持这批拍卖品能以最高价成交。为什么最终她们不应该从这个老人身上得到些什么？至少是些许补偿。但她们另有想法。她们不想让希思科特的遗产去德州大学，无论出价多少。她们希望他就在附近某个地方，最理想的是在一所英国机构——这样她们就能时常去探访。

倘若希思科特可以说是无处不在的话，此刻他的尸体已经火化，它必定就在此处，在这书山文海之中。它们从箱子里洒落，从垃圾袋中溢出；并非只有从艾略特城堡用小货车装载而来的东西，还有他的书房、地下室，还有囚禁之所的一切。他的人生布满咖啡污渍、腐朽衰落，犹如夏季过后黄蜂留下的薄如蝉翼的结构，精雕细琢，纤巧易碎。

“档案”中美军的酸腐臭味不知怎么比在艾略特城堡时更为浓烈刺鼻，仿佛这些材料在反抗重见天日。我每天结束离开时，浑身脏兮兮的，喷嚏打个不停，邋里邋遢——可我还是更频繁地回去。我需要这些。我的方法杂乱无章。我像一只食腐鸟一样攻击那些文字和图像的遗迹，寻找那个伤口，那个会屈服于我这张爱刺探一切的喙，那处会揭露这个男人的旧伤。我剥下一层层的皮肤，剔除骨头，剪开一条路直达问题的核心。一部拼接而成的传记缓缓浮出水面，一个东拼西凑、粗略模糊的故事。它就像偷窃、盗墓一般，不同之处在于，让我垂涎的不是金银财宝。希思科特的光辉历史不值一看。我在苦苦搜寻的是心理创伤。那些相同的老问题的答案。为什么一个人会失踪？是什么让一个男人逃离他的孩子？为什么希思科特如此害怕家庭？是什么力量引导了许多年前那次春日夜奔？

我能找到的最接近起源的材料是那张照片：照片上的小男孩站在一片被太阳晒褪了色的草坪上，双手将一只类似苹果的东西捧在身前。希思科特看上去大约五岁，因此那肯定是第二次世界大战结束后的一两年里。他穿戴得干净整齐。带扣的皮凉鞋配着拉到脚踝以上的白袜。瘦骨嶙峋的膝盖。宽松的短裤高高地束在腰部以上。白色短袖衬衫的纽扣一路扣到脖子。然而，这不是一张正式的照片。照片上其乐融融、气氛融洽：是一幅描绘一个在炎炎夏日中嬉戏玩耍的小男孩的画像。他的母亲——也就是我的祖母——肯定是摄影师。希思科特曾在哪里写到过她那台小巧的盒式布朗尼相机，她是如何让他对着那个她声称住在相机中忧伤的小妖精，又跳舞又微笑的，一睹完美无缺的希思科特。还是？要抵制深入解读一张照片的诱惑十分重要，可是很难不觉得他握着苹果时有点紧张，笑容略带犹疑。希思科特的父亲也出现在了这些画像上。一个戴着法官假发、面容严肃、瞪大眼睛的男人正居高临下地盯着照相机。他曾揍过这个小小孩吗？如果没有发生在幼年时期，那么后来肯定有过。希思科特的妹妹普鲁，有几个下午跟我一起徜徉于“档案”，回忆到他们父亲的恐怖暴政时，她避而不谈。

“至少他从没打过我母亲，”她说，“尽管他确实有一次朝她脑袋上扔了一块羊排。”

拍摄花园照片后可能没过多久，希思科特就在父亲的命令下被送去上寄宿学校。在我看来，送这么小的孩子去一所英国寄宿学校似乎无异于虐待。纪律取代亲情时，他才几岁？五岁？六岁？一个妈妈的宝贝儿子被送去锤炼成一个男子汉。体罚。制度性霸凌。也许还更糟。希思科特弱小而无助。他似乎通过梦想逃走、梦想飞行来应对困境。他的寒鸦诗歌，尽管是很晚才创作的，其开场回忆了一段他在那个年龄段有过的幻想：有一只寒鸦做朋友，一种会同他说话并保护他的神奇生物。来自一个孤苦伶仃、无依无靠的孩子的幻想。在伊顿上学时，他写信给邓禄普橡胶公司[1]，请求他们给他寄来一只巨大的气球，大到足以将他载走。邓禄普橡胶公司的回信标注日期是六月，令人纳闷的是，希思科特究竟打算逃离哪里：学校，还是家庭？

接下来我在牛津发现了他，正如他父亲希望的那样在学习法律。也许是在那儿，他人生中第一次有了空间可以呼吸，也有了空间可以看清他所追寻道路的终点是什么：一个噩梦般的景象中，他自己的脸庞被禁锢在了他父亲的马鬃假发内。他最终鼓起勇气，为他的“逃离气球”充气。他给父亲写了一封信，这封信彬彬有礼、措辞谨慎，也许还惴惴不安，宣布他打算放弃他的学业，他转而要成为一名艺术家兼作家。此后的争吵声不绝于耳，伴随希思科特一生直到他父亲临终。“你一无所知，你怎么能当个作家？”

我在“档案”中没有找到一星半点相关的材料，可普鲁拿给我看一把长长的木尺，希思科特写完那封信从牛津回来后，他父亲就是拿这把木尺敲他的脑袋。我触摸着尺子的锯齿边缘，心想她这么多年来一直保留着它，太古怪了。我猜这是证据。证明这些事千真万确发生过。我想起希思科特跟

① 英国一家制造和销售汽车或其他机动车辆的轮胎与其他橡胶产品的公司，创立于 1889 年。1985 年该公司被 BTR 公司收购，且抛售商标使用权。

我妈讲过的那个故事，关于当时他父亲进他的房间来给他洗脑，希思科特如何有生以来第一次回击，他的父亲心脏病轻微发作。有可能在那一刻他是希望父亲去死。也许他甚至还说了他把那个人猛地推倒在地。接着，那不久之后，那次致命的心脏病发作了。希思科特的父亲死于 1964 年的夏天，可能也正是在那时，希思科特开始坚信他自身的可怕力量。

此后，他那些关于逃离和飞翔的梦似乎染上了更黑暗的基调。更多的纸片浮现。他试图上吊，但被人阻止了。在一张未标记时间的纸上，他相当详细地记录了另外一次尝试。他爬上查令十字桥的护栏，与上帝和解，一步步向边缘推进。他身后的道路上，一个男人停下车爬了出来。“查令十字街怎么走？”那个男人问。“我们在查令十字桥。”希思科特不屑一顾地回答，目光没有离开脚下湍急的河流。那个男人继续说道，他名叫巴恩斯，他说，他住在坎伯威尔。他对希思科特说他打算回家做些培根煎蛋，并邀请他一同前往。希思科特费了九牛二虎之力才把脑袋从行刑台上转过来，仿佛一座大山绕轴自转。当他与这个陌生人的双眼相交，他求死的意志便消退了。他从大桥边缘退了回来。

接下来希思科特出现在了他自己的家庭生活中。我的步伐紧跟着这本由 A5 纸打印、行距紧凑的日志，它追溯了二十岁出头时的希思科特，看着他从一个房间到另一个房间不停寻找他父亲的幽灵。在他父母的卧室中，他看见他的父亲穿衣脱衣，回忆起他那蚊子腿般细长的双腿，破裂的毛细血管在膝盖后方雪白肌肉的衬托下，显得斑斑点点，他那猩红、长满疹子的脖子被僵硬的领口和饰纽勒得喘不上气来，还有衬衫下摆总是因为塞在他那松弛的屁股里而被夹出一条棕色的褶皱。这不是一幅充满爱意的画像。浴室里，一支止血笔上依然还留有老人的血迹。他每次刮胡子时都要割去左颊上的肉疣。希思科特在自己的左颊上发现一处略微隆起的肉球，为了使其恶化，他开始每天拔去上面的毛发。他望着浴室的镜子，看到镜子里依然映出他父亲的形象。这栋房子的每一寸角落都还带有这个老人的影子，希思科特十分肯定。他父亲的书房尤其如此。他坐在书桌前，指甲敲击着桌面，一如他父亲过去常做的那样。他仿佛正试图将父亲起死回生。他看见那个男人穿过房间，留下一串鬼影，他想要理解老人的风格，竭力以老人的思维来想象他的行事，可是失败了。我反观自己，正在做一模一样的事。葬礼前一天晚上坐在希思科特的书桌前；在艾略特城堡的走廊里追逐他的鬼魂，进入他原来的房间；试图查找他的风格，试图以他的思维来想象我的行事，也失败了——也许，直到此前都是失败的。

这本日志追踪到他去法国，二十五岁时他被送去一家特殊治疗中心——对外宣称去戒酒治疗。希思科特没有得到他需要的帮助。这是一种狂野西部时期的精神治疗，他很不幸落入了一个名叫丹尼斯·凯尔西的治疗师和他妻子琼·格兰特的魔掌之中，后者是一名术士，自称前世是一位此前默默无闻的女法老，名唤塞凯塔。他们对希思科特实施催眠，让他跌跌撞撞地穿越时间返回他的前世今生，寻找他饱受折磨的灵魂受创的那一刻。“我曾经打过形形色色的零工，”他说，“琼·格兰特在房间里确保我的前世不会比她的更有名气。”

经过几次催眠后，他开始厌倦并逃到小镇上一个酒吧里。有人发现他在一条沟里不省人事，把他拖回治疗中心，在那里他再度陷入催眠状态。这回那个催眠师加大了强度。希思科特开始痉挛。有人正在割他的舌头。待他醒转时，他发现自己不能说话了。他们告诉他，他是西班牙内战时的一名间谍。你被人割掉舌头，因为你拒绝泄密。这在你的以太体、你的超肉体自我上留下了伤痕，直到如今，你只能通过过量饮酒来抚平创伤。“你可以想象，”希思科特在日志中写道，“曾经在西班牙内战时身陷囹圄，我当真是受宠若惊。”第二天他就动身前往巴黎。

他在那里入住了阿尔萨斯酒店七楼的一个房间——他在日志中写道，奥斯卡·王尔德正是在这家酒店去世的。他感觉很压抑，一览无余的设计；走廊上陌生人的声音涌入他耳中。他向外望着远处坚硬的中庭地板上楼梯井的边缘，也许正再度盘算着自由翱翔。一只孔雀出现了，在地砖上咯哒咯哒来回奔走，接着又来一只。礼宾部的人跟来了，一阵大惊小怪，对着它们五彩斑斓的尾羽喷射某种液体。希思科特猜测那是高度易燃的定型啫喱。礼宾部的人一跑开、不管孔雀了，他就开始把点着的香烟朝它们向下弹去，试图把它们变成凤凰。

回到家，他父亲的声音在他脑袋深处震天响，呼唤着他的名字。不久之后，他自己第一次当上了父亲，尽管从他的记录中很难看出。我的姐姐奇娜出生于1969年夏天，但是就我所见，希思科特几乎没有为这个大事件贡献只言片语。在其他方面，他关于爱情和性爱主题的创作雄浑有力且数量庞大。可是涉及两者的结晶时，他似乎就才思枯竭了。对我来说，他的沉默流露出的想法和情感叫人无法容忍，难以审视。这让我想到了自己的沉默，还有产生这沉默的如炽热球体般的恐惧。一个我奋力直视的球体。也许，在希思科特的处境下，为人父之后唤起了那个备受谴责的父亲的鬼魂；唤起了一个孩子自己萦绕心头的不幸童年。事情可能说简单也简单——说复杂也复杂。

希思科特抛弃奇娜母女、转而开始与一位超模珍·施林普顿的恋情时，奇娜还在襁褓之中。一段典型的富家女与流浪汉的关系。希思科特亲口承认，他曾一度连续几个月没见过他的孩子，尽管他们都住在同一座城市。为了希思科特，珍似乎成了一位代理妈咪：她给他开支票，资助他的项目，为他提供容身之所。而当珍移情别恋时，希思科特像个小孩似的无理取闹。有一个众口相传的故事，说他在女方家门口自焚，至今尚不清楚这到底是一个演砸了的戏法，还是戏剧性的一幕自残闹剧。

纸上的线索断了几处。等我重拾线头时，已经到了二十世纪七十年代初，此时已经三十岁的希思科特正身处伦敦南部的斯普林菲尔德精神病医院。他在斯普林菲尔德的光景只有区区只言片语。几张纸片上书写潦草的线索，书信的草稿，还有不可思议的描写与其他病人艳遇情形的夸耀之词，有一条线索暗示他可能接受了电休克疗法。他似乎隔三岔五就不知道自己身处何地或身在何时。他写信恳求爹地妈咪，乞求他们来接他，仿佛他又回到了寄宿学校。他将这些信装进信封，寄给珍和她的新男友。一个被他称为“侏儒布里奇特”的病友，让他同她在外屋里做爱。他对此引以为豪，记录下来并对他的描述润色加工。有时候他似乎对他的处境满不在乎。他盗取了一位精神病医生的处方本，给自己开了方子。诊断：厄运缠身。在其他时候，他似乎拥有令人痛苦的自我意识。“有人把我送到这儿来，”他在一张纸上潦草地写道，“因为我杀了我父亲。”

珍——或者叫“妈咪”——去医院看望他，可她无法弥补已经造成的伤害；这伤害是早在她遇到他之前就已经造成的，这一点我越来越清楚了。那次探望之后，希思科特恼羞成怒。他不再叫她“妈咪”，开始以别的东西称呼她。他将自己全部的怒气、恐惧和仇恨发泄在她身上，仿佛她成了个象征所有曾经伤害他之人的诅咒娃娃。他的信件变得难以读懂。他威胁要剥去珍的头皮，把她的头皮寄给某个在亚马孙雨林、被他称为可卡因·多丽斯的人。他告诉她，他正在用一种超自然死亡射线摧毁她，这种射线只有全世界的精神病患者可以看见，他们会被吸引来刺杀她。他声称一个吉普赛人赋予他诅咒和祝福的力量，他诅咒珍遭受七年绝望和不育。他似乎因为他的窘境而怪她，只怪她一个人。他是彼得·潘，他写道，而她扯掉了他的翅膀。他发表过这些信件的精选，连同一张他为珍拍摄的裸照，一起刊登在《吮吸》上，那本珍帮他创办并提供资金的激进大胆的黄色杂志。

在那之后，奇娜的母亲戴安娜不知怎地下定决心将希思科特带了回来。1979 年他们又有了一个孩子，就是我姐姐莉莉。奇娜同我一起在垃圾袋中查找分类，找到了一张希思科特抱着婴儿时期莉莉的照片，并将它存放在某个稳妥的地方。她说，希思科特和小莉莉在一起的照片凤毛麟角，因为他又一次消失了；这次不是投入另一个女人的怀抱或是进了精神病院，而是去了艾略特城堡，在他和他的家人之间横亘起数百英里的阻隔。

在那里，希思科特似乎活得像个放浪形骸的修道士。他从来不洗衣服，也不洗澡，不洗床单。整栋房子的侧翼臭味熏天，如毒气瓦斯般沿着楼梯翻滚，袅袅飘入艾略特勋爵的鼻孔中。“是时候好好洗个热水澡，丢掉一批衣服了，”博雷克林写了封信，派人送去了希思科特的房间，“整栋房子以及其中的每一个角落都充满了勋爵深恶痛绝的气味。”也许不出所料，希思科特能够夸耀这些年来他守身如玉。

然而，他在艾略特城堡的角色并不是修道士。他在书信中告诉人们他是个空屋占领者，或是个隐士，可真相似乎并没有那么体面。希思科特为了混口饭而不得不胡乱写作。写了一些虚情假意的诗来赞美那座附属小教堂的圣美，以及一部美化后的家族史的开头，关于艾略特家族和他们庄园私产。为了他那一腔无政府主义的派头，他似乎担任了一个几乎带有封建色彩的职位；介于宫廷弄臣和抄写员之间。

戴安娜，他两个女儿的母亲，经常写信来。她的信令人心烦意乱：充满了悲剧细节，比如错过的生日，比如暑假里两个孩子去看望她们的父亲、却被无视，比如她先在伦敦、而后到牛津，独自抚养两个小女孩的艰辛，可希思科特却藏身于他的文学油井之上。她提到自己如何节衣缩食，为了让希思科特不必担心收入，她可以独自照顾两个孩子，这样他就可以免于责任，拥有创作空间。而希思科特似乎只是默默地将她从他的生命中剔除，以此回报她的深情。从她伤心欲绝的长信中，他貌似从没给过她一个称得上是解释的东西，尽管没过多久她自己提出了一个。

我妈首次登场就是在戴安娜寄来的其中一封信里。戴安娜在一场希思科特的长诗新作《鲸之国》推广活动的现场仔细打量了她一番。希思科特出版团队中这位年轻貌美的新成员就是他没空陪她和孩子们的原因吗？当时希思科特和我妈甚至还没在一起，不过也许戴安娜察觉到了他眼中危险的火花一闪而过。她在信里语气更为凄凉：假如希思科特再次跟人类发生关系，她可怜巴巴地要求她和孩子们应该拥有优先否决权。

希思科特在这一时期没有记录日志，因此他和我妈在一起的这段浮光掠影我是从戴安娜那些悲痛欲绝、最终怒不可遏的信件中获取的。这些文字也难以辨认。她似乎无法完全责怪希思科特，于是我妈就成了替罪羔羊。

在希思科特母亲的一封来信中，我第一次出场了。1989年的夏天她写信说，听闻波莉怀孕时她是如何惊慌失措。“我爱你，我想要理解。我无法相信你准备抛弃家庭，”她写道，“请务必给我写信或者跟我谈谈。我担心得要命。”

一封封书信在冬天抵达，祝贺希思科特和我妈喜得麟儿，而之后发生的事现在看来是无法避免的。一位优秀的魔术师永远不会故技重施，可在这里我们发生了第三回。希思科特似乎注定要一而再再而三地重复自己：每十年一个孩子，每十年一次逃离。一个重复同一举动、期待获得不同结果的疯子。了解其中的来龙去脉，这已经不再是私人恩怨了：从来都不是。

这是一个我一直试图抵达的地方。那次崩溃的核心。那一页页被深深刻上了绝望痕迹的纸张，此后数十年犹如树叶般被吹落，落到了我的手里。希思科特怪我母亲，怪他自己，怪他父亲的幽灵。我在艾略特城堡的那个房间里看见了他，就在那座圆塔顶层的瞭望台里，正埋头于一方印有艾略特城堡抬头的便条纸，用他那擅长书写的墨水笔奋笔疾书，仿佛有人要抽血似的。他试图在给那位桂冠诗人泰德·休斯①写信。他们以前有过书信往来，但仅仅围绕两人的作品；从来没像这样通过信。那些字词在纸页边缘盘旋上升，互相排挤。希思科特通常那整洁的书写也在此一溃千里，他的字迹溢出了便条边缘，难以辨识读懂，我不得不努力地解析每一个字母。

---

① 泰德·休斯（1930—1998），英国诗人、儿童文学作家。1984年被授予英国桂冠诗人称号。他与美国著名女诗人西尔维亚·普拉斯的婚姻曾经非常轰动，却以悲剧结束。

“我恐怕我已经病了一年，”希思科特字迹潦草地写道，“病因是家庭。我现在有两个家庭。我已经无法应对了。精神崩溃。我从未真正想要任何家庭！我曾有过成为一名方济各会修士的强烈意愿。我的父亲蛮不讲理地遏制了我。那时我还年轻，深信我能够飘浮升空！（总有人想要阻止你飞翔。）每当事情出了岔子时，别人总会劝我，说我本应该坚持己见。说祷告是唯一的媒介。稀里糊涂、断了片的大脑。自杀的念头。一刻不停地祈祷。非常辛苦。”

不止一人向泰德·休斯坦承他们的自杀想法，而在所有这些人的荒诞行为中，有一个男人曾被指控逼迫他生命中的两个女人自杀，这封信深深地吸引了我。在“档案”的所有物件中，这封信是我会翻来覆去阅读的。不仅是因为似乎有一种诡异的同步性在发挥作用。泰德·休斯是又一个与鸦鸟家族保持亲密关系的人，尽管他的《乌鸦》①是一部纯粹的文学作品。我坐牢的时候，他的一本乌鸦诗歌一路振翅向我飞来，他笔下那传说中啃食死尸、藐视神灵的鸟类在我身陷囹圄时陪伴了我好一阵子。此刻，冥冥之中，他带来了某种解脱的源头。无论出于什么原因，寻求同情，抑或是尝试与这个男人建立更亲密的关系，希思科特向休斯提供的，他从未能给予我：一丝坦诚，以及一个解释的模糊轮廓。他感到

---

① 泰德·休斯的一部诗集，出版于1970年，里面有几十首与乌鸦相关的诗，这些诗的灵感与原型，主要来自民间故事和神话，其中很多诗，意在挑衅基督教。泰德·休斯写过的动物中，“乌鸦”出现的频率比较高。

无法应付家庭。这让他精神崩溃。这不是我的错，或是我母亲的错。这甚至都不是他的错。他父亲的蛮横无理让家庭似乎成了一个陷阱，一个他寻求出路的陷阱。升空，祷告，飞行，自杀。我猜测，精神错乱也可以成为一种逃避之道，尽管这种逃避是不会真正让你解脱的。

如果希思科特真的寄出了这封信，泰德·休斯能从中得出什么结论呢？我回到家，在网上搜索泰德·休斯的档案。他大部分的书信似乎都藏于大西洋彼岸的埃默里大学。我给大学的图书管理员发了一封电子邮件，她善解人意地将希思科特与泰德之间全部通信的影印版本发给了我。我滚动鼠标越过那些我已经读到过的部分、两人之间诗歌的客气评点，寻找那份我阅读已久的忏悔草稿的最终版本。它不在其中。他似乎从未寄出那封特别的信，尽管还有一封时间可以追溯到他崩溃之后的信，就在他消失得无影无踪，接着与我妈关系恶化之后。

希思科特寄给休斯的一封信里包含一张我的照片，照片上的我是个小宝宝，正在浴缸里，位于我妈的脚踝之间。而我正抬头看着摄影师，透过一双乌黑发亮的眸子看着希思科特，我长着一张圆圆的脸蛋；我的脑袋，大约只有我妈的脚一半大小，枕在她脚踝和脚后跟之间那块软乎乎的肉上。我们俩都光着身子，虽然我妈正在我上方俯下身子，几乎遮住了她的私处。而我，则几乎一览无余。照相机的闪光灯将我们周围的水曝光成了亮眼的碎片，犹如一面破碎的镜子。照片边缘有希思科特粗粗的手写字体，诉说他所有的时间是如何因照料孩子——因成为一个父亲——而虚度。对我来说，这似乎就是他但愿成真的那个版本的真相；也许他认为通过书写、相信它，他就能让事情成真；他自己反抗世界的真相。Y Gwir Yn Erbyn Y Byd。

38

我摩挲着我那讨厌的鼻尖，向后靠坐着沉思。这个故事花了很长时间才初具雏形，字字血泪。有些事我只能不断重温。我不得不多次翻阅来自精神病院的笔记，最终我才能彻底面对它们。将疯狂定义为一种传染病是不合时宜的，可这就是人们的感受。我因二手毒品而兴奋，抑或低沉。我的头脑发热，我的思绪崩塌。犹如一个滴酒不沾的人一通狂饮，喝得烂醉如泥。祝福的力量和诅咒的力量。我摊开手掌，试图从空中召唤野生鸟类降落，试图凭空变出熊熊火焰，却立马失望了，如释重负地发现我做不到。现实不会屈从于我的意志；世界不会对我唯命是从。我如此克制自己；提醒自己思想没有外在的力量。我发现对抗希思科特的疯狂最为困难的是从他身上涌出的那股纯粹的仇恨：那股他起先针对珍、后来又针对我母亲的恨意；后来，或许也间接地针对戴安娜。我必须竭力克制自己不要简单地将他视为一个邪恶之徒。邪恶是说不清道不明的，而希思科特的行为却是我迫切需要弄明白的。

我开始把他的故事和我们的故事——其实就是本书的开

头——诉诸笔端。我们两人之间的一些相似之处令我不寒而栗：焦虑，偏执，精神错乱引发的对力量的妄想，对那个悬而未决的疑问发狂般的渴求：*你爹地是谁？为什么？*我回想起在医院里我们奇怪的对话，看见他临终前依然在他心灵深处追逐父亲的幽灵，继续一场本该在数十年前就终结的争论。*你一无所知，你怎么能当个作家？*我琢磨起他的诗歌，它们是如何经过深入研究，他是如何在创作一个主题前必须了解相关的一切知识；甚至几乎不是诗歌，其中有一些，仅仅是一长串希思科特所知晓的事物。我不想这样费时与死者争辩，试图证明一个幽灵是错的。

我又一次求助于那个老人在医院里藏在身侧的那本笔记本。除了在他孩提时代他父亲反复向他灌输的那些威尔士短语之外，我还发现了几条关于J.M.巴里的作品《彼得·潘》的典故：故事里有个会飞、永远长不大的男孩；他觉得自己遭受母亲背叛，却不断地把他的女友变成他母亲；他将那个专横残暴的父亲形象虎克船长推下船害死；他拒绝回到家庭，害怕会被困住、失去飞行能力，并被迫成为一个人类。一个永远长不大的孩子，如鸟儿般自由自在，却被困在他永远不变的自我之中。也许，我心想，希思科特比我认为的还要有自知之明。这不可思议的巨大悲伤前所未有地汹涌而来：生命的悲剧被削减；情感生活停滞不前；那些他原本可能得到救助却一败涂地的时刻；影响了他身边这么多人的冲击波，那些需要他的人：他的伴侣、他的女儿，还有我。

在我们道路尽头的一家咖啡馆中，我坐在桌前轻轻拨弄一杯咖啡，尝试解开这个故事核心的症结所在，此刻我再一次不知所措。书写这个举动似乎会让一切更真实，或者至少将其置于一个崭新的视角下审视。长期淹没的情感令人不悦地浮出了水面；过去的洪流汹涌澎湃。一个念头攫住了我。如果我要避免重蹈覆辙——我自己和希思科特的过去——那么我需要援手。这不是我孤军奋战可以做到的。希思科特曾获得过帮助，许多帮助，但从来不是正确的那种。要么是帮倒忙，比如他曾经被关在精神病院中所遭受的稀奇古怪的催眠或电休克疗法，要么是那种允许他保持本色的帮助，让他一再重蹈覆辙。我需要那种他从未接受过的帮助：重塑自我。

曾几何时我有过这个想法，一个拖延了几年的想法，我认为我已经无法回避它了。很长一段时间来，我妈曾默默地将心理治疗师的详细信息发送给我，不加评论。我通常是这样回馈她善意的努力：否认自己有任何问题，嘲笑那整套心理疗法，让他们的号码和电子邮件地址滑入我手机内存条积满灰尘的角落里。此刻，带着几近绝望的心情，我重新搜索我们的短信。我在爱、关心、玩笑、表情符号和搞笑照片中滚动翻阅——一段正常运转的关系中平淡而神奇的东西——不知怎么，这几乎再度令我潸然泪下。我找到了号码，预约，瞬间感觉如释重负：我不再必须假装强大；我最终承认了我情况并不好；我和希思科特似乎终于分道扬镳了。我想到他、他的父亲，也许还有他的爷爷，所有人都在潜移默化地向下一代传递他们的伤害，犹如一个家族诅咒。我的幸运所在，即我身处的位置可以尝试消除这个诅咒，我将有一线机会不再诅咒子孙后代。我想，过了多少年我才走到这一步，好奇那些遇到比我所克服的治疗障碍多得多的人，他们是如何在自身上找到力量达成目标的。

在春日寒冷的阳光下步行回家时，我留意到自己不知怎么感觉更轻盈了。裂开了一条新的缝隙，新鲜空气从中穿过。这算不上我迈出的突破性一步：有过药物性精神病史的人，只有寻求治疗一条出路。不过有时候，也许突破性的一步可能就是问题的一部分。对力量的妄想，对符号的操纵，在正确时机说出正确的话语，引发世界激起涟漪。与此相反的是：承认世界能够支配我。我回想起出狱那会儿；不顾所有证据，我是如何确信自己赢了。即使躲在垃圾桶后，或是藏身于桌子底下，抑或莫名其妙地暴怒时，我是如何拒不承认我在某种程度上受到了影响。我凝望深渊，深渊却先眨了眨眼。于是，对我来说，这是彻底的一步；彻底承认人性、弱点，以及那最为令人憎恶的——脆弱。彻底迈向正常的一步。普洛斯彼罗①折断他的魔杖。彼得·潘做一件他无法办到的事：放弃永生和飞行能力，拥抱生命。

我踏进前门时，听见厨房里传来一阵咔哒咔哒的可疑声响。趁我不在时，小鸟一直在努力工作。它找到钉在厨房地

① 莎士比亚晚期剧作《暴风雨》中的主人公，该剧讲述了被弟弟篡夺爵位的米兰公爵普洛斯彼罗带着独女米兰达逃到荒岛，依靠魔法成为荒岛主人之后开始复仇的故事。在《暴风雨》临近尾声时，普洛斯彼罗脱下法衣，折断魔杖，决心离开仙岛。

板上的扫帚，正一丝不苟地从扫帚头上拔出一根根又长又细的稻草丝。看到我来了，它愧疚地嘎嘎直叫，惊慌失措地四下奔跑，收集那把被糟蹋了的扫帚的碎片，衔在嘴里。我打开窗户，它嗖地飞了出去，飞到鸟舍的角落里——去年这个时候，它就是在那儿开始筑第一个巢。我注视着它将稻草编入合适位置：它的基石。它似乎也在考虑它的下一代，以自己独特的方式。重复不总是一件坏事，我反思道，我再一次想起两代人之间鸦鸟的因缘巧合。希思科特的寒鸦，我的喜鹊。两只噩运之鸟，死亡的先兆，众神的信使，神话传说中如是说。可带来了什么信息呢？也许，有时候，祸兮福所倚。

鸟 蛋

39

雅娜、喜鹊和我呆立于浴室镜前。我不确定我们在那儿僵了多久，瞧见我们在镜中的映像呆若木鸡。雅娜紧紧地挨着我身侧，双眼发绿，如新鲜的青苔一般。小鸟黏在我手腕上，俨然一座动物标本。我的双眼如竖井般黑漆漆的。那只喜鹊打破了魔咒。它张开喙，深吸一口气，洪亮的嗓音震耳欲聋：“宝贝！”它叫声出口，整个画面崩裂成了一片片破碎的玻璃。

这是一个威力无穷的梦。起初，这似乎就像一个简单的预警。这只喜鹊再度扮演了众神信使的角色：预告生命的降临。几乎就在这时，雅娜注意到她的身体开始起了变化。经过八个月的备孕后，到了仲春时节，树木和灌木上的鸟儿们坐在它们一窝窝斑斑点点的鸟蛋上，雅娜胸部变大，肚腹裹着一枚卵微微隆起，一枚绝无仅有的珍贵的卵。我的反应仿佛有人把那枚卵抛给了我，然后强迫我用鼻子顶着它穿过绷紧的钢丝。我在一种喜忧参半的情绪中惊恐地试图找到自己的立足处。我知道这应该是个快乐的时刻，可是，如果我突然失去平衡，这代价似乎太过惨重。我仍然还未确信自己已经为此做好准备了。而这件事本身还有可怕的隐患。事实上，我们俩都无法真正掌握它的生死。它来无影，也可能去无踪，神秘莫测。这几乎难以忍受。我以一种典型的迂回方式来做弥补——我从池塘里捉了尽可能多的蝌蚪，用蔬菜和肉喂它们，终于有一天我们的厨房里到处是蹦蹦跳跳的小青蛙。“不错，非常可爱，”我给雅娜看时，她愉快地说，“你不觉得现在是时候把它们放归室外了吗？”

雅娜决定不等到建议的三个月后，即流产风险骤然降低的时间线，她就开始告诉其他人这个消息。对我来说，这似乎就是孤注一掷，可她给出了更为实际的看法：如果她不幸流产，她想让亲朋好友都知道。因此，人们询问她为何不喝酒了，她便直言相告。等人们明白过来时，他们似乎喜出望外，毫无保留地为我们俩高兴。他们说的话诸如此类：“多幸运的宝宝”“你会是个了不起的爸爸”。起先我对他们的信心感到费解，然后，渐渐地我意识到他们并非奉承，他们是真心实意的，此事似乎慢慢让人放下心来。

那只有血有肉的喜鹊，不想被抢了风头，为它的鸟巢添上画龙点睛之笔后，立刻下了五六枚鸟蛋。每一枚蛋孵化时，它便骄傲地宣布消息，从它那树枝搭建的城堡的矮墙上大声宣告它们的诞生，仿佛它们是一群脑袋上斑斑点点的达官显贵，正进入一位威风凛凛王后的宫廷。它似乎希望我分享它的荣耀，于是一天早晨，我非常缓慢地将手伸进它鸟巢中心那个布满苔藓的碗状物中。我触摸到了指尖下的鸟蛋。温热、油腻得令人不安。喜鹊落在我的肩头，漠不关心地叽叽喳喳，于是我小心翼翼地从巢里拿起一枚鸟蛋，置于视线水平。它完美无瑕，是一个只比我手指中间的关节略大一点的淡铜绿色球体。我将它贴着我的鼻尖轻轻按压，然后便放回鸟巢里。

雅娜和喜鹊二者都是经过了脱胎换骨的生物。苯拒绝离开它的鸟巢，而雅娜——通常来说也从不是个爱闲逛的人——开始一反常态地长时间卧床，仿佛被她体内那一丁点儿的生命给压垮了。我尝试尽我所能成为二者的最佳丈夫。早晨，我泡好茶给雅娜送去时，小鸟就透过窗户向我喋喋不休地抱怨，要求我在它栖息的地方给它喂食。令人痛苦的实情是，对一个我不够像鸟，对另一个我还是不够像人。雅娜开始悄悄地训练她的一个妹妹，等她生产时在这儿待命，以防万一。

小鸟和宝宝在我脑中愈发紧密纠缠在了一起。大部分夜晚我会梦见黑色的幼鸟。不是像过去我常常梦见的那样，坐在它们的背上翱翔天际；这些梦中的小鸟都是无助地停落在我手掌心、不会飞翔的雏鸟。我保护它们，养育它们。有时候它们还只是鸟蛋；那我就不得不将它们夹在腋下，或者顶在脑袋上跟我的头发微微缠结在一块儿的鸟巢里。

苯的蛋永远不会孵化，无论它孵多久。我拿走一枚鸟蛋，透过手电筒的光，结果证实了它不知怎么还没穿过圈地的缝隙去交配。透过这枚斑斑点点的绿色蛋壳，我看见了卵黄的阴影，仅此而已，令我松了口气。我把鸟蛋放回鸟巢，看着喜鹊温柔地将它推到与其他鸟蛋并排的位置，接着它俯下身子趴在一窝鸟蛋上，犹如一个老人安安稳稳地坐进了一把舒适的扶手椅中。总有一天我们会试着为它找一个伴侣；某个地方肯定存在着另一只脾气古怪、臭味相投的喜鹊。可此刻，一个即将降世的婴儿足以争夺它的宠爱。

五月，又到了小鸟进入我们生活的周年纪念日。这是它与我们在一起的第二年。要不是雅娜的妹妹将它从水沟里捡起带回家来，它可能两年前就死了。那个时候，它角色众多：伙伴、缪斯、排解悲伤的心理辅导员、青蝇猎手，以及老鼠捕手。它见过忧伤，见过欢乐。它曾以鸟类视角俯瞰我的生活，可我依然不清楚它对我的真正看法。移动栖木、食物分配器，招人厌的猫咪征服者。从它牢牢黏在我脑袋上的坚决态度中，我愿意认为它是喜欢我的；可它同样可能只是在迫不及待地等我倒地而死。它的思想是如此不同，当我妈、我爸、我的外祖母、兄弟姐妹和亲朋好友拥进大门，来吃一顿以家常中餐和虫子为主的午饭以示庆祝时，我只能猜测它在想什么。如果对它——还有它那没有羽毛的一大家子来说，我们显得陌生，它不会显露出来。实际上，就一只喜鹊而言，苯已经是个极尽完美的主人了。几周以来，它第一次离开它的鸟巢，在餐桌上大步穿行，戳戳馄饨，将一粒粒米塞进喙里。

“你觉得它知道吗?”我的外祖母说，“猫和狗似乎总是知道。”

“我没发现它比往常更亲切。”雅娜冷冷地说，此时苯飞快地用喙碾死了一条为它生日准备的蛆。

“那么小鸟要怎么跟宝宝相处？”我外祖母问。

苯似乎已经等待这个问题很久了。它的时机拿捏得恰到好处。雅娜或我还没来得及回答，它就一跃跳到了我爸的头上，张开喙，然后发出一阵完美无瑕的人类笑声。我们都惊呆了。小鸟又放声大笑了两次，接着就闭上了嘴。无论我们怎么努力逗它，它都拒绝再笑。

对于我外祖母的问题——一个我也一直为之烦恼的问题，它那疯狂的咯咯笑声可完全不是个令人宽慰的回答。苯可能不太会注意自己的喙，宝宝却非常娇嫩。也许梦见镜中的喜鹊也包含了另一个预兆：宝宝的到来将最终粉碎我们的跨物种家庭组织。我爸建议给宝宝弄一套小型的养蜂防护服；我妈则比划着做了个扭断一只小喜鹊脖子的动作。

“没关系，”雅娜将他们的担忧一扫而光，“宝宝睡着的时候，小鸟可以进来；宝宝醒着的时候，小鸟就飞回外面去。我们只能尽量把握平衡。”

喜鹊、乌鸦和寒鸦开始纷纷从树上坠落；幼鸟从鸟巢中跌落，每个春天都会如此。人们纷纷联系我——有朋友，也有陌生人——说他们发现了这些幼鸟，向我寻求帮助。如果它们似乎安然无恙，它们的父母依然还在附近，我就会把它们放回树上。如若不然，我就大概参考本应该处理苯的方法，求教专家——那些野生动物救援者致力于以正确的方式帮助动物，甚至包括那些招人厌的乌鸦、喜鹊和寒鸦。

花园里的小嘴乌鸦没有逃离我的鸟宝宝建筑群。它们又一次在邻居家的无花果树上建了巢，攀附在树干上的常春藤最远端的卷须处，一堆杂乱无章的小木棍支撑在一节树枝上。去年，它们的鸟巢没搭成，今年里面似乎有了鸟蛋。那只雌鸟展开身子如保护伞般扑在鸟蛋上，仿佛一条厚实的黑毯，那只雄鸟则去觅食。鸟蛋孵化了，雏鸟一个个饿得喳喳叫，让我知道了它们的存在。我着了迷似的看护它们，仿佛保证它们的安全我也会走运似的。我把盘子留在外面，里面盛着煎蛋和一坨白花花的生鸡肝，然后观察着鸟妈妈将嗉囊填满，飞回自己的鸟巢。它温柔地把那油光光的喙伸进黑暗之中。没一会儿，三只黑扑扑的脑袋冒出了鸟巢的边缘。蓝眼睛的乌鸦宝宝，正嗷嗷待哺，挣扎求生。

几周之后，我们第一次可以看见我们的宝宝了。在当地医院，一位超声波技术员照亮了雅娜的腹部。雅娜平躺在一张床上，掀起上衣，让一位操作员在她肚子上抹上具有传导性的黏液。我们前方的屏幕上，模糊不清的形状相互滑动，接着变幻成了一个奇形怪状的小小人类。那个生物像一只虾一般扭动蹬踢。雅娜开怀大笑。“宝宝在这儿很活跃。”技术员开心地说，接着继续带领我们在未出生的宝宝的身体上来了一次极度冒险。我们一边看，她一边数着器官和四肢。心脏，有的。肾，一个、两个。胃完整的。一只手、两只手。我满脸兴奋、目瞪口呆地望着，等待某样东西缺失。雅娜只是继续时而微笑，时而大笑。

“你们的宝宝脊柱很漂亮。”技术员奇怪地说。

宝宝从头部至脚趾长七厘米，大小跟一条沙丁鱼差不多。我伸出自己的手来比划一下，看看它是否能轻而易举地在我握成杯形的手掌中卷曲。屏幕上出现了一张脸，一张时隐时现的侧影，从表面到头颅到大脑。技术员测量一番：宝宝的脑袋大约两厘米宽，纤弱娇小如一只燕雀的鸟蛋。

我们到家后，我在沙发上昏睡了过去。不知道的人还以为是我怀孕了。睡梦中我从苯的鸟巢里捡起一枚鸟蛋，托在手掌中。我的手一碰，那美丽的光泽就黯然消退了。那枚鸟蛋腐烂，然后就破了，里面的蛋液流了出来，仿佛从剖开的肚子里淌出的内脏。我醒来时满心恐惧。自从开始治疗，这样的梦总是接连不断，几乎是为那位心理医生的沙发量身定造的，尽管我认为自己不需要专业帮助来猜测这个梦的意义。我来到外面花园中。那两只成年乌鸦嘎嘎叫唤，以示问候。它们的三个宝宝都活了下来，羽翼日渐丰满，此刻正铺开排在无花果树的树枝上，仿佛一溜胖嘟嘟的黑色蜡烛。它们还是长着难以置信的蓝色眼睛，依然嗷嗷待哺，乞求食物。我为它们准备了一盘子老香肠，然后静静地坐着，默默观察。

乌鸦们看见了我的举动，开始在它们的树枝上骚动起来。尽管这是驾轻就熟的例行公事了，它们仍然小心翼翼地一步步靠近。可今天，它们慢了一步。一只野生喜鹊从一棵接骨木灌木后猛地飞出来，拼命地啄食香肠。我以前见过这只鸟；我认出了它那与众不同的喙，以及它那奇怪的举止。它喜欢倒吊在邻居的喂食器上；有时候，它会飞来透过窗户盯着我看，有时候我不太确定，它会飞进厨房来，把东西扔到地板上。乌鸦们报以愤怒的叫声，乌鸦妈妈像一颗炮弹似的向这只长着特殊喙的喜鹊弹射而去。令我吃惊的是，那只野生喜鹊迅速向我飞来。我缓缓低下头，发现它正在我两脚之间寻求与保护。

40

此时农场上已是八月，无可置疑：薰衣草苗圃正发出轻柔的嗡嗡声，仿佛自言自语，草坪正如饥似渴地盼望一场豪饮，那棵细长的老青梅树树冠上已再度染上了一层碧绿。可这究竟是哪个八月？我感觉自己站在这一精确的位置，在这一精确的时刻，年年夏天如此，已经有一百年之久了。这片景色恍如一幅滚动的背景：不断变换，不断重复，一个无限循环。我不得不提醒自己这是个幻觉。大自然中不存在真正的重复。我挑出了那些特殊性的细节。那棵青梅树树干上拳头般大小的树洞，那是当地啄木鸟拜访的名片；围场远处不知哪里传来了一只红鸢声音尖利的哀号——我爸声称，这是他二十年来第一次在这儿听见；那些不停变换的群体：乌鸦、秃鼻乌鸦、喜鹊，还有寒鸦，以及所有个体，与我们一同亲历错综复杂的生活。

我内在的生态也改变了。希思科特的死以一种奇特的方式将这片景色冲洗干净。分拣他的遗迹起初令我恶心，但当我以一种合理的方式排列它们时，我开始感觉好多了。血液中并没有流淌着疯狂，它不会像闪电突然袭击。它也有自己的细节，它深深植根于那特殊性之中。显然，我已经历过自己的情感波动时刻，也许以后我会一直经历。缝隙一旦形成，就很难完全弥合。可这不是源于流淌在我血管中的血脉。我们都有盘结于过去的深层根源，愁云惨雾般笼罩着我们的现在。你无法将自己同过去完全割裂开来，可也许如果你四下挖掘，你可以挖出其中部分力量，将这些根源暴露于烈日高温之下，让它们枯萎消失。

这个简单明了、显而易见的道理让我感觉轻松了一些，仿佛一份我甚至都不知道其存在的重压从我头顶移开了。希思科特的幽灵最终开始消散——那个多年来我一直试图紧紧抓住的可怕幻影，正渐渐松开了对我的控制。我第一次想要了解他，彼时我还是个孩子，部分原因是我想要了解自己。我觉得在他身上我能够看见自己的未来，自己的本性。如今我已经了解他，这也帮助我了解了自己，但不是以我想象的那种方式。你父亲是什么人并不代表你要成为什么人。后天胜于先天。必然如此。

我回头望向那栋房子。喜鹊正透过其中一扇底楼的窗户望着我，一个有感知力的阴影。它的鸟巢和鸟蛋已经被遗忘已久。一切都是在转瞬之间发生的。前一天，它还是一位守护它那窝鸟蛋、保护欲极强的母亲，后一天我醒来时就发现它跳到了我的脑袋上要求玩耍；再一天，它就开始换羽。磨损的黑色羽毛掉落并被取而代之。它褪下了它的过去，早已不再使用，同时羽翼重新丰满。明天，它就会自由飞翔。自从前年圣诞节后，除偶尔几次穿过前门、来到大街上的短途旅行之外，它还没有真正自由飞行过，此时鸦鸟论坛上的专家们警告我们，对于它这样一只温驯的小鸟，自由可能会招致死亡。我一直是个心甘情愿的帮凶，帮着囚禁它，结果不得不承认，这个世界充满危险。一年多足不出户。这似乎不公平。它成为我焦虑的囚徒已经够久了。是时候放手，并且相信它会回来，如果它想回的话。不会有任何束带、拴绳，或驯鹰装备。幸福、自由，这些东西要承担风险。有时候，安全可能是一个软垫牢房[①]。我已经竭尽所能采取了一切措施。也许这并不非常科学，但我一直将野生乌鸦和喜鹊当做一种晴雨表：近来它们不再一见面就相互攻击了，这一迹象表明，伴随着繁殖季节，好战心态已经开始松动，我希望这意味着是放飞一只自力更生的小鸟的好时机。这将是一次信任的演练——尽管我并不完全确定究竟更多的是为了它好还是为了我好。

雅娜出现了，来到花园大门边上我站着的位置。她也经历了一些变化。她的身体正渐渐圆润起来，犹如果园中长在树上正要成熟的梨子。芝麻小事都会让她淌眼抹泪：婴儿的啼哭声、别人在脸书上传的一段猴子孤儿的视频、公交车上给她让座的人们。我们沿着那条烂泥路来到河边。据说这里曾是一条罗马路古道旧址，我每次走，双眼紧盯地面，至少盯半路，期望能找到枚发夹、戒指、硬币、马掌[②]。有一年我们甚至还用金属探测器探查过，不过似乎探测到的小玩意儿只有几个旧瓶盖、几节废弃的管道和电线。喜鹊的

---

① 通常用于精神病院，房间的墙上装有护垫防止病人自伤。
② 马掌等小物件被认为能带来好运气。

宝藏。

在河湾处，我们遇到了一家狍子：一只披着夏季红色皮毛的雌狍子，两只幼狍子体形只有它的一半大，正全力躲在它身后，此时它们正向着一处长满橡树幼苗和荆棘的孤岛上的安全地带飞奔。它们仨从阴影中望着我们。我们右侧的某处，传来了一只幼鵟①的呜咽声。我回头望向那些狍子，它们已经快抵达一片遥远的灌木树篱了，三条白色的尾巴在空中上下摇摆，仿佛飞行中的白鸽。

我们前方，那片浸水草地上已经站满了黑压压一大片的秃鼻乌鸦、乌鸦和寒鸦。这些鸟都拥有属于各自的集合名词②：一群乌鸦、一批秃鼻乌鸦、一作堆寒鸦。可是如何描述类似于这样的鸦科鸟大会呢？看到我们靠近，它们便一股脑儿地飞走，仿佛我们并非安静地朝着它们的方向溜达漫步——实则我们正是如此，而是大喊大叫地冲向它们、双手拍个不停。稀稀拉拉的几根羽毛留在了它们刚才聚集之处，仿佛匆忙离开之际都忘了穿衣打扮一样。暮夏之于鸦鸟犹如秋季之于树木。我无意中瞥见那些羽毛便捡了起来，将它们贴近我的鼻子。乌鸦的羽毛恶臭难闻，或者说至少这些又长又硬的翼羽是如此：就像常年不洗的头发和羊脂的味道。我

---

① 鸟纲，鹰科，鵟属。鵟是一类中等体型、分布广泛的猛禽，拥有有力的身躯和宽广的翅膀。

② 英语中有一些古老的、有特定用法的集合名词的量词，比如后文的“一群乌鸦”（a murder of crows）、“一群秃鼻乌鸦”（a parliament of rooks）、“一群寒鸦”（a clattering of jackdaws）。虽然中文都可译为“一群”，但群体色彩有褒贬差异。

找到的小一些的羽毛，比如寒鸦羽毛，有一种相当不同的香味：阳光晒得暖呼呼的，它们散发出一种香甜、略微上头的气味，莫名其妙地令人熟悉。寒鸦的羽毛闻上去就像教堂里的熏香，仿佛它们都栖息在高高的祭坛之上。位于它们阅兵场的中心，一个小小的、令人心酸的东西蜷缩在草地上：一只幼鹿的脑袋和躯体。它的四肢——可以获利的部分——已经被射击它的偷猎者砍断带走了。清道夫正迅速完成剩余的工作。它的眼睛不见了踪影，胸腔被打开了，嘴唇被啄得缠结成一团。我想起来另外一个食腐鸟类的集合名词——对于我们似乎已经打断的这场分尸盛宴来说更为合适：一群守灵鸦鸟[①]。这是一个祸福难料的预兆。

河岸边缓坡上的草地由于邻近水边，似乎模糊难辨，有几处炙烤成褐色了，还有几处却是青翠欲滴，仿佛是用一条巨大的军事迷彩服缝上去的。雅娜躺在一棵柳树树荫下，很快睡着了。最近她很嗜睡，我好奇她的瞌睡是否与宝宝同步——活在她体内的另一个人是否此刻也在睡觉，抑或那个未出生的人只是纯粹在从她体内汲取能量，犹如一个消耗电网的偷电贼，将其转移到某个秘密工程上，比如大脑的构造。

我脱下衣服，逼近河水。荨麻高高耸立于河岸边缘，与蔓延的旋花——一种外表远胜名字的植物——相互交织。它四处开花，还有温柔的白色喇叭花，用它们甜美安详的曲调

① 此处又是一个特殊的集合名词，原文为 a wake of corvids，本意为一群鸦鸟。

催眠蜜蜂。豆娘掠过紫色珍珠菜艳丽的叶片，上颚猛地一咬，吞下那些盘旋于潺潺河水上方的蚊子和小虫。

我迅速做了五次深呼吸，让自己做好准备迎接那刺骨的寒冷，接着便钻入了水中，我的肌肉就像只被烫伤的青蛙一般搏动，此时我以笨拙的蛙泳姿势游到了远处河岸，来到一片睡莲中休息。踮起脚趾，我将将可以触到河底。我在那儿立定，视线刚刚探出水面，四下张望，成了水陆两栖动物。一片片大如餐盘的莲叶充当了豆娘的小憩之地，它们那遍布毛细管的双翅灵巧地收在背后，莲叶上还有肥硕慵懒的食蚜虻。阳光斜斜地泻入河水，照亮了睡莲细长黏滑的茎秆，最终还是隐没在了黑暗之中，宛如锚链或深海管道般令人毛骨悚然。

我重新返回河水中央，涉水而行。此处河床已经遥不可及。我将空气从肺部排出，让自己下沉。这条浑浊的河流已经涤荡了如此之多的时刻。我缓慢下沉，光线迅疾暗淡，从金棕色到墨绿色到乌黑一片，我的双脚碰到了河底，身体缓缓向后倒去。我的手掌、手臂外侧、双腿触到了柔软的河床；我的脊柱仿佛躺在了垫子上，一层光滑的沉淀物。太阳躲在了覆盖着我全身的那层厚厚的水幕之后，几乎穿透，隐隐刺痛。我被紧紧包裹住了。我的耳中，可以听见心脏微弱的扑通声与水流经过时潺潺的低语声组成的双重心律。不知从哪里传来的，我听见——抑或是我想象我听见了——一个女人的声音。那些言语，如果它们是言语的话，含混不清，难以辨别。我隐约觉得，这肯定是子宫里的样子。于是：思绪渐止。寂静汹涌而来；那种我迫切渴望的内在的寂静，如毒品般令人欲罢不能。我不知道那种状态自己保持了多久：也许几秒，也许几分钟。我彻底神游太虚。我感觉我可以快乐地在下面待几个小时之久。接着，突然之间有什么起了变化。原本如此宽慰人心的黑暗此刻却令人害怕。河底是我最不想待的地方。我扭动着挺直了身子，用力一蹬重又回到了光亮之处，贪婪地大口呼吸空气，犹如死而复生一般。

上了岸，雅娜依然在熟睡，鼾声轻柔，而背景中的永恒配乐演奏正酣：斑尾林鸽啁啾婉转，咕咕低语，一只鸳一遍又一遍地重复着两个相同的音调，声音粗哑，好似个录音机或玩具口哨，那些乌鸦和秃鼻乌鸦则发出嘎嘎的刺耳低音。雅娜圆滚滚的肚子裸露在阳光下，一览无余，仿佛一枚剥了蛋壳的鸡蛋，看得人心惊胆战。她的皮肤似荡起涟漪，底下有什么东西正在翻江倒海，生机勃勃。

那天晚上，我们在房子边上生了一堆篝火，等待仓鸮开始它的巡夜。我爸忙着给一只平底锅上抹油，添了把火；我的外祖母坐在一张木头长凳的中间，戴着一副开裂的白色头戴式耳机，播放炸裂的冰岛摇滚乐；我妈待在花园门那边，抽着烟。她身后，环绕房子四周茂盛的紫藤花丛中藏着一只斑尾林鸽，正窸窸窣窣地转悠。

“它们每年都在那儿建窝，”我妈说，“可每年那只肥猫都从窗口探出头偷走它们的雏鸟。”

雅娜坐在篝火旁，大腿上放着一捆树枝，那是我们当天早些时候收集的几节椤木树枝。她用一把小巧锋利的匕首，削去树皮，露出底下洁白的木头，成了我们正在搭建的婴儿床的骨架。我加入其中，我爸从不错过每一次机会显摆他的工具，他从棚屋里取来一把旧的铸铁刨子，也干了起来。木头上到处都显露出了小洞——这里已经哺育了难以计数的甲虫幼虫，度过了它们的生命的早期阶段——不久我们脚下的草地上就覆盖了一层薄薄的长条树皮。雅娜收拾起这些修剪过的枝条，示范如何拼接在一起，不消说，肯定比那些鸽子窝更干净整齐，可是依我看来，这本质上并没有任何迥异之处。

谈话不知怎么从出生转到了死亡。我父母似乎在这崭新的开端中看到了他们自己的结局。我妈开始为她的葬礼做出安排，明确指出她想要我们把她的遗体安葬于农场上哪个具体位置——最好就紧挨着那些狗——还有每个孩子要朗读哪些诗。我爸宣布他想要被丢去堆肥，留给那儿的虫子，我外祖母摘下她的耳机，问堆肥处是否还有空间留给她。就像那条鳄鱼肚子里滴答作响的时钟①，这个即将出生的宝宝似乎已经把老一辈人的思绪引到了死亡，仿佛这个星球执行的是一进一出的政策。老年人必须被抛弃——或是丢去堆肥——这样新生命才能繁育。尽管如此，他们似乎很满足：也许比我以前见到他们的时候更满足。

---

① 这里指的是《彼得·潘》故事里那条吃了虎克船长的手臂的鳄鱼，后来这条鳄鱼不小心吞下一只时钟，时钟在它肚里滴答滴答地响，于是以后每次听到滴答声，虎克船长就会逃跑。

斑尾林鸽又在紫藤花丛中窸窸窣窣地穿梭，然后飞去了它的鸟窝。即使闭着眼睛，我依然能够分辨它是哪种鸟。它坚硬的飞羽在空中呼啸而过。它在我们头顶上方啭鸣，咕咕声不绝于耳，胸前呈现一片模糊的淡粉色，正启程为它的两只雏鸟寻觅种子和谷物。今年它们还没被那只猫吃掉——至少到现在还没有。

第二天早上，我找到了苯。我在客厅发现它，它正从一摞书的顶部向外凝视峡谷对面。外面的天空阴沉沉的；白沫斑斑驳驳地沾在窗户上。也许条件不太合适，我充满希望地想。小鸟从我手上飞去了窗台上，又吱吱尖叫着飞了回来。除了语言和物种间难以逾越的鸿沟，它表达的意思显而易见。

小鸟落在我的手腕上，我带着它穿过房子。它上蹿下跳，努力想从四面八方看清所有事物，爪子嵌进了我的肉里。每次我们拐过一个弯，在它打起精神准备迎接未知时，我就感觉它抓得更紧了，接着各种形状和阴影转化为无害对象时，它便缓缓松弛下来。在厨房中，它的眼睛捕捉到雅娜、我妈和我爸等人熟悉的脸庞。我穿过图书室，朝房子后面的双开门走去。小鸟全身削尖成一点，犹如一根直刺天际的矛。我想起了它给予我的一切，祈祷它也会铭记相同的事，接着便推开大门。它也许会回来。也许不会。由它定夺。我放手了。

小鸟如离弦之箭“嗖”的一声蹿出，向高处飞去。一丝陌生的东风令它在空中摇摆不定，但它很快就纠正了自己的姿态。它属于大自然。我从这只鸟身上学到的东西多到难以言表。它教会了我用新方法看待问题，用新方法关心；还有关心的分寸。我在它身上犯过错，这些错误我必须确保在未来不会重蹈覆辙。关心过了头，就会变成樊笼。现在，它于我们头顶上方翱翔，处于纯粹存在的喜悦中，研习大师课。那正是飞行的意义，或者至少于我来说是如此。飞行就是仅存于此时此刻；是在眼下，丝毫不考虑过去，而未来则在振翅之间。我追随它，在它下方奔跑，与这只小鸟一起飞驰，它掠过了青梅树树顶，绕着野苹果树打转，越过水沟，没入了远方的田野之中。我冲过花圃，跳过篱笆，一路跋涉钻进了郁郁葱葱、齐腰高的草木之中，在它身后咧嘴大笑。喜鹊在空中欢喜雀跃。这是它天赋的自然环境。

41

圣诞节后过了两天，雅娜从一个梦中惊醒。一个幽灵正在扣门，要求进来；它身后，一辆维多利亚时代的婴儿车如鬼影般渐渐消逝。天刚拂晓，从她身下流出的那一片湿意，她猜她已经破水了。她依然躺了一会儿，全身感受到了如电流脉冲般的第一波宫缩。一个幽灵正在叩门。

日出时分，雅娜推醒了我。我泡茶，拿毛巾，开始向分娩浴盆中慢慢注水，此时伴随着每一次宫缩，雅娜的喘气越来越重。我们觉得我们已经为此做好准备了：我们去上过课，学过自我催眠的技巧，练习过安心凝神的咒语。雅娜有无数个夜晚想象自己变成一颗温柔绽放的玫瑰花蕾；犹如平静池塘上漾开的一阵涟漪；恰似一只自由自在飘浮的热气球。我握着她的手，眼下正尝试其中的一些技巧。雅娜放了个屁，接着又是一阵宫缩袭来，她的嘴里叫嚷着，那声音仿佛是一匹马呼哧呼哧在喘气。那大汗淋漓，浑身灼热，还有那奇怪的香甜气味——当然，还有叫嚷声——我们的房间仿佛渐渐变成了一个马厩。每一次宫缩，雅娜似乎都在远离我，也许还远离了她自己；发生在她身上的、她正在经历的，正是动物天性。

宫缩达到一定频率后，我给由当地 NHS[①] 家庭分娩单位提供的号码发了消息。一个小时后，两位助产士抵达：一个瘦高个儿，满头白发；另一个身材矮胖，浑身烟味。那位年长的助产士，莎蒂，掏出一个时髦的皮革手柄的秒表，为雅娜的宫缩计数，接着迅速做了一番检查。

"很好，"莎蒂说，"很好，你做得很出色。已经开了一指了。宝宝很快就会出来。"

雅娜钻进了分娩浴盆，又出来，上上下下地走楼梯，降低重心进入浴盆，再把自己拖出来，不停地下蹲、前冲，拼命地尝试排尿，痛苦地呻吟，大声咒骂，哼哼唧唧。宝宝依然不见踪影。太阳越过了房顶，透过卧室的窗户洒了进来，照亮了从分娩浴盆表面升腾而起的一缕缕氤氲蒸汽。宝宝的四肢之一从雅娜的肚脐后紧紧挤压，没有任何进一步挪动的

① 全称 National Health Service，即英国国家医疗服务体系。

迹象。随着宫缩的力度加强，雅娜的整个身体都在打颤。太阳在屋顶后消失了，宝宝的心率下降。

“这是个非常疲惫的宝宝，”莎蒂说，“我觉得是时候送医院了。”

蓝色的车灯点亮了整条街道。我护送雅娜走出门上了救护车，帮她绑到担架上，在她身边坐下，陪着一起的还有莎蒂和一个兴高采烈的护理人员。我们沿着后街疾驰而过，来到附近的医院，我感觉自己开始发慌了。我开始考虑没有雅娜我的生活会变成什么样，她制作的每一件漂亮的物件会如何在我手中化为齑粉，以及宝宝对母亲将没有任何相关的记忆。泪水开始充盈我的双眼。为了雅娜，我努力将眼泪掩藏回去，但我明显失败了，因为雅娜花了片刻拧我的手臂。

“一切都会好的，”她说，“你不用担心。”

我们抵达医院时，雅娜挥挥手遣走等候的轮椅，坚持摇摇晃晃地走到电梯去，将我当做身体的支撑物，直到那位护工实在无法忍受这步速，于是一把将她抱起放进轮椅里，推着她迅速进入一间评估室。雅娜躺在一张病床上大口喘气，护士们在她身边忙忙碌碌地来回穿梭，检查她的重要器官，把她的身体连接到一排闪烁不定的机器上。一位满脸倦容的医生做了个 B 超。她告诉我们，宝宝朝反方向调了个个儿。她建议立刻进手术室：首先用产钳，要是不管用就剖腹产。她给人的印象是她并不想长时间地待在那儿衡量各种利弊。

“你想怎么做？”她问雅娜。

雅娜闭上双眼，又一阵宫缩袭来，她的整个身子都僵住了。

“我不知道。”她大口喘气道。

我请医生到边上来。这一切跟我们原先准备的家庭分娩风马牛不相及。

“是不是有办法……要是我们继续顺其自然会发生什么？”我问，“你觉得是否可能多给她一点时间，再看看结果如何？”

“这是我谋生的专业，”医生语气有点儿刺耳，“她需要进手术室。”

她转过身背对着雅娜。

“准备手术室需要半个小时，因此我现在就要一个答复。”

雅娜同意了，医生疾步离开房间。之后的事就推进得很快了。护士们摘下了雅娜的项链，将她的戒指封存起来；麻醉师过来解释究竟什么是脊椎麻醉；另一个护士请她为他们可能会采取的各种措施签署同意书：产钳分娩、侧切、剖腹产手术。有人给了我一套皱巴巴的蓝色防护服，套在我的衣服外面，然后我们就进入手术室。莎蒂全程陪着我们。

手术室里，那位医生正在等候。在最后的半个小时里，她从一个精疲力竭、令人忧心的个体，转变成一个浑身充满电流般、精力四射的大活人。雅娜被推到那明亮的顶灯下方的中心位置时，她的双眸中闪烁着某种近乎疯狂的热情。

我坐在一张靠近雅娜头部的塑料椅上，握着她的手，小心不去触碰那条向她手臂输送某种透明液体的导管。当另一阵宫缩袭来时，雅娜的手牢牢地抓紧我的手，这次宫缩似乎比之前任何一次都要强烈。她抓握的力度太大，血液从手臂喷射而出流入了导管中，沿着塑料管子一路向上流入了那包透明液体中，颜色渐渐变成了粉红。其中一位护士吹了一声口哨，称赞她的力量。两次宫缩之间，麻醉师尝试用一根又长又细的针进行腰椎穿刺。他折腾了一会儿。雅娜的背部肌肉，他说，硬得像块石头。最终，他找到了一条缝隙，将针头缓缓滑进了目标位置。

“这将是，”他心满意足地说，“你感觉到的最后一次宫缩。”

雅娜的双腿被绑在一对马镫里，一个护士朝她身体的不同部位喷射一种冷冻喷剂，边喷边问她是否有感觉，解释说冷感和痛感作用在相同的感受器上。

我竭力保持神情自若，可我被这一切吓坏了。腰椎里的针头。明晃晃的手术器械。整个环境是如此能让人联想到悲剧和死亡。幸运的是，雅娜闭着眼睛，我能感觉到自己的脸是多么惨无人色。莎蒂又一次走过来，拍了拍我的肩头。

“看看手术室里这些谈笑风生的人，”这次她的语气有些不耐烦，“如果这不是个非常简单的手术，你认为我们还会面带笑容吗？”

我振作情绪，微微一笑，温柔地捏了捏雅娜的手。她也回捏了我的手，此时，医生和她的助手带着某种手术千斤顶朝她走来，他们将它安放在她体内用来撑开她的双腿——然后上产钳。

谢天谢地，雅娜看不见，可我能看见。我没预料到产钳分娩会这么残忍。医生可不是像慢慢拔一颗松动的牙齿那样轻轻地摇晃、拖拽。雅娜又宫缩时，医生向后仰去——仿佛铆足了全身力气——与其说是一位外科医生正努力接引一个宝宝走向光明，倒不如说更像一个水手在拉拽索具。这可不仅仅是一两次拉扯。是一次又一次。每一次，那台机器发出哔哔声预示着一次宫缩的到来，那位医生使了一个新的双手交叉握法，手腕交叉成 X 状，深深地探入体内，探得如此之深、力度如此之大，我都担心她会把宝宝的脑袋给扯下来，或是像新鲜核桃那样给夹碎了。

“再来一下，”莎蒂说，“再来一下宝宝就要出来了。”

又是一推一拉，一阵血如泉涌，雅娜的两腿之间出来了个浑身发紫、肿胀、似乎毫无生气的东西；一个不怎么像人类的脑袋，一具小小的躯体。他们立刻冲向它，紧急呼叫儿科医生。“为什么，”我暗自纳闷，“儿科医生不在这里?”直到此刻我都还没注意到，手术室的角落里有一套用在雅娜身上一样的设备，只不过是缩小版的：一张小型病床，电线和导管连着一组小监测仪。紫乎乎、依然一动不动的宝宝躺在那里，周围是一群穿蓝大褂、头戴绿色薄帽的医护人员，正在为她清洗揉搓。其中一个人将一只如浓缩咖啡杯大小的氧气面罩安在她的嘴上。

“他们正在试图让她呼吸，”有人说，“脐带缠绕在她脖子上了。”是女儿，我觉得。没有呼吸。雅娜和我等在手术室中央的顶灯下；我不知道等了多久。时间失去了意义。接着，一个微弱、沙哑、颤抖的嗓音刺破了空气。一听到哭声，我顿时热泪盈眶，雅娜也是如此。充满喜悦和释然的泪水。

“来吧，”其中一位护士说，“过来跟你女儿打个招呼。”

我走过去，第一次彻头彻尾地打量她。她活泼好动，挥舞双手，在一群医生和几根戳戳点点的手指的包围下，乱踢乱蹬。她的脸蛋上有些淤青，那是产钳夹在她眼睛上方和脸颊上留下的痕迹，尽管如此，她的模样已经非常熟悉了，是一个我一眼就能认出的陌生人。黑头发，塌鼻子，尖下巴。只有一只眼睛睁开了，另一只还肿得紧闭着。我盯着她的眸子——一个水淹板岩矿的那种深深的石青色——我开始对她说话。她循着我的嗓音，对准了我。我伸出自己的食指，她抓在自己手里。一位护士递给我一把医用剪刀，我剪断了约一英尺多长的脐带，然后我托起她送去称重，最后来到雅娜的胸前：一段漫长而艰辛的旅程，目的地距离她的原点是如此之近，雅娜是真正的第一次亲吻她，她把手指伸进宝宝的手里让她握住。

“她应该取一个强壮有力的名字，”一位护士说，“因为生出来费了好一番力气。”

一个护工将雅娜和宝宝推走了，一路来到新生儿病房。在远处窗边的一个角落里，我在那儿注视着她从雅娜的乳房中喝了她的第一口奶。她吮吸的力度之大，雅娜不由得大口喘气。我们将宝宝传来传去，对她惊叹不已。她哭闹时，总是非常小声，她的下嘴唇微微颤抖，不知怎么却让我更爱她了，甚至超过了我意识到的程度。雅娜睡觉时，睡着的宝宝蜷缩在她的怀里。我坐在床边的椅子上，望着她们两个，看到宝宝偶尔惊跳，仿佛是做了个梦，或是嘈杂声、或是神经性的校准吓到了她，而后我也昏睡了过去。

我因为宝宝的哭声而早早醒来。我检查了她的尿片，发现上面满是厚厚的黑色黏液。我给她换了尿布，坐回到椅子上，趁雅娜还在睡，我双手怀抱着她。她的脑袋熟练地搁在我的手掌之中。

那晚我们周围充满了奇奇怪怪的喧闹声。有其他宝宝的尖叫嘶喊，哼哼唧唧；拉上床帘发出的咔哒咔哒声，好似天花板上的老鼠吱吱乱叫；外面搭脚手架传来的哐啷啷撞击之声；路上驶过的公交车低沉的隆隆声。在暗淡的黄光下，我低头凝视着安安静静依偎在我怀里的宝宝，其他一切都渐渐淡去。透过那一只神秘的蓝色眼睛，她也回望着我。我们的脸庞相距仅有数英寸。我可以听见她正不规则地喘着粗气，她开始要使用肺部和隔膜了。她能够感觉到我呼出的热气喷在她的脸上，感觉到她身下我那怦怦直跳的心脏所产生的令人安心的节奏。我所能想到的就是我有多么爱这个人，我有多么想保护她，我会如何尽我所能永远陪在她身边。一条无形的纽带缔结了，一条永远无法打破的纽带。

后　记

初春的一天，那只喜鹊消失了。它就是在我面前消失的，与其说我是亲眼看见的，倒不如说我是用心感触到的：一阵冷风拂过我的后脖颈，它匆匆掠过我朝着门口渐渐收窄的缝隙飞去时，翅梢擦到了我的脸颊。前一刻它还在那儿，栖在农场中鸟舍里一处阳光充足之所，它的羽毛发出耀眼的蓝金色光芒，犹如炼金术师的火焰一般，下一刻它却杳无踪影，只留下身后一片空空荡荡。我紧接着一转身，看见它向上越过小鸡围栏，一飞冲天。到目前为止，我应该习惯了它一次次天马行空的飞翔。小鸟飞走了，小鸟回来了。可这回与它以往的飞翔相比，明显不同。苯心意已决。我伸出手臂，吹口哨呼唤，等待那条无形的拴绳开始收紧。苯继续翱翔。我又过了一秒钟才意识到它不打算下来了。它飞得高过了橡树，比一棵状如云朵的白杨树的树梢还要高，那树梢高耸入云。我震惊地望着，此时其他喜鹊从灌木和树木中出现，为了保卫领土而同它争吵斗嘴。它与另外一只鸟如双螺旋般旋转飞翔，两只鸟相互猛啄、嘶喊，直到它们到了一个高点，从缠斗中分开。

我跌跌撞撞跑进沟里，穿过灌木树篱的小小缺口，努力将视线锁定在它即将消失的小黑点上。我冲过一丛灌木时惊起了一只秃鹫。一只只兔子四散逃跑。野生喜鹊徒劳无益地来回飞翔，每一只都让我心里打鼓——我在追的是不是那只鸟，不同的小黑点从四面八方聚来，很快我就不再知道要跟着哪只了。它没入了十几只小鸟中，令人眼花缭乱。

在一个俯瞰农场的屋脊顶部，我意识到自己已经失去了它；这回也许就是一去不回了。我费力沿路返回鸟舍，气喘吁吁，大汗淋漓，我问了遇到的每个人他们是否看见过一只喜鹊。农场正在进行一场春季大扫除，一派忙忙碌碌的景象。正在修理一扇腐烂大门的木匠们心地善良，把我的问题很当回事儿，尽管我不由自主地为此事的荒诞不经而尖叫。他们当然见过一只喜鹊。每个人都见过一只喜鹊。我从头发上剔出几节小树枝，将小臂上被荆棘刺出的小伤口舔舐干净。

回到厨房附近，我听见一阵熟悉的叽喳声。我微微一笑。又是那个老把戏。苯站在一棵橡树低矮的枝头上，挑拣苔藓。我吹了声口哨。它跳到了更高处的树上，身手矫健犹如一只猴子向树冠跃去，再次失去了踪影。我在一片野风信子上一路小跑，来到一片青草满地的田野中央，为了获得更好的视野。那只喜鹊坐在橡树的最高点，在太阳下金光闪闪。那棵橡树上刚刚展开的树叶，在这阳光下几乎晶莹剔透；宛如一只新生的月形天蚕蛾鲜艳湿润的翅膀一般。苯兴高采烈地咯咯欢鸣，树叶在它身边扑簌簌颤动。我伫立不动，双臂伸展，试图召唤它下来飞向我，好似某个令人迷惑不解的稻草人。它婉转鸣叫，转过身去面向地平线。

“我该怎么办？”我问雅娜，此时她从家里打电话来问我去了哪儿。

“好吧，”她说，“你能怎么办？”

我不得不承认她说得有理。我估计我真正想要问的是我该作何感想？有人一遍遍地告诉我们，一只温驯的喜鹊是不可能在野外生存的，尽管我见过这只喜鹊弄死了太多的昆虫、老鼠，甚至有一只倒了血霉的青蛙，知道它绝对能够自己觅食。它此时此刻似乎就在吃些点心：一只土鳖，或是一只它从树皮的沟壑中挖出的甲虫。它的喙猛地一咬，站在树枝上迎风摇摆。在它那棵树上，它似乎比几个月之前显得更从容淡定、志得意满，自从宝宝来了，它的优先级降了一等。它似乎很快乐。

“也许那就是你的答案，”雅娜说，“你应该觉得快乐。”

喜鹊引着我经过一棵又一棵树，飞入峡谷中，穿过更多的灌木和树篱，最后飞进一片沼泽。在那儿，我双腿半陷入了地面，而它终于俯冲下来，落在了我的手臂上。我寻思着用手捉住它，带它回家，可我却下不了决心这样做。于是，我尽力捕捉它的每一处细节。它那一对利爪温柔的轻触。它双脚出乎意料的温暖。它的双眸：先前是幽蓝如蓝洞，此时在太阳下呈浊黄色。它的羽毛泛着不可思议的石化产品特有的细闪：不停变换的颜色波段有绿色、金色、紫色和蓝色，流光溢彩，令它从每个角度看去都与众不同。它最后一次将喙抵在我的手腕上磨蹭，接着双翅一振就飞走了。这回我没有紧追不舍。它如一道弧线掠过湖泊、河流，向着树林中那一片烟蒙蒙的紫色而去时，我循着它的踪迹，仿佛一颗暗星划过天际。它刺破天空，飞向遥远的地平线，接着，犹如一颗彗星明灭不定，渐渐暗淡。终于它消失得无影无踪了。

在门前那棵苹果树下，雅娜身下铺着一条毯子，席地而坐，宝宝睡在她身边。她从一节低矮的树枝上垂下一个挂件，悬在宝宝的脑袋上方，小小的帆船在微风中打转。那次精疲力竭的生产所造成的淤青早已消退，她的两只眼睛都睁开了。眼眸颜色的变化似乎取决于你从哪个角度看它们。有时候是石青色，有时候是绿色，有时候是深棕色，仿佛它们还在踌躇不决。我一靠近，宝宝的视线从帆船移到了我身上：就在此时，在这个特殊的时刻，它们呈现出了缀有金色斑点的深蓝色。认出了我那熟悉的脸庞，宝宝咧开还未长牙的嘴笑了。她伸出舌头，犹如一只打哈欠的猫，我用鼻子蹭了蹭她的下巴尖。她祖先的面孔似乎从她脸上闪过，犹如命运之轮轰然转动：时而我会惊讶地看见我那可亲的已故外祖父的脸庞，正从婴儿毯上抬头望着我，时而是我的外祖母，时而又是个长得胖嘟嘟的雅娜或是我。无可否认，希思科特也在那里。在她更安静的时刻，她似乎有点像照片上那个紧张地抓着苹果的小男孩，尽管我已经不再视其为诅咒了——曾几何时我可能有过这种想法。四个月大了，宝宝身上包含了所有这些人的重影，可最重要的是，她就是她自己。

头顶上方一对翅膀呼啸而过，是斑尾林鸽。尽管雅娜允许我为苯的离去而高兴，我却已经知道接下来的几天里，我将会徒劳无功地满农场追寻喜鹊。于是我会看到苯无处不在：每一只乌鸫、寒鸦、秃鼻乌鸦，每一只低空飞行的喜鹊在一瞬间都是它。在一群鸭子怒不可遏的嘎嘎声中，我听见它在拔它们最闪亮的羽毛；远处传来的狗吠声，小狗尾巴被拖拽着，兴许是肛门被啄了；蓝山雀那氦气音般的斥责声。也许这才是意义所在，雅娜说。苯现在是另外一只鸟了，没有一只鸟会再变成一只鸟。

最终，经过在天空中搜寻了一圈后，我们不得不回家了。我们一到家，我砰地推开通往鸟舍的门，将喜鹊的宝贝疙瘩清扫到角落里。有喜鹊的日子结束了，我想。羽毛期结束了，伴随着慈父期开始——我大约是这么一厢情愿地认为的。

第二天黎明前，雅娜和宝宝都还在熟睡，我悄悄地爬下床，走下楼梯，经过走廊里的婴儿车，来到厨房，坐下开始写作。希思科特至少在一件事上没有完全错。写作需要失踪。我不得不寻找消失的时机，以及让自己与世隔绝的方法。但从来不会十分彻底。我总会回来。雅娜和宝宝阻止我飞走，这的确是件非常好的事。我从键盘上抬起头，看见阳光穿过树林倾洒下来。昨天似乎还空空荡荡的鸟舍，此时斑斑驳驳洒满了金绿色交织的光线，到处是鸣禽。知更鸟、鹪鹩、山雀，还有麻雀早就通过敞开的大门纷纷涌入，此时正在另一只鸟曾经站过的树枝上欢鸣。

与此同时，农场西面几英里外的一处废旧汽车堆场内，一只喜鹊拍打着翅膀落到地面。在它四周，破损的汽车歪歪扭扭地堆成排，引擎和排气管堆放在一边，一个个汽油积成的水塘在晨光下闪耀着紫色光芒。那只鸟在这片过于人类化的环境中似乎莫名的怡然自得。起初，两名机修工没有留意到这个小家伙正站在他们脚边，如此胆大包天。他们继续拆除一辆旧 Mini Cooper 上的值钱零件，一边干活一边和着收音机哼曲。那只鸟在前院中大摇大摆地走着，嘴里嘎嘎直叫，与他们合唱，声音刺耳难听，一边还抛掷扳手和螺栓。两名机修工停下手中的活，盯着它看。是一只喜鹊，但与他们以前见过的任何一只喜鹊都不同。其中一人拿出他的手机，开始录像。那只鸟停下步子，直勾勾地回瞪着他们。它张开喙。

“来吧！”它说，“来吧！”

致 谢

如果没有以下这些人，这本书就不可能出版。

首先感谢我杰出的代理人娜塔莎·费尔韦瑟，感谢其早期的信念和她的专业知识，感谢 RCW 中每一位曾为了见证此书出版而辛勤工作的人。同样感谢我的编辑莱蒂斯·富兰克林，感谢她的远见卓识和深情厚谊。我还想感谢猎户座出版社中的每一位，在特殊情况下依然兢兢业业让这本书出版问世。特别感谢瓦莱丽·斯泰克和所有斯克里布纳出版社的员工，感谢他们为该书美国版的努力付出。

我最诚挚的爱和谢意献给雅尼娜·佩登，感谢她的爱、支持和钢铁般的意志。

感谢西妮娅·佩登，她在一个春天的早上偶然发现了一只喜鹊宝宝并决定捡起它；奇娜和莉莉·威廉姆斯，感谢她们让我融入其生活，感谢她们给我空间写这本书；感谢苍蝇杀手冠军埃丝特·萨姆森，还有外祖母；感谢肥猫牧猫人罗曼尼·吉尔莫；乔·吉尔莫，感谢他提供的所有关于鸟类疾病的绝佳建议；加布里埃尔·吉尔莫，感谢他的鸟舍搭建技巧；贾兹·罗兰，感谢她的呢喃鸟语；约翰·萨瑟兰，感谢他的“蛆虫派”；萨拉·李，感谢她的眼睛；里克·萨马德，鸽中神明；还有吉姆，睿智的家伙。

满满的爱意和感激之情致以我父母，波莉和戴维，他们俩都会杂技玩火。

感谢路易斯·艾略特，带我参观他的祖宅，感谢艾略特庄园的受托人，允许我们转载博雷克林·艾略特的话；感谢大英图书馆阅览室的工作人员，感谢埃默里大学斯图尔特·A. 罗斯手稿和珍本图书馆的凯思琳·休梅克。

还有许多作家的作品都曾带来灵感。向博瑞雅·萨克斯致谢，感谢他关于乌鸦和文化的作品；约翰·马兹卢夫，感谢他对于乌鸦和渡鸦中文化存在的研究；感谢琳达·林恩·豪普特的《乌鸦星球》；蒂姆·伯克黑德，感谢他对于喜鹊社交生活的详细观察；埃丝特·沃夫森，感谢她关于乌鸦栖居地打动人心的个人描述；马克斯·波特，感谢《悲伤是长着羽毛的生灵》中那只讨厌的乌鸦；罗伯特·麦克法兰，感谢他展示了隐藏的方法；还有海伦·麦克唐纳，她的气流我只能期冀借力飞翔。

感谢鸦鸟社区的成员提供的慷慨建议和鼓励。感谢那只名叫苯的喜鹊，它不知道自己教会了我这么多，后来就在它的第四个春天即将盛放之前，它因自然原因而死去了。

穿越时空将爱献给奥尔加·萨姆森·佩登·吉尔莫，她每一天都能发现隐藏的宝藏。

实用信息

在尝试拯救动物之前，确定它是否真正需要救助很重要。许多小鸟离开鸟巢后几天，它们就会飞行了。它们也许看上去弱不禁风、孤苦无依，但它们常常还是会受到它们父母的照顾。除非那只动物生病、受伤，或是面临明显迫切的危险，不干预通常是最佳方法。

野生动物组织建议不要亲自尝试照顾幼小或受伤的动物，它们需要专业人士的关注，才能获得最大的生存机会。

如有疑问，请致电当地野生动物救助组织寻求建议。

译后记

最初拿到这本《飞羽：关于鸟和父亲的回忆》（*Featherhood: On Birds and Fathers*）的原稿时，猜测书中应该不止会出现一只鸟、一位父亲，因为书名中的“鸟”和“父亲”都用了复数形式。直到最近，我才发现该书最终是以 *Featherhood: A Memoir of Two Fathers and a Magpie* 这一书名出版的。的确，从书名可一望而知，这部回忆录是围绕着一只喜鹊和两位父亲展开的。

作者查理·吉尔莫是一位年仅三十一岁的英国作家，《飞羽》虽是他的处女作，出版后收获的赞誉和反响却不俗。艾尔顿·约翰、尼尔·盖曼、海伦·麦克唐纳等一众名流作家，还有数不清的媒体，纷纷不吝赞美之词，给予了这位新人作家极高的评价。尼尔·盖曼还将《飞羽》与海伦·麦克唐纳的名作《以鹰之名》相媲美——后者讲述的是一个通过驯服苍鹰来疗愈丧父之痛、改变既有人生的故事。而《飞羽》中充当作者心灵疗愈师和他与生父之间情感纽带的，则是我们生活中更为常见的一种鸟类——喜鹊。

“无论何时我看见头顶上有喜鹊在飞，我脑海中就会想象它马上就要落在我肩膀上了。”查理·吉尔莫曾经在接受采访时这么说。普通人要是有这样奇怪的念头，多半是要被人怀疑精神异常的。但是，当你读完《飞羽》，了解到吉尔莫与他那只名叫苯的喜鹊之间那种近乎融入血液的羁绊后，就不会对他这样的想法感到震惊了。

伦敦东南的某个废车场里，一只从树上坠落的喜鹊雏鸟正蜷缩在水沟中瑟瑟发抖。表面上，《飞羽》的故事是从这里开始，而实际早在三十年前，上一代早已有了蓝本——向西数百英里之外，“一只寒鸦雏鸟从乡村教堂尖顶上的窝里跌落”。两代人——父与子，两只鸟——寒鸦与喜鹊，分别缔结了两条不同寻常的情感纽带。不仅如此，两条纽带因为这对父子在几十年后还产生了新的共鸣，不得不赞叹这跨越两代人的人鸟缘分是如此奇妙。顺便提一句，寒鸦和喜鹊都属于鸦科鸟类，同是食腐肉的血亲。

那只在废车场里奄奄一息的喜鹊宝宝被“我”的伴侣雅娜带回了家，而“我”本是个最不擅长抚养照料小动物的人，无奈之下只得同雅娜一起踏上了学习照顾喜鹊宝宝的漫漫之路。照料一只雏鸟的繁琐辛苦并不亚于养育一个人类幼崽，从学习投喂、制作鸟食、抢救治疗……面对如此脆弱的小生命，“我”生怕一不小心就会永远失去它。更大的考验很快就来了，雅娜的一次突然出差，徒留“我”独自照顾喜鹊宝宝，张皇失措的“我”不得不向亲人求助：该如何养活一只喜鹊雏鸟？

“我”那位身世传奇、经历丰富的外祖母首先给出的反应是：干吗不把它淹死？这位外祖母早年曾经在中国参加革命，经历过新中国轰轰烈烈的“灭四害，打麻雀”运动，对喜鹊可谓深恶痛绝。而母亲则建议不妨去问问“我”的父亲希思科特——那个当“我”尚在襁褓之中时抛弃我们母子的亲生父亲。原因是他多年前曾经养过一只寒鸦，而寒鸦与喜鹊同属一科，况且他还为这只寒鸦写过一首诗，想必他会有不少心得。

此时，关于“我”生父希思科特·威廉姆斯的记忆缓缓涌上了心头。希思科特是个小有名气的文人，除此以外，还有许多身份：比如空屋占领者、演员、酗酒者、无政府主义者、魔术师、革命者和老伊顿人。如此多身份的杂糅，加之发生在他身上各种稀奇古怪、离经叛道的故事，我们唯一能确定的是，这是个不合时宜的人，而不是一位称职合格的父亲。在“我”六个月大的时候，他在某个深夜突然失踪了。这次消失带给“我”母亲的伤害自不必言，更糟糕的是，这次消失也在“我”未来的成长过程中留下了烙印——从小到大，直至成年后的“我”始终在向他追寻一个答案：为什么要离开？而此后多年“我”想方设法与他接近，试图了解他、亲近他，却总是被他像打太极似的躲避开了。一次次的努力，换来的是一次次的失望，最终“我”开始自暴自弃、自我质疑，在毒品暴力的泥淖中越陷越深，几乎铸成大错。

不过，幸运女神眷顾，“我”的生命中又出现了一位与希思科特形成鲜明对比的父亲，就是“我”后来的继父戴维。希思科特有多么不靠谱，戴维就有多靠谱。“他踏实可靠，值得依赖。与那种反复无常、捉摸不透的人截然相反。他照料我妈，关心我，将我视如己出。”很难相信，这两个年龄相仿、成长经历也有一定相似之处的男人，对于家庭、亲人、生活却有着截然不同的态度。可惜，虽然戴维取代了“我”生命中父亲的位置，给予了我亲生父亲般的爱，可是“我”对于希思科特的执念始终没有放下。直到那起袭击“和平纪念碑”事件发生——“我”争取希思科特关注的扭曲尝试达到了巅峰，“我”的人生也就此坠入低谷。出狱后，很长一段时间“我”陷入一种“或战或逃”的心理应激状态，时而偏执妄想、喜怒无常，时而痛哭流涕、瑟瑟发抖。

往事并不如烟，回到当下照料喜鹊宝宝的迫切现实中，当“我”鼓起勇气再次联系希思科特，询问他照顾幼鸟的建议时，“我”心中也在期待或许这次能够通过喜鹊重新架起通向希思科特的桥梁。可惜事情并不顺利。但是随着喜鹊宝宝的茁壮成长，“我”与它之间的羁绊越来越强烈，屡次试图将它放生最终都徒劳无功。而喜鹊的成长也伴随着“我”进入了新的人生阶段：结婚。与雅娜在农场上举行了一场难忘的梦幻婚礼后，生育的需求也很快被提上了议事日程。而“我”的第一反应是逃避。

照顾喜鹊雏鸟的这段经历让“我”亲眼见证了生命的脆弱，生父希思科特留下的人生烙印更是令“我”受困于“有其父必有其子”的诅咒之中。一时间，“我”“或战或逃”的心理应激机制再次启动了：很显然，一旦开始“逃”就真的掉进了“有其父必有其子”的轮回之中。不过，此时喜鹊却先于“我”表现出了繁殖冲动——它开始搜寻材料搭建鸟巢。我们也渐渐意识到喜鹊的性别可能是雌性，因为它时常向我们的男性友人谄媚讨好，却对女性表现出强烈的敌意。冬去春来，经过激烈的思想斗争，“我”与雅娜达成了共识，准备尝试要一个宝宝。

也恰在此时，“我”与希思科特的关系有了另一个层面的进展——“我”与希思科特的两个女儿，即“我”同父异母的姐姐取得了联系，希思科特也欣然接受了“我”的探望请求——此时希思科特的生命已经进入了最后阶段。生命的神奇之处往往在于生与死总是携手同行：希思科特临终前，“我”以自己的方式与他达成了和解，而同时“我”也迎来了自己的孩子——生命循环不止，“我”与雅娜的宝宝降生后，喜鹊也终于离开了我们家。故事到这里，似乎又进入了另一个循环：一个废旧汽车堆场内，一只喜鹊拍打着翅膀落到地面，大摇大摆，张开喙叫道：“来吧！来吧！”

《飞羽》是一部很特别的回忆录，该书的章节名使用的是喜鹊羽毛生长的几个阶段——“针羽”“飞羽”“血羽”，再加上“鸟巢”“鸟蛋”两部分共同来命名，从章节名就可以看出喜鹊从幼鸟阶段，循序蜕变，直到羽翼丰满的整个过程——这又何尝不是主人公“我”，即作者查理·吉尔莫本人的成长蜕变的心路历程呢？《飞羽》既有自然文学的盎然生趣，又有成长小说的心理变化，阅读它的乐趣远远超过阅读一般的虚构作品。作者笔触克制幽默，在一些描写照顾喜鹊雏鸟的细节时，常常让人忍俊不禁。在写到生父死亡、雅娜分娩等情节时，吉尔莫释放出的最真实的内心情感，让读者直抵他的内心深处。希思科特死后，整理遗物时，吉尔莫从尘封的历史中发现了父亲不示人的另一面——自己遭受希思科特“荼毒”，而希思科特也曾经受到他的父亲“打压”。原生家庭的魔咒循环往复，真正解开它需要不断回溯，走进当事人的内心深处，这样才能找到答案，解开几代人的心结。

书中出现的大量野生动物、植物，也是本书的一大特色。书中动植物的品种、数量多到令人吃惊，其中尤以鸟类居多：喜鹊、寒鸦、乌鸦、小嘴乌鸦、秃鼻乌鸦、冠鸦、红隼、秃鹰、雀鹰、猫头鹰、斑尾林鸽、知更鸟、凤头鹦鹉、长尾小鹦鹉、环颈斑鸠、鹪鹩、金翅雀、松鸦等等（其中光是鸦科鸟就多达六七种），农场上出现的各种各样的植物更是不胜枚举。对于我们这样久居都市水泥森林的读者（或译者）来说，简直堪比一部自然百科全书。

书中的主角喜鹊，无论从自然生物界，还是从西方文化、文学经典等角度来剖析，都是一种美丽神秘、寓意丰富且长久以来背负骂名、遭人类误解的动物。也许中国读者无法理解喜鹊为何在西方如此臭名昭著。在中国传统文化中，喜鹊向来是报喜的使者。中国人熟知的越剧《十八相送》开场祝英台的唱词就有：“书房门前一枝梅，树上鸟儿对打对。喜鹊满树喳喳叫，向你梁兄报喜来。”这样象征喜庆的鸟类在中国可是备受礼遇和尊崇的。可到了西方，喜鹊、乌鸦这类鸦科鸟骤然成了死亡和厄运的象征；喜鹊甚至还有“小偷”的恶名，经常会对闪闪发亮的小玩意儿感兴趣，将其藏匿。

英国民间有一首著名的喜鹊童谣《一代表悲伤》:“一只喜鹊带来悲伤;两只是欢笑;三只是婚礼;四只是出世;五只是银;六只是金;七只是魔鬼他自己。”传说喜鹊的舌头底下藏着一滴恶魔血,在所有鸟类中,唯有它们拒绝哀悼基督。它们能知未来、卜生死等等。诸如此类的传说、童谣、迷信,不可胜数,千百年来赋予了喜鹊不祥的文化色彩,更不用提莎士比亚笔下“喜鹊”一词的变形了。即便鸦鸟如此不祥,人类与鸦鸟的共存还是有过许多著名的先例。书中提到拜伦勋爵的瘸腿鸦鸟,杜鲁门·卡波蒂的宠物乌鸦,穷奢极欲的玛丽·安托瓦内特也养过一只乌鸦等等,当然现在还得加上这只名叫苯的喜鹊的故事。

读者千万不要误以为鸟类喜欢被人类驯养——上述都是特殊个例。广阔无垠的天空、郁郁葱葱的树林才是真正适合鸟类生存的环境。回想自己在翻译本书时历经2022年上半年的特殊时期,当时坐困愁城,却经常能看到三两只环颈斑鸠落在窗台外侧,咕咕直叫。曾经每天忙忙碌碌,不曾有闲情逸致观察这些小生灵。当时我看它们如此弱小,却能拥有广阔天空,比我们人类拥有的不堪一击的自由强多了。顺便一提,环颈斑鸠是城市中常见的鸟类,小区里经常能看到它们的身影。它们的体貌与鸽子相似,与鸽子最显著的不同是脖颈上那一圈斑点(专业术语叫“领斑”)。我很喜欢盯着那一圈斑点看,看久了仿佛能催眠。

最后,在翻译过程中,除了明显感觉到自己对鸟类、植物等专业知识的欠缺外,还遇到了个别英语与汉语之间不可译的情况。英语中有一些古老的、有特定用法的集合名词的量词，比如“一群乌鸦”（a murder of crows）、“一群秃鼻乌鸦”（a parliament of rooks）、“一群寒鸦”（a clattering of jackdaws）。虽然中文都可译为“一群”，但群体色彩有褒贬差异，这就很难用中文完整转译出其中的感情色彩。有兴趣的读者也可以查阅一下这些集合名词的来源。我尝试将上述三种鸦鸟翻译成“一群乌鸦”“一批秃鼻乌鸦”“一作堆寒鸦”，我深知这样的译法也不够尽善尽美，只能以添加注释的形式弥补文字功底的不足。以上只是一例，全书中不乏这样中西语言、文化、传统上难以完全转译的遗憾，希望读者指正批评。

2023 年初夏